디지털
포트리스

디지털
포트리스
DIGITAL FORTRESS

댄 브라운 지음 | 이창식 옮김 1

대교베텔스만

일러두기

＊대화문 중 프랑스어, 독일어, 스페인어, 라틴어는 원문을 살린 후
괄호 안에 문장의 의미를 풀어놓았다.
＊단어에 대한 각주 해설은 모두 옮긴이 주이다.

나의 부모님과
나의 스승들과 주인공들에게 이 책을 바칩니다.

감사의 글

'세인트 마틴스 프레스'의 편집자 토마스 던과 재능이 뛰어난 멜리사 제이콥스에게 감사의 말을 전한다. 뉴욕에 있는 에이전트의 조지 위저, 올가 위저, 제이크 엘웰에게도 감사의 말을 전한다. 멀리서 내 원고를 읽어준 모든 분께 감사하며, 특히 열정과 인내를 갖고 도와준 아내 블라이스에게 감사한다.

또한 전 국가안보국의 얼굴 없는 두 명의 암호해독가에게 말없는 감사를 전한다. 그들은 익명의 리메일러들을 통해 소중한 공헌을 해주었다. 그들이 없었다면 이 책은 세상에 나오지 못했을 것이다.

댄 브라운

세비야, 스페인
에스파냐 광장
오전 11시

죽으면 모든 것이 분명해진다고들 한다. 엔세이 탄카도는 지금 그 말이 사실이라는 것을 알았다. 고통으로 가슴을 움켜쥔 채 바닥에 쓰러졌을 때, 그는 자신의 끔찍한 실수를 깨달았다.

사람들이 나타나 탄카도의 주위를 맴돌며 도와주려고 했지만 그는 도움을 원치 않았다. 그러기엔 너무 늦었던 것이다. 그는 몸을 부르르 떨면서 왼손을 들어 손가락을 펴보였다.

'내 손을 보시오!'

사람들이 그를 빤히 바라보았지만, 그는 그들이 자신의 말을 이해하지 못했음을 알 수 있었다.

그는 손가락에 글자가 새겨진 금반지를 끼고 있었다. 일순간 그 글자가 안달루시아의 햇빛에 희미하게 빛났다. 엔세이 탄카도는 그것이 그가 보는 마지막 빛이라는 것을 알았다.

1

그들은 스모키 산[1]에 있는 민박집에 있었다. 잠자리와 아침식사만 제공하지만 그들이 가장 좋아하는 곳이었다. 데이비드는 그녀를 내려 다보며 미소를 지었다.

"어때, 예쁜이? 나와 결혼해주겠소?"

차양이 달린 침대에 누워 그를 바라보던 그녀는, 그가 바로 자신이 영원히 사랑할 남자라는 것을 알았다. 그녀가 그의 짙은 초록색 눈동 자를 응시하고 있을 때, 멀리 어디선가 전화벨 소리가 요란하게 울리 기 시작했다. 그 소리에 남자는 그녀에게서 몸을 뗐고, 그를 붙잡으 려 내뻗은 그녀의 두 손이 허공에서 맴돌았다.

꿈이었다. 전화벨 소리에 놀라 잠에서 깬 수잔 플레처는 침대에서 벌떡 일어나 앉은 다음 손으로 더듬어 수화기를 들었다.

"여보세요?"

"수잔, 나 데이비드요. 내가 잠을 깨웠나 봐?"

그녀는 미소를 지으며 다시 침대 위에 누웠다.

"방금 당신 꿈을 꾸었어요. 빨리 와서 놀아줘요."

그는 껄껄 웃었다.

"아직 깜깜한데."

"음."

그녀는 육감적인 신음을 흘렸다.

"그러니까 와서 나랑 놀아줘야죠. 북쪽으로 가기 전에 푹 자고 갈 수도 있잖아요."

데이비드가 아쉽다는 듯이 한숨을 쉬었다.

"그 때문에 전화한 거요. 여행을 연기해야겠어."

수잔은 갑자기 잠이 확 달아났다.

"뭐라고요!"

"미안해. 갑자기 출장을 가게 됐어. 내일까지는 돌아올게. 모레 아침엔 일찍 출발할 수 있을 거요. 그래도 이틀이나 남아 있잖아."

"벌써 예약했단 말예요. 우리가 전에 갔던 스톤 장원의 객실을 잡아 뒀는데."

마음이 상한 수잔이 불평했다.

"알아. 하지만……"

"오늘 밤은 우리의 약혼 육 개월을 축하하는 특별한 밤이잖아요. 설마 우리가 약혼했다는 것까지 잊은 건 아니죠?"

"수잔."

그가 한숨을 토했다.

"지금은 자세히 설명할 시간이 없어요. 그들이 차에서 기다리고 있거든. 비행기를 타면 곧 전화해서 모든 걸 설명해줄게."

"비행기라뇨? 무슨 일이죠? 대학에서 왜……?"

"대학이 아니라…… 나중에 전화로 설명할게. 정말 가봐야 해요. 그들이 부르고 있어서. 곧 연락하겠소."

"데이비드! 무슨 일이……"

그녀가 다급하게 소리쳐봤지만 너무 늦었다. 데이비드는 이미 전화를 끊은 뒤였다.

수잔 플레처는 여러 시간 동안 뜬 눈으로 누워 그가 다시 전화하기만을 기다렸다. 그러나 전화벨은 끝내 울리지 않았다.

그날 오후, 낙심한 수잔은 욕조에 앉아 있었다. 그녀는 거품욕조에 몸을 담그고 스톤 장원과 스모키 산을 잊으려고 애썼다.

'그는 어딜 간 거지?'

그녀는 궁금했다.

'왜 전화를 하지 않을까?'

뜨거웠던 물이 점차 차갑게 식었다. 욕조에서 막 나가려는 순간 전화벨 소리가 요란하게 울렸다. 수잔은 바닥에 물을 튀기며 벌떡 일어나 세면대에 두었던 무선 전화기를 집어 들었다.

"데이비드?"

"스트래스모어네."

수잔은 갑자기 기운이 쑥 빠져서 실망한 기색을 감추지 못했다.

"아…… 안녕하세요, 부국장님."

"젊은 남자가 아니어서 실망했나?"

부국장이 웃으며 말했다.

"아니에요."

수잔은 얼굴을 붉혔다.

"그게 아니라……"

"아니긴."

부국장은 껄껄 웃었다.

"데이비드 베커는 좋은 사람이야. 그를 놓치지 말라고."

"감사합니다, 부국장님."

부국장의 목소리가 갑자기 엄숙하게 변했다.

"수잔, 여기로 좀 와줘야겠어. 속히 말이야."

수잔은 상황을 파악하려 애썼다.

"오늘은 토요일이에요, 부국장님. 우린 통상……"

"알아."

부국장은 조용히 말했다.

"비상사태야."

수잔은 깜짝 놀랐다.

'비상사태라고?'

그녀는 스트래스모어의 입에서 그런 말을 들어본 적이 없었다.

'비상사태라고? 암호부에서?'

그녀는 상상할 수도 없었다.

"알겠습니다."

그녀는 잠시 말을 멈추었다.

"최대한 빨리 가죠."

"서두르게."

스트래스모어가 전화를 끊었다.

수건을 두르고 서 있는 수잔 플레처의 몸에서 떨어진 물방울이 어젯밤에 꺼내어 단정하게 접어놓은 옷을 적셨다. 산책용 반바지와 산의 서늘한 밤공기를 막아줄 스웨터, 그리고 오늘 밤에 입기 위해 새로 구입한 란제리였다. 풀이 죽은 그녀는 옷장으로 가서 깨끗한 블라우스와 스커트를 찾았다.

'비상사태라고? 암호부에서?'

수잔은 아래층으로 내려가면서 오늘 일진이 이보다 나빠질 수 있을까, 하고 생각했다.

이제 곧 알게 될 것이다.

---

1) **스모키 산** : 애팔래치아 산맥에 있는 매우 큰 산으로, 일 년 내내 안개가 낀다고 해서 스모키라는
이름이 붙었다. 스모키 국립공원은 사계절 중에서도 가을 단풍이 가장 아름답고, 해발 2천 미터의 정상인
클링맨스 돔까지 산악 열차를 타고 오를 수 있다.

2

데이비드 베커는 죽은 듯이 고요한 바다 위 3만 피트 상공에 떠 있는 리어제트 60에서 작은 타원형의 유리창을 통해 참담한 기분으로 바깥을 응시하고 있었다. 그는 기내 전화기가 고장이라 수잔에게 연락할 방법이 없다는 얘기를 들었던 것이다.

"내가 여기서 뭘 하고 있는 거지?"

그는 혼자 투덜거렸다. 그러나 대답은 간단했다. 누구에게나 그냥 싫다고 잘라 말할 수 없는 사람이 있는 법이다.

"베커 씨, 삼십 분 후면 도착할 겁니다."

확성기에서 들리는 소리였다.

베커는 보이지 않는 목소리의 주인공을 향해 침울하게 고개를 끄덕거렸다.

'고맙기도 하지.'

그는 차양을 끌어내리고 잠을 청했다. 그러나 머릿속에서 수잔 생각이 떠나지 않았다.

3

수잔의 볼보 세단은 높이가 3미터나 되는 가시 돋친 사이클론 울타리 그늘 속에 멈춰 섰다. 젊은 경비원이 차 지붕 위에 손을 얹으며 말했다.

"신분증을 보여주시죠."

수잔은 신분증을 제시하고 30초쯤 앉아 기다렸다. 경관은 그녀의 카드를 컴퓨터 스캐너에 통과시켰다. 그러고는 그녀를 돌아보며 말했다.

"감사합니다, 플레처 씨."

그가 보일 듯 말 듯한 사인을 보내자, 문이 휙 열렸다. 8백 미터쯤 더 가 아까만큼이나 위압적인 전기 울타리에서 아까와 똑같은 절차를 되풀이했다.

'어서 보내줘, 이 녀석들아. 난 여길 수만 번도 더 들락거렸어.'

마지막 검문소로 다가가자, 두 마리 공격견과 함께 기관총을 든 땅딸막한 보초병이 그녀의 자동차 번호판을 흘긋 본 다음 손을 흔들어 지나가라는 신호를 했다. 그녀는 캐닌 거리를 따라 2백50미터쯤 더 간 다음 직원 C지구로 들어갔다.

'믿을 수가 없군. 직원이 이만육천 명에 예산은 자그마치 백이십억

달려야. 그 정도면 주말에 나 하나쯤 없어도 잘 돌아가야 하는 거 아냐?'

그녀는 생각했다.

수잔은 차를 몰아 지정된 자리에 댄 다음 엔진을 껐다.

조경이 잘 된 테라스를 지나 본관 건물로 들어간 그녀는 두 개의 내부 검문소를 통과해 신관으로 통하는 창문 없는 터널에 도착했다. 음성감식 부스가 그녀의 앞을 가로막았다.

국가안보국(NSA)
암호부 기지
외부인 출입 금지

무장한 경비원이 쳐다보았다.

"안녕하십니까, 플레처 씨."

수잔은 지친 듯 미소를 지었다.

"안녕, 존."

"오늘은 안 나오시는 줄 알았는데."

"그러게 말예요."

수잔은 파라볼라 마이크를 향해 똑똑하게 말했다.

"수잔 플레처."

컴퓨터가 그녀의 음성 주파수 특성을 확인한 즉시 찰각 하고 문이 열렸다. 그녀는 안으로 들어갔다.

시멘트 인도를 걸어 내려가기 시작하는 수잔을, 경비원은 황홀한 눈빛으로 바라보고 있었다. 오늘 그녀의 짙은 갈색 눈동자는 냉담한 듯했지만 두 뺨은 발그레하니 생기에 넘쳤고, 어깨까지 내려오는 적갈색 머리카락은 이제 막 바람에 마른 것처럼 보였다. 그녀에게서 존슨

즈 베이비 파우더 향이 희미하게 났다. 경비원의 눈동자는 그녀의 날씬한 상반신을 훑어보고 브래지어가 비치는 흰색 블라우스로 가서 무릎까지 내려오는 카키색 스커트 아래로 쭉 뻗은 다리를 훑어보았다.

"아이큐 백칠십을 지탱하긴 힘들 것 같은 다린데."

경비원은 혼자 중얼거렸다.

경비원은 한참 동안 그녀의 뒷모습을 뚫어지게 바라보았다. 마침내 그녀가 멀리 사라지자, 그는 고개를 흔들었다.

터널 끝에 이르자, 둥근 천장 모양의 회전문이 수잔의 앞을 가로막았다. 암호부라는 큼지막한 글자가 적혀 있었다.

한숨을 내쉰 수잔은 움푹 들어간 암호박스에 손을 얹고 자신의 개인 식별번호 다섯 자리를 입력했다. 그러자 12톤 무게의 강철문이 회전하기 시작했다. 그녀는 정신을 집중하려고 했지만 다시 그가 생각났다.

데이비드 베커. 그녀가 사랑한 단 한 남자였다. 조지타운 대학에서 가장 젊은 정교수이자 탁월한 외국어 전문가인 그는 학계에서도 명사였다. 직관적인 기억력과 언어 감각을 갖고 태어난 그는 스페인어, 프랑스어, 이탈리아어는 물론 6개국의 아시아 지방 사투리를 마스터한 사람이었다. 어원학과 언어학에 대한 그의 대학 강의는 자리가 없어 학생들이 서서 들을 정도로 만원이었고, 그는 늘 늦게까지 남아 수강생들의 계속되는 질문에 모두 대답해주었다. 그는 권위와 열정을 가지고 강의했으며, 그를 동경하는 여학생들의 흠모하는 눈빛은 안중에도 없는 듯했다.

서른다섯 살의 베커는 거무스름한 피부에 예리한 초록색 눈동자와 그만한 재치를 지닌 강인한 인상의 젊은이였다. 강한 턱과 잘 조화된 그의 얼굴을 보면 수잔은 대리석으로 만든 조각상이 떠올랐다. 1백80센티미터가 넘는 베커는 동료들 중 누구도 감당하지 못할 만큼 민첩하게 스쿼시 코트를 누비고 다녔다. 상대를 납작하게 눌러 이긴 후엔

식수대에 머리를 푹 담가 숱이 많은 검은 머리카락을 흠뻑 적셔 열을 식혔다. 그런 다음 물방울을 뚝뚝 떨어뜨리면서 상대에게 과일 셰이크와 베이글을 사주곤 했다.

젊은 교수들이 대개 그렇듯이 데이비드의 월급도 그리 많지 않았다. 스쿼시 클럽 회원권을 갱신해야 할 때나 낡은 던롭 라켓의 줄을 갈아 끼워야 할 때면, 그는 워싱턴 일대의 정부 기관에 번역 일을 해주고 가욋돈을 벌어 충당했다. 그가 수잔을 만난 것도 그런 일을 할 때였다.

가을방학이 시작된 어느 상쾌한 아침이었다. 아침 조깅을 끝내고 방이 세 개인 교직원 아파트로 돌아온 베커는 자동응답기가 깜박이는 것을 보았다. 그는 음성메세지를 들으면서 오렌지 주스를 1리터나 들이켰다. 메시지 내용은 여느 것과 비슷했다. 그날 오전 중으로 몇시간 정도 번역 일을 해달라는 정부 기관의 부탁이었다. 이상한 점이 하나 있다면 그런 기관은 처음 들어본다는 것이었다.

"국가안보국이라고 하던데."

베커가 사전 지식을 얻기 위해 몇몇 동료들에게 물어보았다.

그들의 대답은 한결 같았다.

"국가안전보장회의를 말하는 거겠지?"

베커는 그 메시지를 다시 확인하고 말했다.

"아니. 그들은 국이라고 했어. NSA라고 말야."

"그런 덴 처음 듣는데."

베커는 회계 감사원의 주소록을 확인해보았다. 거기에도 나와 있지 않았다. 당황한 베커는 오랜 스쿼시 동료에게 물어보았다. 그 동료는 정치 분석가였는데 지금은 의회 도서관에서 연구원으로 근무하고 있었다. 그의 설명을 듣고 베커는 깜짝 놀랐다.

NSA는 분명 존재할 뿐만 아니라 세계에서 가장 영향력 있는 정부 기관 중 하나라고 했다. 그곳은 전 세계의 전자 정보 데이터를 수집하고 반세기 이상 미국의 기밀 정보를 보호하는 일을 해왔으며, 미국인 가운데 3퍼센트만이 그 기관의 존재를 알고 있다고 했다.

"NSA는 '그런 기관은 없음(No Such Agency)'의 약자라네."

그의 친구가 농담조로 말했다.

베커는 걱정 반 호기심 반으로 그 비밀스러운 기관의 제안을 받아들였다. 그는 60킬로미터쯤 차를 몰아 메릴랜드 주 포트 미드의 우거진 숲 속에 은밀하게 숨어 있는 35만 평방미터의 본부에 도착했다. 몇 차례의 보안 검문을 통과하고 6시간짜리 방문자용 홀로그램 통행증을 발급받은 뒤에야 그는 멋진 연구 시설로 안내되었다. 그리고 그곳의 암호부에 '맹목적 지원'을 하면서 오후 시간을 보내게 될 거라는 얘기를 들었다. 암호부란 암호해독가로 알려진 수학적 수재들로 이루어진 엘리트 그룹을 말했다.

처음 한 시간 동안 암호해독가들은 베커가 그곳에 있다는 것조차 모르는 듯했다. 그들은 거대한 테이블 주위를 어슬렁거리면서 베커가 생전 처음 듣는 단어들을 쏟아냈다. 스트림 암호, 10분의 1 자동감소 프로그램, 배낭 변형, 제로 지식 프로토콜, 단일성 포인트 등 전혀 생소한 단어들이었다.

베커는 멍한 기분으로 그들을 관찰했다. 그들은 모눈종이에 기호를 휘갈겨 썼고, 컴퓨터 출력 정보를 열심히 연구했으며, 오버헤드 프로젝터에 투영된 알 수 없는 텍스트를 끊임없이 입에 올렸다.

```
JHDJA3LKHDHMADO/ERTWTJLW+JGJ3L8
5JHALSFNHKHHHFArOHHDFGAF/FJ37WE
OHIY345O59DJFD2H/HHKTYFHLF89303
95JSPJF2J0890IHJ98YHFI080EWRT03
JOJKB45HOROQ+JTOEU4TRFREL//OUJW
08UYOIHO934JTPWFIAJERO9QU4JR96U
IVJPSDUW4H95PE8KTUGVJW3P4E/IKKC
MFFUERHFGVOQ3941KJRMG+UNHVS9OER
IRK/O956Y7UOPO1KIOJP9F8/60QWEROT
```

마침내 그들 중 한 사람이 베커가 이미 짐작한 것에 대해 설명했다. 숫자와 문자로 뒤범벅된 원문은 암호들이었다. 암호해독가들은 그 암호를 연구하여 거기서 본래의 메시지나 '클리어 텍스트', 즉 명료한 텍스트를 끌어내는 사람들이다. 국가안보국에서 베커를 불러들인 이유는, 본래의 메시지가 중국어로 되어 있다고 생각했기 때문이다. 그래서 암호해독가들이 풀어낸 기호를 그에게 번역시킬 요량이었다.

그후 베커는 두 시간 동안 한자를 번역했다. 하지만 그가 번역한 내용을 건넬 때마다 암호해독가들은 절망적으로 고개를 가로저었다. 암호가 이해되지 않는 게 분명했다. 베커는 진심으로 도와주고 싶어서 그들이 본 모든 문자에는 공통점이 있음을 지적했다. 그 문자들은 간지(漢字)였던 것이다. 순간 떠들썩하던 방 안이 갑자기 조용해졌다. 호리호리한 체격에 줄담배를 피우는 책임자 모란테는 믿을 수 없다는 표정으로 베커를 돌아보았다.

"이 기호들이 복합적 의미를 지니고 있다는 뜻입니까?"

베커는 고개를 끄덕인 후, 간지는 일본식 표기 방법인데 한자를 변형시킨 것에 근거를 두고 있다고 설명했다. 그런데 그들이 중국어로 번역해줄 것을 요구했기 때문에 그렇게 하고 있다고 말했다.

"이럴 수가!"

모란테가 헛기침을 했다.

"그러면 간지로 해봅시다."

그러자 마술처럼 모든 것이 술술 풀렸다.

암호해독가들은 몹시 감동했지만 문자의 순서를 뒤섞은 다음 베커에게 번역하게 했다.

"당신의 안전을 위해서입니다."

모란테가 말했다.

"이렇게 하면 당신이 뭘 번역했는지 모를 테니까요."

베커는 껄껄 웃었다. 그러나 베커 외에는 아무도 웃지 않았다.

마침내 암호가 풀렸을 때, 베커는 자신이 그들에게 어떤 비밀을 밝히는 데 도움을 줬는지는 몰랐지만 한 가지 사실만은 분명히 알 수 있었다. 국가안보국은 암호해독을 매우 중요하게 생각한다는 것이었다. 베커가 그들에게서 받은 수표의 액수가 대학의 한 달 월급보다 많았기 때문이다.

집으로 돌아가기 위해 중앙 복도에 있는 일련의 보안 검문소를 통과하는데 경비원이 베커를 가로막았다. 전화 연락을 받은 것 같았다.

"베커 씨, 여기서 좀 기다려주십시오."

"무슨 일입니까?"

베커는 일이 오래 걸릴 거라고는 생각지도 못했다. 토요일 오후마다 스쿼시 시합이 있기 때문에 서둘러야 했다.

경비원은 어깨를 으쓱했다.

"암호해독부장이 하실 말씀이 있답니다. 그녀가 지금 여기로 오고 있습니다."

"그녀라고요?"

베커는 웃었다. 그는 국가안보국 안에서 여성은 한 명도 보지 못했기 때문이다.

"그게 뭐 잘못됐나요?"

등 뒤에서 여자 목소리가 들렸다.

고개를 돌리던 베커는 자신의 얼굴이 빨개지는 것을 느꼈다. 그의 시선은 여자의 블라우스 위에 있는 ID 카드에서 멈추었다. NSA의 암호해독부장은 여자일 뿐만 아니라 매력적이기까지 했다.

"아닙니다. 그냥······"

베커는 말을 더듬었다.

"수잔 플레처예요."

수잔은 미소를 지으며 가녀린 손을 내밀었다.

베커는 그 손을 잡았다.

"데이비드 베커입니다."

"축하드립니다, 베커 씨. 오늘 일을 잘 해냈더군요. 그것에 관해 얘기 좀 나눌 수 있을까요?"

베커는 망설였다.

"실은 제가 좀 바빠서요."

세계에서 가장 막강한 정보국을 우습게 보는 게 아니라, 그로서는 45분 뒤에 시작될 스쿼시 시합이 더 중요했다. 데이비드 베커는 스쿼시에 절대 늦는 법이 없다. 강의 시간에는 늦을지라도 스쿼시 시합에는 늦은 적이 한 번도 없었던 것이다.

"잠깐이면 됩니다."

수잔 플레처는 미소를 지으며 말했다.

"가시죠."

10분 후 베커는 국가안보국의 사랑스러운 암호해독부장인 수잔 플레처와 크랜베리 주스를 마시고 있었다. 베커는 서른여덟 살의 수잔이 단순히 운이 좋아서 국가안보국 고위직까지 올라간 것이 아니며 지금까지 만난 여자들 중 가장 똑똑한 여자라는 것을 금방 알 수 있었다. 암호와 암호해독에 대해 그녀와 얘기를 나누는 동안, 베커는 자신이 매우 신선하고 흥분되는 경험을 하고 있으며 좀더 오랫동안 그것을 즐기고 싶어하는 것을 느꼈다.

한 시간이 지나고 베커는 스쿼시 시합을 완전히 놓쳤다는 것을 알았다. 수잔 역시 세 번째 울리는 인터컴 호출을 무시하면서 두 사람은 동시에 웃음을 터뜨렸다. 고도의 분석적 사고방식을 지닌 두 사람은 어떤 일에 무분별하게 빠져드는 유형이 결코 아니었다. 하지만 마주 앉아서 언어형태론과 의사난수(擬似亂數) 생성에 관해 얘기하는 사이에, 그들은 마치 모든 것에 흥분하는 한 쌍의 틴에이저가 된 것 같은 기분이 들었다.

수잔은 데이비드 베커를 보자고 한 진짜 이유를 말할 기회가 없었다. 사실 그에게 아시아 암호해독부의 임시직을 권하고 싶었지만, 젊은 교수는 교육에 대한 열의가 대단해서 결코 교단을 떠나고 싶어하지 않는다는 것을 알 수 있었기 때문이다. 수잔은 업무 얘기로 분위기를 망치고 싶지는 않았다. 그녀는 다시 여학생으로 돌아간 기분이었고, 어떤 문제로도 그 분위기를 망칠 순 없었다. 그리고 망치지 않았다.

  그들의 구애 과정은 느리지만 로맨틱했다. 두 사람은 시간이 날 때마다 조지타운 캠퍼스를 오랫동안 산책한 후 멀루티 카페에서 밤늦게까지 카푸치노를 마셨으며, 가끔은 강연장이나 음악회에도 갔다. 수잔은 자신이 평소보다 많이 웃고 있다는 것을 깨달았다. 데이비드가 하는 말은 모두 재미있게 들렸다. 그것은 긴장을 요하는 국가안보국의 업무를 잠시나마 잊게 해주는 고마운 해방이었다.
  어느 상쾌한 가을 오후, 그들은 경기장 관람석에 앉아 조지타운 축구팀이 러트거스 대학 팀에게 완패하는 모습을 지켜보고 있었다.
  "무슨 운동을 한다고 했죠? 주키니[1]라고 했나?"
  수잔이 놀리면서 물었다.
  "스쿼시라는 거요."
  베커가 투덜거렸다.
  수잔은 멍한 눈길을 보냈다.
  "주키니와 비슷하지만 코트가 더 작지."
  베커가 설명하자, 수잔이 장난스럽게 그를 밀쳤다.
  조지타운의 레프트 윙이 코너킥을 어이없이 실축해버리자, 관중 속에서 "우우" 하는 소리가 울려퍼졌다. 수비수가 다급히 자기 진영으로 돌아왔다.
  "당신은 무슨 운동을 하죠?"
  이번에는 베커가 물었다.
  "스테어마스터(계단 밟기식 운동기구) 검은 띠예요."

베커가 움찔하며 말했다.

"자기가 이길 수 있는 운동이 더 좋지."

수잔이 미소를 지었다.

"우린 기대 이상이네요?"

조지타운 대학의 스타 수비수가 패스를 막자, 관람석에서 환성을 질러댔다. 수잔은 상체를 살짝 기울이며 베커의 귀에 대고 속삭였다.

"박사."

그는 멍하니 그녀를 돌아보았다.

"박사 하면 맨 먼저 떠오르는 걸 얘기해봐요."

수잔이 다시 말했다.

베커가 의아한 표정으로 물었다.

"단어 연상 퀴즈요?"

"국가안보국의 일반적인 절차죠. 같이 있는 사람에 대해 알아야 하거든요."

그녀는 엄한 눈길로 쳐다보며 다시 말했다.

"박사."

베커는 어깨를 으쓱하며 대답했다.

"수스 박사."[2]

수잔은 그에게 눈살을 찌푸렸다.

"좋아요. 하나 더요. '부엌'."

그는 거침없이 말했다.

"침실."

수잔은 민망한 듯 눈썹을 치켜올리며 말했다.

"좋아요. 그럼 이건 어때요. '고양이(cat)'."

"창자(gut)."

베커가 다시 받았다.

"창자라고요?"

"그래요. 장선(catgut). 스쿼시 라켓 줄의 원료죠."

"재밌네요."

수잔은 빈정거렸다.

"진단 결과는 어떻소?"

베커가 물었다.

수잔은 잠시 생각한 뒤 말했다.

"당신은 유아적이고, 성적 욕구 불만인 스쿼시 광이에요."

베커가 어깨를 으쓱하며 말했다.

"대충 맞는 것 같은데."

그렇게 여러 주가 지났다. 베커는 24시간 영업하는 간이식당에서 디저트를 먹으며 수잔에게 끊임없이 질문하곤 했다.

'수학은 어디에서 배웠느냐?'

'NSA엔 어떻게 들어가게 되었느냐?'

'어쩜 그렇게 매혹적이냐?'

수잔은 얼굴을 붉히며 자신은 '좀 늦게 피어난 타입'이라고 말했다. 그리고 십대 후반 내내 치열 교정기를 끼고 다녔으며, 비쩍 마른 선머슴 같은 그녀에게 클라라 아주머니는 하느님이 못생긴 얼굴을 주신 대신 총명한 머리를 주신 거라고 말한 적도 있다고 했다. 그것은 조급한 판단이었다고, 베커는 생각했다.

수잔이 암호해독에 관심을 갖기 시작한 것은 학생 때였다. 컴퓨터 클럽 회장이자 하늘같은 8학년인 프랭크 거트먼이 사랑의 시를 쓴 다음, 숫자로 암호화해서 수잔에게 건네주었다. 수잔은 그게 무슨 뜻인지 알려달라고 애원했지만 프랭크는 놀리며 거절했다. 수잔은 암호를 집으로 가져와 이불 속에서 손전등을 켜놓고 밤을 꼬박 새며 그 비밀을 알아냈다. 그 비밀은 숫자 하나가 문자 하나를 대신하는 형태였다. 그녀는 신중하게 암호를 해독했다. 신기하게도 두서없어 보이던 아라비아 숫자가 아름다운 시로 탈바꿈하는 것을 그녀는 놀라며 지켜보았다. 바로 그순간 수잔은 암호와 암호해독법에 홀딱 반했고, 결국 그 일은 그녀의 인생이 되었다.

거의 20년이 지나고, 수잔은 존스 홉킨스 대학에서 수학 석사 학위를 받은 뒤 MIT에서 전액 장학금을 받으며 수 이론을 공부하면서 '암호 체계, 프로토콜, 매뉴얼 응용을 위한 알고리즘'이라는 박사 논문을 제출했다. 그것을 읽은 사람은 그녀의 교수만이 아니었다. 얼마 후 수잔은 국가안보국으로부터 전화 한 통과 비행기 티켓 한 장을 받았다.

암호해독에 종사하는 사람이라면 누구나 국가안보국을 알고 있다. 그곳은 지구상에서 최고인 암호해독가들의 본거지이기 때문이다. 매년 봄 민간 부문의 회사들이 가장 뛰어난 인재들에게 접근하여 천문학적인 급료와 스톡옵션을 제안할 때, 국가안보국은 신중하게 지켜보다가 목표물을 선택한 다음 그가 제안받은 액수의 두 배를 제시했다. 국가안보국은 필요한 것이면 무엇이든 사들였다. 기대에 부푼 수잔은 워싱턴 덜레스 국제공항으로 날아갔다. 그곳에는 국가안보국에서 마중 나온 운전사가 기다리고 있었고, 그녀를 포트 미드로 데려갔다.

같은 해에 똑같은 전화를 받은 사람은 그녀 외에도 마흔한 명이나 더 있었다. 그중 스물여덟 살인 수잔은 가장 어린 데다 홍일점이었다. 그곳에서 수잔은 설명을 듣기보다는 엄청난 홍보공세와 끝도 없는 지능검사에 시달려야 했다. 그 다음 주에 수잔과 다른 여섯 명이 다시 호출되었다. 수잔은 망설여졌지만 다시 들어갔다. 그들은 즉시 분산되어 개별적인 거짓말 탐지기 테스트, 배경 조사, 필체 분석, 몇 시간에 걸친 면접을 했다. 성적인 성향과 실제 성생활에 대해 심문하고 이를 녹화하기도 했다. 면접관이 동물과 섹스해본 적이 있느냐고 물었을 때, 수잔은 자리를 박차고 나갈 뻔했지만 어떤 알 수 없는 힘이 그녀를 지탱해주었다. 그것은 바로 암호 이론의 최전선에서 일하게 된다는 기대감, '퍼즐 왕국'에 입성하고, 전 세계에서 가장 비밀스런 조직인 국가안보국의 일원이 될 것이라는 희망이었다.

베커는 그녀의 얘기에 깜짝 놀랐다.

"정말 동물과 섹스한 적이 있느냐고 물었단 말입니까?"

수잔은 어깨를 으쓱했다.

"일상적인 배경을 체크하는 질문이었어요."

"그렇지만…… 그래, 뭐라고 대답했어요?"

베커는 웃음을 참으며 물었다.

수잔은 탁자 밑으로 그를 발로 차며 장난스럽게 대답했다.

"물론 아니라고 했죠! 근데 어젯밤부터 그게 사실이 됐어요."

수잔의 눈에 베커는 거의 완벽한 남자였다. 딱 한 가지 문제가 있다면, 외출할 때마다 자기가 계산하겠다고 고집하는 것이었다. 수잔은 베커가 점심값으로 하루 일당을 몽땅 써버리는 것이 언짢았지만, 그는 고집불통이었다. 시간이 갈수록 익숙해지긴 했지만 그래도 자꾸 신경이 쓰였다.

수잔은 '나는 내가 쓸 수 있는 것보다 더 많이 버니까 당연히 내가 지불해야 해'라고 생각했다.

그 구닥다리 기사도정신만 제외하면 그는 이상적인 남자였다. 인정 많고 똑똑하고 재미있고, 특히 자신의 직업에 진지한 관심을 보이는 점이 맘에 들었다. 스미스소니언 박물관으로 여행을 갔을 때, 자전거를 탈 때, 수잔의 부엌에서 스파게티를 태울 때도 베커는 끊임없이 캐물었다. 수잔은 아는 대로 대답해주었고, 국가안보국의 비밀이 아닌 일반적인 것들에 대해서만 설명했다. 데이비드는 그녀가 들려주는 이야기에 매료되었다.

1952년 11월 4일 오전 12시 1분에 트루먼 대통령이 설립한 국가안보국은 반세기 동안 세계에서 가장 비밀스러운 정보기관이었다. 국가안보국의 일곱 페이지에 달하는 설립 목적은 매우 간명했다. 즉, 미국 정부의 통신을 보호하고 다른 강대국들의 통신을 도청하는 일이었다.

국가안보국의 본관 건물 지붕에는 5백 개 이상의 안테나가 어지럽게 서 있고, 거대한 골프공 같은 두 개의 커다란 레이더 보호용 돔이 설치되어 있다. 건물 자체만 해도 19만 평방미터가 넘어 CIA 본부의 두 배만 한 크기였다. 내부의 전화선 길이는 24만 킬로미터이고, 영구적으로 밀봉된 창문은 7천5백 평방미터에 달했다.

수잔은 국가안보국의 글로벌 정찰부인 코민트(COMINT)에 관해서도 얘기해주었다. 국가안보국은 전 세계의 청음초(聽音哨)[3], 위성, 스파이, 전화 도청에 의한 정보들을 수집하는 놀라운 기관이었다. 매일 수천 개의 외교문서와 회담이 도청되고, 그것들은 모두 암호해독을 위해 국가안보국의 해독가에게 보내졌다. FBI, CIA, 외교정책 고문들은 모두 국가안보국의 정보를 토대로 의사결정을 내렸다.

베커는 그녀의 놀라운 얘기에 매료되었다.

"그럼 암호해독은? 당신이 하는 일은 어떤 거요?"

수잔은 도청한 전파는 위험한 정부나 반대 당파, 미국 내에 있는 다수의 테러리스트 집단에서 보낸 것이라고 설명했다. 그들의 통신은 잘못 전달될 경우에 대비해서 보통 암호화되어 있지만, 대개의 경우 코민트의 손아귀에 들어왔다. 수잔은 그 암호들을 연구하여 해독한 메시지를 국가안보국에 제출하는 것이 자신의 일이라고 말했다. 하지만 이것이 모두 사실은 아니었다.

수잔은 연인에게 거짓말을 해서 죄책감을 느꼈지만 어쩔 수 없었다. 몇 년 전이라면 그 말이 맞지만, 그동안 국가안보국의 상황이 바뀌었다. 암호의 모든 세계가 바뀐 것이다. 수잔의 새로운 임무는 가장 막강한 권력층의 많은 이들에게까지도 비밀이었다.

"어디서부터 손댈지 어떻게 아는 거죠?"

매료된 베커가 물었다.

"내 말은, 그걸 어떻게 해독하느냐는 말입니다."

수잔은 미소를 지었다.

"누구보다도 당신 같은 사람이 알아야겠죠. 그건 외국어를 공부하는 것과 비슷해요. 처음엔 텍스트를 봐도 무슨 말인지 알 수 없지만, 그것의 구조를 이루고 있는 규칙을 알게 되면 그 뜻을 끌어내기 시작하죠."

베커는 감탄하며 고개를 끄덕였다. 그는 더 많은 것을 알고 싶었다.

수잔은 멀루티 카페의 냅킨과 콘서트 전단지를 칠판삼아 매력적인 풋내기 현학자에게 간단한 암호해독법 강의를 하기 시작했다. 그녀는 줄리어스 시저의 '완벽한 정사각형' 암호 박스부터 시작했다.

시저는 역사상 가장 처음으로 암호를 사용했다. 보병 전령들이 비밀 서신을 적에게 탈취 당하자, 시저는 명령을 암호화하는 초보적 방법을 고안해냈다. 즉 서신의 원문을 재배열하여 아무 의미도 없는 것처럼 보이게 한 것이다.

물론 의미가 없는 것은 아니었다. 각 서신의 글자 수는 시저가 얼마만큼 말하고 싶으냐에 따라 항상 16, 25, 100과 같이 완벽한 정사각형의 글자 수를 가지고 있었다. 그는 장교들에게 그런 서신을 받으면 원문을 정사각형 격자에 옮겨 적으라고 은밀히 지시했다. 그렇게 한 뒤 위에서 아래로 읽어 내려가면 마술처럼 비밀 서신이 나타날 거라고 말했다.

세월이 흐르면서 원문을 재배열하는 시저의 이 방법을 다른 사람들도 받아들여 더욱 해독하기 어렵게끔 수정해서 사용했다. 컴퓨터에 의존하지 않는 암호해독의 절정은 제2차 세계대전 때였다. 나치는 에니그마라는, 풀기 어려운 암호생성기를 만들었다. 이 장치는 놋쇠로 된 연동 회전자가 있는 구식 타자기와 비슷했다. 회전자는 복잡한 방식으로 회전하여 명확한 본문을 아무 의미 없어 보이는 글로 정렬했다. 수령자가 이 암호를 해독할 수 있는 방법은 또 한 대의 에니그마를 똑같은 방식으로 조정하는 것뿐이었다.

베커는 마술에 걸린 듯 귀 기울였다. 선생님이 학생이 된 것이다.

어느 날 밤, 베커와 대학에서 〈호두까기인형〉 연극을 보던 수잔은 그에게 해독해보라며 처음으로 기본적인 암호를 주었다. 그는 휴식 시간 내내 손에 펜을 들고 앉아 열한 자로 된 메시지를 들여다보며 끙끙댔다.

HL FKZC VD LDS

마침내 조명이 다시 꺼지고 2막이 시작되려는 순간 그는 암호를 해독했다. 수잔은 암호로 바꾸기 위해 메시지의 각 글자를 알파벳의 바로 앞 글자로 바꿔 썼다. 암호를 해독하기 위해 베커가 할 일은 각 알파벳을 한 칸씩 뒤로 옮기는 것이었다. 즉 'A'는 'B'로, 'B'는 'C'로 옮기는 식이었다. 그는 재빨리 남은 글자를 옮겼다. 그는 네 개의 짧은 음절이 자신을 이토록 기쁘게 할 줄은 꿈에도 생각지 못했다.

IM GLAD WE MET(만나서 기뻐요)

그는 얼른 답장을 써서 수잔에게 건넸다.

LD SNN(ME TOO : 나도 그렇소)

수잔은 빙그레 웃었다.

베커도 웃음이 나왔다. 서른다섯의 나이에도 그의 심장은 소년처럼 마구 뛰고 있었다. 지금까지 한 여자에게 그렇게 푹 빠져본 적은 없었다. 그녀의 우아한 유럽풍 이목구비와 부드러운 갈색 눈동자는 에스티로더 광고 모델을 생각나게 했다. 십대 시절에는 비록 멀대 같은 선머슴이었는지 모르지만, 지금은 분명 아니었다. 그녀는 세련미를 풍겼고, 늘씬한 키와 풍만한 가슴, 군살 없이 매끈한 배를 가지고 있었다. 데이비드는 그녀에게 자기가 만난 여자들 중 응용 수학과 수 이론의 박사 학위를 가진 최고의 비키니 모델이라고 가끔 농담하곤 했다. 몇 달이 지나자 두 사람은 평생을 함께할 수 있는 무언가를 찾아낸 것 같은 생각이 들기 시작했다.

만나기 시작한 지 거의 두 해가 될 무렵, 데이비드가 불쑥 그녀에게 청혼했다. 스모키 산으로 주말여행을 떠난 그들은 스톤 장원의 차양이 달린 커다란 침대에 누워 있었다. 엉겁결에 말을 꺼낸 탓에 베커는 반지를 준비하지 못했다. 수잔은 그의 그런 점이 마음에 들었다. 베커는 몹시 충동적인 사람이었다. 수잔은 그에게 길고 강렬한 키스를 했다. 베커는 그녀를 포옹한 뒤 잠옷을 벗기며 말했다.

"당신의 키스를 승낙으로 받아들이겠소."

두 사람은 따뜻한 벽난로 앞에서 밤새 사랑을 나눴다.

그 마술 같은 밤은 6개월 전의 일이고, 데이비드가 갑작스럽게 현대 언어학과 학과장으로 승진하기 전이었다. 그 이후에도 두 사람의 관계는 순조로웠다.

---

1) **주키니(Zucchini)** : 서양호박. 호박 이름인 스쿼시에 빗댄 농담.
2) **수스 박사** : 테오도르 수스 가이젤(Theodore Seuss Geisel, 1904~1991년) 《모자 쓴 고양이》의 저자. 기발한 상상력으로 유명하며, 1984년에는 풀리처상을 수상했다.
3) **청음초** : 적의 움직임을 눈으로 볼 수 없는 흐린 날씨나 밤에 소리를 들어 적의 행동을 탐지하려고 전방에 둔 초소.

4

암호부 출입문의 경적에 수잔은 우울한 몽상에서 깨어났다. 문은 이미 회전하여 완전히 열려 있었고 5초 후면 360도 회전하여 다시 닫힐 것이다. 수잔은 생각을 집중하며 열린 곳으로 걸어갔다. 컴퓨터가 그녀의 출근을 기록했다.

암호부가 완성된 3년 전부터 줄곧 그 안에서 살다시피 했지만, 그 광경은 아직도 그녀를 놀라게 했다. 메인 룸은 다섯 층계나 치솟은 거대한 원형 방이었다. 투명한 둥근 천장은 그 꼭대기 높이가 36미터나 되었다. 플렉시글라스로 된 둥근 지붕은 2메가톤의 폭약이 터져도 끄떡없다는 폴리카보네이트 방탄막이 내장되어 있다. 이 그물모양 방탄막 때문에 햇빛이 비치면 건물의 벽을 가로질러 섬세한 레이스 같은 그늘이 생겼다. 작은 먼지 입자들은 둥근 지붕에 설치된 강력한 이온 제거 시스템에 의해 넓은 나선형을 이루며 위로 빨려 올라갔다.

사무실의 비스듬한 경사면은 천장에서 넓은 아치형을 이루며 내려오다가 눈 높이에서 수직으로 바뀌었다. 그 색깔은 미묘한 투명에서 바닥에 가까울수록 불투명한 검은색으로 변했다. 바닥에는 윤기 나는 검은 타일이 넓게 깔려 있었는데, 섬뜩한 빛을 발해서 바닥이 투명한 듯한 불안감을 주었다. 마치 검은 얼음 같았다.

천장을 둥글게 지은 이유는, 바닥 한가운데 거대한 어뢰 꼭대기처럼 솟아오른 기계 때문이었다. 광택이 나는 그 검은 물체는 공중 7미터쯤에서 아치형을 이루면서 바닥으로 내려왔다. 부드러운 곡선을 이룬 모양이 흡사 지독하게 추운 바다 한가운데서 얼어붙은 거대한 범고래 같았다.

이것이 바로 지구상에 하나밖에 없는 최고가의 컴퓨터 장비로, 국가안보국이 그 존재를 강력히 부인한 트랜슬터(TRANSLTR)였다.

이 기계는 마치 빙산처럼, 그 덩치와 파워의 90퍼센트를 표면 아래 깊숙이 감추고 있었다. 그 비밀은 6층 아래까지 곧장 뻗어 있는 세라믹 사일로 안에 감춰져 있었다. 로켓 모양의 외각은 어지럽게 얽히고 설킨 통로와 케이블에 휘감겨 있었고, 프레온 냉각 장치에서 슉슉 소리를 내며 배기가스를 내뿜고 있었다. 하부의 동력 발전기에서는 끊임없는 저주파 음이 윙윙거리며 암호부에 무시무시한 유령 소리 같은 효과음을 주었다.

모든 위대한 과학 기술의 발달이 그러했듯이, 트랜슬터 역시 필요에 의해서 태어났다. 1980년대, 국가안보국은 정보 정찰 분야에 끊임없는 변화를 줄 통신의 혁신, 즉 일반 대중의 인터넷 접속을 목격했다. 소위 이메일의 출현이었다.

범죄자, 테러리스트, 스파이들은 차츰 그들의 전화가 도청되는 것에 신물을 느끼고 즉시 이 새로운 수단인 글로벌 통신을 이용했다. 이메일은 전통 우편물의 안전성과 전화의 속도를 지니고 있었다. 광섬유를 통해 전송되고 공중파를 타지 않기 때문에 완전한 도청 방지가 가능하다고 알려져 있었다.

실제로 국가안보국의 기술자들에게 인터넷을 지나가는 이메일을 가로채는 일은 아이들 장난에 불과했다. 인터넷은 일반인들이 생각하는 것처럼 가정용 컴퓨터용으로 최근에 개발된 게 아니다. 이미 30년 전에 국방성은 핵전쟁이 일어날 경우 정부에 안전한 통신을 제공하기 위해 컴퓨터의 거대한 네트워크를 만들었다. 노련한 인터넷 프로들은 국가안보국의 눈과 귀가 되었다. 이메일을 통해 불법적인 일을 하는 사람들은 자신들의 비밀이 잘 지켜지지 않는다는 사실을 금방 알아챘다. FBI, DEA(마약 단속국), IRS(국세청) 등의 미국 사법당국은 국가안보국 해커들의 도움으로 무더기 검거와 유죄 판결의 재미를 누렸다.

물론 전 세계 컴퓨터 사용자들은 미국 정부에서 그들의 이메일을 열어보고 있다는 것을 눈치채고는 이에 대해 빗발치듯 항의했다. 심지어 재미로 이메일 통신을 하는 펜팔 친구들도 프라이버시가 침해되는 것에 대해 불안해했다. 전 세계의 민간기업 소속 프로그래머들은 이메일을 더욱 안전하게 지킬 수 있는 방법을 연구하기 시작했다. 그리고 그들은 공용 키(Public Key) 암호화를 만들어냈다.

공용 키의 암호화는 개념도 간단하고 훌륭했다. 사용하기 쉬운 가정용 컴퓨터 소프트웨어로 이루어져 있으며, 개인의 이메일 메시지를 전혀 판독할 수 없게 만드는 것이었다. 사용자가 편지를 쓴 다음 암호화 소프트웨어를 통해 발송하면, 수신자 측에는 도저히 판독할 없는 엉터리 말이 되어 전달된다. 암호화된 것이다. 누가 메시지를 가로챈다 해도 모니터 화면에 읽을 수도 없는 글자만 가득 나타나게 된다.

메시지를 해독하는 유일한 방법은 발신인의 패스 키(Pass Key, 개인 키)를 입력하는 것인데, 현금자동입출금기의 개인비밀번호와 아주 비슷한 일련의 비밀문자다. 패스 키는 보통 아주 길고 복잡했다. 본래의 메시지를 재현하기 위해 어떤 수학적 작용을 해야 하는지 정확한 암호화 알고리즘을 명령하는 데 필요한 모든 정보를 가지고 있기 때문이다.

이제 사용자는 마음놓고 이메일을 보낼 수 있게 되었다. 중간에서 누가 메시지를 가로챈다 하더라도, 패스 키가 주어진 사람만이 그것을 해독할 수 있었다.

국가안보국은 즉시 위기를 느꼈다. 그들이 대하는 암호는 더 이상 연필과 모눈종이로 해독할 수 있는 간단한 대체 암호가 아니었다. 컴퓨터의 교란 기능에 의해 메시지를 카오스 이론과 복합 상징의 알파벳을 이용하여 쓸모없는 것처럼 보이게 바꾼 것이다.

처음에 사용된 패스 키는 국가안보국의 컴퓨터가 '알아맞힐' 정도로 짧았다. 요구되는 패스 키의 숫자가 열 개라면, 컴퓨터는 0000000000에서 9999999999까지의 모든 가능성을 시도해보도록 프로그램화됐다. 이런 식으로 컴퓨터가 정확한 수열을 찾아내는 것은 시간 문제였다. 이러한 시행착오는 '무차별 대입 공격(Brute Force Attack)'으로 알려졌고, 시간이 걸리긴 하지만 수학적으로 볼 때 해독이 보장된 방법이었다.

세상 사람들이 무차별 대입 공격의 암호해독력을 눈치챔에 따라 패스 키는 더욱 길어졌다. 정확한 해독법을 추측하기 위해 요구되는 컴퓨터 시간은 점차 몇 주에서 몇 달로, 나중엔 몇 년까지로 길어졌다.

1990년대, 패스 키는 글자 수 50개가 넘었고 문자, 숫자, 부호를 총 망라한 256글자의 ASCII(정보 교환용 미국 표준 암호)를 사용했다. 서로 다른 가능성의 숫자는 약 10의 120승이었다. 1에 동그라미가 120개 붙는다는 얘기다. 패스 키를 정확하게 추측하는 것은 5킬로미터 해변에서 한 알의 모래를 찾는 일처럼 수학적으로 가망성이 없어 보였다. 표준적인 64비트 키에 대하여 무차별 대입 공격을 성공적으로 사용하면 국가안보국의 가장 빠른 컴퓨터인 극비의 크레이/조지프슨 Ⅱ(Cray/Josephson Ⅱ)가 암호를 해독하는 데 19년 이상 걸릴 것으로 추정되었다. 그렇게 되면 컴퓨터가 추측하여 암호를 해독할 무렵에는 메시지의 내용은 시대에 뒤진 것이 될 터였다.

실질적인 정보 기능의 중지 위기에 빠진 국가안보국은 미합중국 대통령이 재가한 극비 지시사항을 통과시켰다. 국가안보국은 그 문제를 해결하기 위해 필요한 모든 일을 할 수 있는 연방 기금과 백지 위임장에 희망을 걸고 불가능한 일에 착수했다. 세계 최초의 만능 암호해독기가 바로 그것이었다.

새로 지시된 암호해독 컴퓨터는 제작이 불가능하다는 많은 엔지니어들의 의견에도, 국가안보국은 '모든 것은 가능하다' '불가능한 것은 단지 시간이 더 오래 걸릴 뿐이다' 라는 모토에 따라 행동했다.

5년간 5십만 맨아워의 노동이 투입되고, 19억 달러라는 거금을 들인 끝에 국가안보국은 다시 한 번 그것을 입증했다. 우표 크기만 한 3백만 개의 프로세서를 정확한 자리에 손으로 납땜하고, 마지막 내부 프로그래밍을 마친 뒤 세라믹 외판을 덮고 용접했다. 트랜슬터가 탄생한 것이다.

트랜슬터의 비밀스러운 내부 작업은 많은 두뇌들의 산물인지라 한 개인이 완전히 이해하긴 어렵지만, 그 기본 원리는 간단히 말해 '백지장도 맞들면 낫다' 는 것이었다.

그 3백만 개의 프로세서는 모두 동시에 작동하여 눈부신 속도로 수를 세며 모든 새로운 순열을 시도한다. 엄청나게 큰 패스 키를 가진 암호들조차 트랜슬터의 끈기에는 당할 수 없을 거라는 기대에서였다. 이 수십 억 달러의 걸작품은 명확한 본문을 평가하여 패스 키를 추측하고 암호를 해독하기 위해 최고 기밀의 접근법은 물론, 동시에 작동하는 병렬식 프로세싱의 힘을 이용할 것이다. 그 힘은 프로세서의 압도적 숫자뿐만 아니라 퀀텀 컴퓨팅의 진보에도 기인한다. 이러한 신기술로 인해 정보가 2진 데이터로서만이 아니라 양자역학적인 상태로도 저장이 되는 것이다.

바람이 몹시불던 10월의 어느 목요일 아침, 결정적인 순간이 도래했다. 최초의 실제 테스트였다. 엔지니어들은 트랜슬터의 속도가 얼마나 빠른지는 장담할 수 없어도 한 가지 사실에는 입을 모았다. 만약 모든 프로세서가 병렬식으로 작동하면, 트랜슬터는 강력할 거라는 사실이었다. 문제는 그 힘의 정도였다.

해답은 12분 뒤에 나왔다. 갑자기 출력 정보가 움직이며 해독된 암호문을 전달하자, 소수의 참가자들은 일제히 숨을 죽였다. 트랜슬터는 겨우 10여 분 만에 64글자의 키를 찾아냈는데, 그것은 국가안보국의 두 번째 빠른 컴퓨터로 계산해서 20년 걸릴 것에 비하면 백만 배나 빠른 속도였다.

부국장인 트레버 J. 스트래스모어가 지휘한 국가안보국의 생산부는 성공을 거두었다. 트랜슬터는 성공작이었다. 스트래스모어는 성공한 사실을 비밀에 부치기 위해 프로젝트가 완전히 실패했다는 정보를 즉시 유출시켰다. 그리고는 암호부 기지의 모든 활동이 그 20억 달러의 대실패를 커버하기 위한 시도인 척했다. 오직 국가안보국의 엘리트들만 그 진실을 — 트랜슬터가 매일 수백 개의 암호를 해독하고 있다는 — 알고 있었다.

아무리 막강한 국가안보국이라도 컴퓨터로 암호화한 코드는 절대 해독할 수 없다는 소문이 퍼지자, 비밀들이 쏟아져 들어왔다. 휴대전화 도청에 넌더리가 난 마약업자, 테러리스트, 횡령범들은 현시간 글로벌 통신을 위해 흥미로운 새 매체인 암호화된 이메일에 눈길을 돌리고 있었다. 그들은 이제 국가안보국이 공중전파로 잡은 자신들의 휴대전화 통화 내용이 증거 테이프에서 흘러나오는 소리를 대배심 앞에서 들어야 할 일은 없을 거라고 생각했다.

정보 수집은 매우 쉬웠다. 국가안보국이 가로챈 전혀 알 수 없는 암호문은 트랜슬터에 들어가서 몇 분 후면 완벽하게 읽을 수 있는 명확한 본문으로 나왔다. 비밀은 더 이상 존재하지 않았다.

국가안보국은 부적합한 제스처를 완벽하게 하기 위해, 새로운 암호 소프트웨어 회사들을 상대로 맹렬한 로비 활동을 하며 그 소프트웨어 때문에 자신들이 무능해졌고, 입법자들이 범죄자들을 잡아 기소할 수 없게 만들었다고 주장했다. 이에 시민단체는 기뻐하면서 국가안보국이 시민들의 메일을 읽어선 안 된다고 반박했다. 암호화 소프트웨어 프로그램은 끊임없이 시장으로 쏟아져 나왔다. 국가안보국은 계획했던 대로 싸움에서 패했다. 모든 전자공학 글로벌 집단은 속았거나 속은 것처럼 보였다.

5

'다들 어디 갔지?'

수잔은 썰렁한 암호부 사무실을 가로질러 걸어가며 생각했다.

'비상사태라더니.'

국가안보국의 다른 부서들은 대개 일주일 내내 근무하지만, 암호부는 보통 토요일엔 조용했다. 암호해독 수학자들은 원래 극도로 예민한 일벌레들이어서 비상사태가 아니면 토요일마다 쉰다는 불문율이 있었다. 국가안보국의 암호해독가들은 너무 값비싼 필수품이어서 녹초가 되도록 부려먹진 않았다.

수잔의 오른쪽으로 트랜슬터가 보였다. 오늘은 이상하게도 8층 아래의 발전기 소리가 불길하게 들렸다. 수잔은 근무가 끝난 시간에 암호부에 남아 있는 것을 결코 좋아하지 않았다. 커다란 초현대적 동물이 갇혀 있는 우리 속에 혼자 있는 듯한 기분이 들었기 때문이다. 그녀는 부국장실 쪽으로 발걸음을 재촉했다.

커튼을 걷었을 때의 외관 때문에 '어항'이라는 별명이 붙은 스트래스모어의 유리벽 사무실은 암호부의 뒷벽 위에 있는 좁은 계단 꼭대기에 자리 잡고 있었다. 쇠살대로 둘러싸인 계단을 올라가는 동안 수잔은 작업실의 두꺼운 문을 쳐다보았다. 오크나무로 만든 문에는 국가안보국의 인장이 찍혀 있었다. 흰머리독수리가 오래된 곁쇠를 꽉 움켜잡은 그림이었다. 그 문 뒤에는 수잔이 지금까지 만난 사람들 중 가장 위대한 남자가 앉아 있었다.

운영 부국장인 쉰여섯 살의 스트래스모어는 수잔에겐 아버지 같은 사람이었다. 수잔을 고용하여 국가안보국을 그녀의 안식처로 만든 사람이 바로 그였다. 10여 년 전 수잔이 국가안보국에 입사했을 때, 스트래스모어는 당시에는 남자밖에 없었던 신입 암호해독가들의 훈련소인 암호개발부를 이끌고 있었다. 그는 남을 괴롭히는 행위를 결코 용납하지 않았지만, 특히 하나뿐인 여자 직원을 아꼈다. 편애한다는 비난에 그는 단지 진실로 대꾸했을 뿐이다. 즉, 수잔 플레처는 그가 지금까지 만난 사람들 중 가장 똑똑한 젊은 사원이기 때문에 성차별로 인해 그녀를 잃을 생각은 전혀 없다고 말했던 것이다. 그런데 어리석게도 중견 암호해독가 하나가 이러한 그의 의지를 시험하겠다고 나섰다.

입사한 첫 해 어느 날 아침, 수잔은 업무 서류를 가지러 신입 암호해독가들의 휴게실에 들렀다. 그런데 휴게실을 나갈 때 게시판에 붙어 있는 자신의 사진을 발견하고 너무 놀라 하마터면 기절할 뻔했다. 사진 속의 그녀는 팬티만 입은 채 침대에 누워 있었다.

나중에 밝혀진 바에 의하면, 암호해독가 중 한 사람이 포르노 잡지의 사진을 디지털 방식으로 스캔한 뒤 포르노 배우의 몸에 수잔의 머리를 감쪽같이 편집한 것이었다.

문제의 암호해독가에게는 불행한 일이지만, 그 사실을 알게 된 스트래스모어는 조금도 재미있어 하지 않았다. 두 시간 후 놀랄 만한 메모가 게시판에 붙었다.

직원 칼 오스틴은 부적절한 행위로 해고됨.

그날 이후 누구도 그녀를 두고 장난치지 않았다. 수잔 플레처는 스트래스모어의 특별한 신임을 받고 있었던 것이다.

스트래스모어는 자신에 대한 존경심을 휘하의 젊은 암호해독가들에게만 심어준 것이 아니었다. 그는 입사 초기에 정통은 아니지만 매우 성공적인 수많은 정보 운영을 제안함으로써 상사들에게 자신의 존재를 알렸다. 초고속 승진을 하면서 그는 매우 복잡한 상황을 단순화하고 설득력 있게 분석하는 사람으로 유명해졌다.

그는 국가안보국의 어려운 결정들을 둘러싼 윤리적 난관을 꿰뚫어 보고 공공의 이익을 위해서는 가차없이 행동할 수 있는 초인적 능력을 지닌 사람처럼 보였다.

스트래스모어가 애국자라는 사실을 의심하는 사람은 아무도 없었다. 그는 동료들 사이에서 애국심과 혜안을 지닌 사람이면서 거짓으로 가득찬 이 바닥에서 믿을 만한 사람으로 통했다.

수잔이 국가안보국에 입사한 이후, 스트래스모어는 암호개발부장에서 국가안보국의 부국장으로 승진했다. 이제 스트래스모어보다 높은 사람은 폰테인 국장 하나뿐이었다. 이 퍼즐 왕국의 신화적 대군주인 리랜드 폰테인 국장은 결코 모습을 보이지 않았다. 가끔 얘기만 들려왔을 뿐 그는 영원한 공포의 대상이었다. 폰테인과 스트래스모어는 좀처럼 서로 눈을 마주치지 않았고, 어쩌다 만나면 두 거인이 충돌하는 것 같았다. 폰테인은 거인 중에서도 거인이지만 스트래스모어는 아랑곳하지 않는 듯했다. 그가 국장에게 자신의 생각을 피력할 때는 열정적인 권투 선수의 자제심을 보였다. 미국의 대통령조차도 스트래스모어만큼 폰테인에게 대들지 못했다. 그렇게 하려면 정치적인 보장이 필요했는데, 스트래스모어의 경우에는 정치적 무관심이 정치적 뒷받침을 대신했다.

수잔은 계단 맨 꼭대기에 도착했다. 노크하기도 전에 스트래스모어의 전자문 자물쇠가 삑하는 소리와 함께 활짝 열렸다. 부국장이 그녀에게 들어오라며 손짓했다.

"와줘서 고마워, 수잔, 자네에게 빚을 졌군."

"별말씀을 다 하시는군요."

수잔이 미소를 지으며 그의 맞은편 책상에 앉았다.

팔다리가 길고 뚱뚱한 스트래스모어는 부드러운 외모 속에 높은 효율성과 완벽성에 대한 요구를 숨기고 있는 것 같았다. 회색빛 눈동자는 언제나 경험에서 나온 확신과 판단을 담고 있었지만, 오늘은 그 눈빛이 흐트러진 듯 불안해 보였다.

"몹시 피곤해 보이네요."

수잔이 말했다.

"그 정도는 아니야."

스트래스모어는 한숨을 내쉬었다.

'그래 보이는데.'

수잔은 생각했다.

스트래스모어는 여느 때보다 훨씬 피곤해 보였다. 숱이 점점 줄어드는 반백의 머리카락은 부스스했고, 사무실에 에어컨이 켜져 시원한데도 이마에는 땀방울이 맺혀 있었다. 정장을 입은 채 잠을 잔 모양이었다. 그는 움푹 들어간 공간에 설치되어 있는 두 개의 키보드와 한쪽 끝에 컴퓨터 모니터가 놓인 현대식 책상 앞에 앉아 있었다. 컴퓨터 출력 정보가 어지럽게 널린 그 책상은, 커튼이 드리워진 그의 사무실 한가운데 놓여 있어 외계인 우주선의 조종석처럼 보였다.

"이번 주엔 힘드셨나 봐요?"

수잔이 물었다.

스트래스모어가 어깨를 으쓱했다.

"늘 그렇지 뭐. EFF가 시민의 프라이버시 권리에 대해 또 야단들이어서 말야."

수잔은 깔깔 웃었다.

일렉트로닉 프론티어 재단(Electronics Frontier Foundation)인 EFF는
전 세계 컴퓨터 사용자들의 연합으로, 온라인의 자유로운 발언을 지
지하고 전자 세계의 현실과 위험에 대해 사람들을 교육시키는 것을
목표로 하는 강력한 시민 자유 연합이었다. 그들은 조직화되어 인간
성을 잃은 '조지 오웰식의 엿듣는 권한을 가진 정부 기관', 특히 국가
안보국을 상대로 끊임없는 로비 활동을 펼치고 있었다. 스트래스모어
에게 EFF는 목의 가시 같은 존재였다.

"늘 있던 일 같은데요."

수잔이 말했다.

"그래, 절 욕조에서 나오게 한 그 비상사태가 뭐죠?"

스트래스모어는 데스크탑 컴퓨터에 딸린 트랙 볼을 손으로 만지작
거렸다. 긴 침묵 끝에 그는 수잔의 시선을 감지하고 쳐다보았다.

"트랜슬터가 암호해독에 가장 오래 걸린 시간이 얼마였지?"

수잔은 그 질문에 완전히 맥이 빠졌다. 무의미한 질문 같았다.

'고작 그걸 물어보려고 날 불러낸 거야?'

"몇 달 전 코민트가 도청한 것을 해독하는 데 한 시간 걸렸어요. 만
비트 정도 되는 말도 안 되게 긴 키였죠."

스트래스모어는 투덜거렸다.

"한 시간이라고? 경계 검사에는 시간이 얼마나 걸렸지?"

수잔은 어깨를 으쓱했다.

"진단 과정을 포함하면 분명 더 길어지겠죠."

"얼마나?"

수잔은 스트래스모어의 진의를 알 수가 없었다.

"글쎄요. 지난 삼월에 백만 비트 키를 여러 개로 나눠 알고리즘을
시도했어요. 불법적인 루핑(Looping) 기능, 세포 자동자 등의 작업들
을 말이죠. 그래도 트랜슬터는 해독해냈어요."

"얼마나 걸렸지?"

"세 시간요."

스트래스모어는 눈썹을 활처럼 치켜세웠다.

"세 시간? 그렇게 오래 걸렸나?"

수잔은 기분이 약간 상해서 눈살을 찌푸렸다. 지난 3년 동안 그녀가 한 일은 세계에서 가장 비밀스러운 컴퓨터를 미세 조정하는 것이었다. 트랜슬터를 그렇게 빠르게 작동시킨 프로그램도 대부분 그녀가 작성한 것이었다. 백만 비트 키라는 것은 결코 현실적인 시나리오가 아니었다.

"좋아. 그렇다면 극단적인 상황에서도 트랜슬터 내부에서 살아남은 가장 긴 암호는 세 시간쯤이란 소린가?"

수잔이 고개를 끄덕이며 대답했다.

"네, 대략 그 정도죠."

스트래스모어는 후회할 말을 내뱉을까 두려운 듯 잠시 사이를 두었다. 마침내 그가 고개를 들고 말했다.

"트랜슬터에 뭐가 하나 걸렸는데……"

그가 말꼬리를 흐렸다.

수잔이 물었다.

"세 시간 이상 말이에요?"

스트래스모어가 고개를 끄덕였다.

수잔은 걱정하지 않는 듯했다.

"시스템 보안부에서 보내온 새 진단 프로그램인가요?"

그는 고개를 가로저었다.

"외부 파일이야."

수잔은 결정타를 날리려고 했지만 끝내 터지지 않았다.

"외부 파일이라고요? 농담하시는 거죠"

"나도 그랬으면 좋겠어. 어젯밤 열한 시 삼십 분경에 그걸 대기열에 넣었는데, 아직도 해독되지 않고 있어."

수잔의 입이 떡 벌어졌다. 그녀는 손목시계를 쳐다본 다음, 부국장에게 물었다.

"아직도 진행 중이라고요? 열다섯 시간이나 지났는데요?"

스트래스모어는 허리를 굽혀 모니터를 돌렸다. 화면은 한가운데에 작고 노란색으로 깜박이는 텍스트 박스를 제외하곤 새까맸다.

경과 시간 : 15:09:33
대기 키 : _____

수잔은 놀란 표정으로 화면을 응시했다. 트랜슬터는 열다섯 시간이 넘도록 하나의 암호를 해독하고 있는 것으로 나타났다. 그녀는 컴퓨터의 프로세서가 1초당 3천만 키, 고로 시간당 천억 개의 키를 시험하고 있다는 것을 알았다. 트랜슬터가 아직도 계산을 하고 있다면, 그 키는 백억 개 이상의 어마어마한 숫자라는 얘기였다. 그건 정말 미친 짓이었다.

"그건 불가능해요!"

그녀는 소리쳤다.

"오류 플래그를 점검해보셨어요? 어쩌면 트랜슬터가 오작동을 일으켜서……"

"실행은 깨끗해."

"하지만 패스 키가 엄청난 게 틀림없어요!"

스트래스모어가 고개를 가로저었다.

"표준 업무용 알고리즘이야. 64비트 키인 것 같아."

수잔은 의아한 표정으로 창밖의 트랜슬터를 쳐다보았다. 그녀는 트랜슬터가 64비트의 키를 알아내는 데 10분도 채 안 걸린다는 것을 경험으로 알고 있었다.

"설명이 필요해요."

스트래스모어가 고개를 끄덕였다.

"이유가 있어. 자네 마음엔 안 들겠지만."

수잔은 불안해 보였다.

"트랜슬터가 제 기능을 못 하고 있는 건가요?"

"아니, 트랜슬터는 정상이야."

"그럼 바이러스에 걸렸나요?"

"바이러스도 아니야. 내 말을 끝까지 들어."

수잔은 어리둥절했다. 트랜슬터가 한 시간 이내에 해독하지 못하는 암호는 하나도 없었다. 명확한 본문은 수분 이내에 스트래스모어의 프린트아웃 모듈로 전달되었다. 그녀는 그의 책상 뒤쪽에 있는 초고속 프린터를 힐끔 보았다. 그것은 텅 비어 있었다.

"수잔."

스트래스모어가 조용히 말했다.

"처음에는 받아들이기가 쉽지 않을 거야. 하지만 내 말을 잠깐만 들어봐."

그는 입술을 지그시 깨물었다.

"트랜슬터가 지금 풀고 있는 이 암호는 특이해. 나도 생전 처음 보는 거야."

스트래스모어는 어려운 말을 꺼낼 듯 잠시 머뭇거리다가 다시 입을 열었다.

"이건 해독할 수 없는 암호야."

수잔은 그를 빤히 쳐다보다가 하마터면 웃을 뻔했다.

'해독할 수 없다니, 그게 대체 무슨 말이지?'

해독할 수 없는 암호 따위는 없었다. 단지 다른 것보다 시간이 조금 더 걸릴 뿐, 모든 암호는 해독할 수 있었다. 트랜슬터가 조만간 정확한 답을 알아맞힐 거라는 사실은 수학적으로 보장이 되어 있었다.

"뭐라고 말씀하셨죠?"

"이 암호는 해독할 수 없다고 했어."

그는 딱 잘라 말했다.

'해독할 수 없다고?'

수잔은 27년이나 암호를 분석해온 사람의 입에서 그런 말이 나왔다는 사실이 믿어지지 않았다.

"해독할 수 없다고요? 버고프스키 원칙은 어때요?"

수잔은 버고프스키 원칙(Bergofsky Principle)을 신입사원 시절에 배웠다. 그것은 무차별 대입 공격의 기본으로, 스트래스모어에게 트랜슬터를 제작하도록 영감을 준 것이기도 했다. 즉, 컴퓨터가 충분한 키를 시도하는 한 정확한 해답을 찾는 것은 수학적으로 보증되어 있다는 원칙이다. 암호의 안전성은 그 패스 키를 찾을 수 없어서가 아니라 대부분의 사람들이 그것을 시도해볼 시간이나 기술이 없다는 데 있었다.

스트래스모어는 고개를 가로저었다.

"이 암호는 달라."

"다르다고요?"

수잔은 의심쩍은 눈으로 그를 쳐다보았다.

'수학적으로 해독할 수 없는 암호는 없어. 그도 그 정도는 알아!'

스트래스모어는 한 손으로 땀이 난 두피를 쓸어넘겼다.

"이 암호는 나도 처음 보는 신종 암호화 알고리즘의 산물이야."

그 말에 수잔은 더욱 의심스러워졌다. 암호화 알고리즘은 단지 수학 공식으로 본문을 뒤섞어 암호로 바꾸는 비법이다. 수학자들과 프로그래머들은 매일 새로운 알고리즘 방식을 만들어냈다.

시중에는 PGP, 디피 헬먼, ZIP, IDEA, 엘 가멀 등 수백 개의 알고리즘이 나와 있었다. 트랜슬터는 매일 아무 문제없이 그들의 암호를 모두 해독했다. 그 암호들이 어떤 알고리즘을 썼든, 트랜슬터에겐 모두 같은 것으로 보였다.

"이해가 안 돼요."

수잔은 고개를 가로저었다.

"우린 무슨 복잡한 기능을 역공학하려는 게 아니라 무차별 대입 공격에 대해 얘기하고 있다고요. PGP, 루시퍼, DSA, 뭐든 상관없어요. 알고리즘은 안전하다고 생각되는 키를 만들어내고, 트랜슬터는 그것을 찾을 때까지 계속 계산을 하죠."

스트래스모어가 인자한 선생님처럼 인내심을 갖고 말했다.

"그래, 수잔. 트랜슬터는 패스 키가 아무리 엄청난 것이라도 언제나 찾아낼 거야."

그는 한참 후에 다시 말했다.

"단지······"

수잔은 '단지 뭐예요?'라고 묻고 싶었지만, 스트래스모어가 마침내 결정적인 말을 할 것 같아서 참았다.

"그 암호를 해독한 때를 컴퓨터가 모르는 경우만 빼고 말이지."

수잔은 하마터면 의자에서 떨어질 뻔했다.

"뭐라고요!"

"컴퓨터가 정확한 패스 키를 찾아내지 못했다고 생각하기 때문에 계속 계산하고 있는 거야."

스트래스모어의 표정은 어두웠다.

"아무래도 이 알고리즘에는 회전식 클리어텍스트가 있는 것 같아."

수잔은 너무 놀라 입이 다물어지지 않았다.

1987년, 헝가리의 수학자 조지프 한이 모 신문에 회전식 클리어텍스트 기능이라는 개념을 맨 처음 발표했다. 무차별 대입 공격을 쓰는 컴퓨터는 확인할 수 있는 단어 패턴에 대해 클리어텍스트를 시험함으로써 암호를 해독하기 때문에, 조지프 한은 암호로 바꾸는 것 외에도 시간에 따라 해독된 클리어텍스트를 계속 바꾸는 암호화 알고리즘을 제안했다. 이렇게 하면 이론적으로 끊임없는 변화로 인해 컴퓨터는 단어 패턴을 인식할 수가 없고, 그 결과 정확한 패스 키를 찾았다 해도 전혀 알지 못하게 된다. 이 개념은 화성을 개척하는 일처럼 지적인 차원에서는 가능하지만, 현재로서는 인간의 능력을 훨씬 넘어서는 일이었다.

"이 파일 어디서 났어요?"

수잔이 물었다.

부국장의 반응은 느렸다.

"정부기관에서 일했던 프로그래머가 개발한 거야."

"뭐라고요?"

수잔은 의자에 털썩 주저앉았다.

"우리에겐 세계 최고의 프로그래머들이 있어요! 함께 일하는 우리들 중 누구도 회전하는 클리어텍스트 암호를 만들 생각은 꿈도 못 꾸었다고요. 그런데 도대체 어떤 애송이가 PC로 그걸 만들었다는 거예요?"

스트래스모어는 수잔을 진정시키기 위해 목소리를 낮추었다.

"내 생각엔 결코 애송이 같지가 않아."

수잔은 듣고 있지 않았다. 오작동이나 바이러스 같은 다른 이유가 있는 게 분명하다고 확신했다. 어떤 이유든 암호가 해독되지 않는다는 말보다는 나을 것 같았다.

스트래스모어는 진지한 눈빛으로 그녀를 바라보며 말했다.

"이 알고리즘을 쓴 사람은 지금까지 태어난 암호의 천재들 중 최상급에 속하는 자야."

수잔은 더욱 믿을 수 없었다. 부국장이 말하는 최상급의 암호 천재들은 그녀의 부서에 모두 모여 있고, 그렇다면 이와 같은 알고리즘에 관해 그녀가 모를 리 없었다.

"그게 누구죠?"

그녀가 물었다.

"물론 자네도 짐작하겠지만, 국가안보국을 그다지 좋아하지 않는 사람이지.”

“이제야 좀 좁혀졌군요!”

수잔이 냉소적으로 말했다.

“그자도 트랜슬터 프로젝트에 참가했는데 규칙을 어겨서 정보의 악몽을 초래했어. 그래서 내가 해고했지.”

수잔의 얼굴이 창백해졌다.

“오, 세상에……”

스트래스모어가 고개를 끄덕였다.

“그는 자신이 무차별 대입 공격 저지 알고리즘에 관해 연구 중이라고 사시장철 떠벌렸어.”

“하, 하지만……”

수잔은 말을 더듬었다.

“난 그가 허세를 부린다고 생각했어요. 정말 해냈나요?”

“해냈어. 해독 불가능한 암호 제작 프로그램을 만든 거야.”

수잔은 한참 동안 할 말을 잃었다.

“그렇다면……”

스트래스모어는 그녀의 눈을 똑바로 바라보며 말했다.

“그래. 엔세이 탄카도는 트랜슬터를 폐물로 만들어버렸어.”

6

엔세이 탄카도는 제2차 세계대전 당시에 살진 않았지만, 그 전쟁에 관한 모든 것을 신중히 조사했다. 특히 원자폭탄으로 10만 명의 동포가 재로 변해버린 최고의 폭발 사건에 주목했다.

1945년 8월 6일 오전 8시 15분, 히로시마에서 있었던 비열한 파괴 행위, 이미 전쟁에서 승리를 거둔 한 나라의 어리석은 힘 자랑…… 탄카도는 그 모든 사실을 받아들였지만, 원자폭탄 때문에 어머니를 잃은 것만큼은 결코 용납할 수 없었다. 그의 어머니는 여러 해 전에 입은 방사능 피폭으로 인한 합병증으로 그를 낳다가 죽었다.

탄카도가 태어나기 19년 전인 1945년, 그의 어머니는 다른 많은 친구들과 화상 센터에 자원하기 위해 히로시마로 갔다. 그녀는 바로 그곳에서 방사능을 맞은 히바쿠샤(被爆者, 피폭자)가 되었다.

19년 후, 서른여섯 살의 나이에 분만실에 누워 내출혈을 하면서 그녀는 자기가 결국 죽을 것임을 알았다. 하지만 그 죽음으로 인해 최후의 공포는 겪지 않아도 되었다는 것은 알지 못했다. 그녀의 하나뿐인 아이가 기형으로 태어난 것이다.

탄카도의 아버지는 그의 아들을 본 적도 없었다. 아내를 잃은 당혹감과 기형으로 태어난 아들이 그날 밤도 넘기지 못할 거라는 간호사의 말에 부끄러움을 느낀 그는 병원을 나간 뒤 영영 돌아오지 않았다. 그래서 엔세이 탄카도는 입양 가정에 맡겨졌다.

매일 밤 어린 탄카도는 달마(達磨) 좌선 인형을 쥔 일그러진 자기 손가락을 내려다보면서 복수를 맹세했다. 어머니를 빼앗고 아버지로 하여금 아들을 버리게 만든 나라에 대한 복수였다. 그러나 자기 앞에 어떤 운명이 기다리고 있는지, 그는 알지 못했다.

탄카도가 열두 살이 되던 해의 2월, 그의 양부모는 도쿄의 한 컴퓨터 회사에서 걸려온 전화를 받았다. 그들은 장애아용으로 개발한 새로운 키보드의 테스트 그룹에 탄카도를 참여시킬 생각이 있는지 물었다. 그의 가족은 찬성했다.

엔세이 탄카도는 한 번도 컴퓨터를 본 적이 없었지만, 본능적으로 그 사용법을 알고 있는 것처럼 보였다. 컴퓨터는 그가 전혀 상상하지 못했던 세계를 열어주었다. 머지않아 그것은 그의 삶의 전부가 되었다. 나이가 듦에 따라 그는 컴퓨터를 가르쳐서 돈도 벌었으며, 마침내 도시샤(同志社) 대학에서 장학금을 받기도 했다. 곧 엔세이 탄카도는 도쿄에서 '후구샤 키사이' 즉, 천재 장애아로 알려졌다.

탄카도는 진주만 사건과 일본의 전쟁 범죄에 관한 책을 읽었다. 미국에 대한 그의 증오심은 차츰 사라졌다. 그는 독실한 불교 신자가 되었고, 유년 시절에 맹세했던 복수심은 잊었다. 용서는 깨달음으로 가는 유일한 길이었다.

스무 살이 되던 해, 엔세이 탄카도는 프로그래머들 사이에서 숭배 대상 같은 존재였다. IBM은 그에게 텍사스에서의 취업 비자와 일자리를 제안했다. 탄카도는 그 기회를 놓치지 않았다. 3년 후 IBM을 나온 그는 뉴욕에서 살면서 혼자 소프트웨어를 만들었다. 그는 공용 키 암호화의 새 물결을 탔고, 알고리즘을 써서 부자가 되었다.

암호화 알고리즘의 많은 대가들처럼, 탄카도도 국가안보국으로부터 전화를 받았다. 그가 그토록 증오했던 나라의 정부 핵심부에서 일할 기회가 주어진 것은 정말 아이러니였다. 그는 면접에 응하기로 마음먹었다.

스트래스모어 부국장을 만났을 때, 그동안 그가 품고 있던 의심은 모두 사라졌다. 두 사람은 탄카도의 배경, 미국에 대한 잠재적 적개심, 미래에 대한 그의 계획에 대해 솔직히 얘기했다. 탄카도는 거짓말 탐지기 테스트를 받고 5주 동안 심리학적 측면의 정밀검사를 받았다. 그리고 그 모든 것들을 통과했다. 그의 증오는 이미 부처에 대한 불심으로 대체되었다. 4개월 후, 엔세이 탄카도는 국가안보국의 암호부에서 일하게 되었다.

탄카도는 상당히 많은 월급을 받았지만, 항상 발동기 달린 낡은 자전거로 출퇴근했다. 또 구내식당에서 부서 사람들과 어울려 갈비살과 비시스와즈 크림수프를 먹는 대신 혼자 책상에 앉아 점심 도시락을 먹었다.

다른 암호해독가들은 그를 존경했다. 그들이 이제까지 보아온 여느 암호해독가보다 그는 창조적인 프로그래머였다. 또한 친절하고 정직했으며 조용하고 도덕적으로도 나무랄 데 없는 사람이었다. 도덕적 청렴함은 그에게 가장 중요했다. 이런 이유로 국가안보국의 해고와 연이은 추방은 너무나 큰 충격이었다.

탄카도는 다른 암호부 직원들과 함께 트랜슬터 프로젝트에 참여하고 있었다. 이 일이 성공하면 사법부의 사전 승인 아래 이메일 해독에 사용된다는 사실을 그는 알고 있었다. 국가안보국이 트랜슬터를 사용하는 것은 FBI가 전화 도청기를 설치하기 위해 연방 법원의 허락을 받는 것과 똑같은 통제가 필요했다. 파일을 해독하기 위해서는 연방 준비위원회와 사법부의 조건부 발효증서에 들어 있는 암호를 불러내는 프로그램을 트랜슬터에 입력해야 했다. 이는 국가안보국이 법을 준수하는 전 세계 시민들의 개인 통신을 무차별적으로 보지 못하게 막기 위한 것이었다.

그런데 프로그램을 입력할 시간이 되었을 때, 직원들은 계획이 변경되었다는 얘기를 들었다. 가끔 국가안보국의 반테러리스트 업무와 관련된 시간적 압박이 있기 때문에, 트랜슬터는 국가안보국이 단독으로 그날의 운영을 통제하는 독립된 암호해독 장치가 되어야만 했다.

엔세이 탄카도는 격분했다. 이것은 사실상 국가안보국이 아무도 모르게 모든 사람들의 메일을 열어보고는 다시 밀봉할 수 있다는 얘기였다. 그것은 전 세계의 전화기에 도청기를 설치하는 것과 비슷했다. 스트래스모어는 탄카도에게 트랜슬터를 법률 집행 기구로 생각하게 만들려고 애썼지만 소용없었다. 탄카도는 인간 권리의 엄청난 침해를 부른다며 단호한 태도를 보였다.

탄카도는 당장 일을 그만두었고, 몇 시간 후 EFF와 접촉을 시도함으로써 국가안보국의 비밀 규정을 어겼다. 그는 전 세계의 컴퓨터 사용자들을 일고의 가치도 없는 정부의 기만에 노출시킬 수 있는 비밀 기계에 대한 이야기로 세상을 깜짝 놀라게 할 작정이었다. 국가안보국은 그를 막지 않을 수 없었다.

온라인 뉴스 그룹 사이에 널리 알려진 탄카도의 체포와 파면은 매우 유감스럽고 공적으로 부끄러운 일이었다. 스트래스모어의 바람과는 반대로, 탄카도가 국민들에게 트랜슬터의 존재를 확인시키려는 것에 대해 두려워하던 국가안보국의 피해 대책 전문가들은, 소문을 만들어내어 탄카도의 신뢰성을 무너뜨렸다. 엔세이 탄카도는 세계의 컴퓨터 업계로부터 밀려났다. 더구나 미국의 암호해독 기계에 대한 불합리한 주장의 대가로 자유를 얻으려다 스파이로 고소당한 장애인을 믿는 사람은 아무도 없었다.

무엇보다 이상했던 점은, 탄카도가 그것이 모두 정보 게임임을 알고 있는 것 같았다는 사실이다. 그는 화를 내지 않고 결심만 굳히기로 한 것처럼 보였다. 경비원이 그를 호송할 때, 탄카도는 오싹할 정도로 조용히 스트래스모어에게 말했다.

"우린 모두 비밀을 간직할 권리가 있습니다. 언젠가는 그럴 수 있도록 하겠소."

7

수잔은 머릿속이 복잡했다.

'엔세이 탄카도가 해독 불가능한 암호를 만들어내는 프로그램을 완성했다니!'

그녀는 도저히 납득할 수가 없었다.

"디지털 포트리스라는 거야."

스트래스모어가 말했다.

"탄카도가 그렇게 부르더군. 결정적인 반정보 무기지. 이 프로그램이 시장에 깔리면, 초등학교 3학년이라도 모뎀만 있으면 국가안보국이 해독할 수 없는 암호를 송신할 수 있게 될 거야. 우리의 정보 수집은 끝장나는 거지."

그러나 수잔의 생각은 디지털 포트리스의 정치적 연관성까지는 미치지 못했다. 그녀는 아직도 그런 것이 존재할 수 있다는 사실을 선뜻 인정할 수가 없었다. 평생 암호를 해독하면서 살아온 그녀는 해독할 수 없는 암호란 없다는 굳은 믿음이 있었다.

'어떤 암호라도 해독할 수 있어. 그게 버고프스키 원리야!'

수잔은 하느님과 대면하러 온 무신론자 같은 기분이 들었다.

"이 프로그램이 새나가면 암호학은 쓸모없는 과학이 되겠군요."

수잔이 낮은 목소리로 말하자, 스트래스모어가 고개를 끄덕였다.

"그건 문제도 아니야."

"탄카도를 매수할 순 없나요? 그가 우릴 증오하는 건 알지만, 몇 백만 달러쯤 제시하면 안 될까요? 퍼뜨리지 않는 조건으로 말이죠."

스트래스모어가 짧게 웃었다.

"몇 백만 달러? 그게 얼마짜린지나 아나? 세계의 모든 정부들이 최고가를 부를 거야. 생각해보라고. 이라크인의 통신을 계속 도청하고 있지만 더 이상 해독할 수가 없다고 대통령께 보고할 수 있겠어? 이건 국가안보국만의 문제가 아닌, 모든 정보기관의 문제야. 우리는 FBI, CIA, DEA 등을 지원하고 있어. 그들 모두가 이젠 눈먼 새가 될 판이야. 마약의 선적은 추적할 수 없게 되고, 대다수 회사들은 국세청을 따돌리고 서류 한 장 없이 송금할 수 있게 되지. 테러리스트들은 완벽한 비밀이 보장되는 가운데 제멋대로 떠들어댈 거야. 대혼란 상태가 되는 거지."

"EFF가 좋아하겠군요."

창백해진 수잔이 말했다.

"EFF는 우리가 여기서 하는 일을 전혀 몰라."

스트래스모어가 넌더리를 냈다.

"우리가 암호를 해독한 덕분에 많은 테러리스트들의 공격을 제지했다는 사실을 알면 그들도 태도를 바꾸겠지."

수잔도 같은 생각이었지만 현실은 그렇지가 않았다. EFF는 트랜슬터의 중요성에 대해 전혀 모를 것이다. 트랜슬터는 그동안 수십 건의 테러 공격을 저지하는 데 한몫했지만, 그 정보는 일급비밀로 부쳐져 한 번도 공개된 적이 없었다. 그 이유는 간단했다. 정부는 진실을 밝힘으로써 야기될 집단 히스테리를 감당할 수 없었다. 지난해 미국에서 근본주의자 단체가 두 건의 핵 위기를 촉발시켰다는 소식을 국민들이 듣는다면 어떤 반응을 보일지는 아무도 모를 일이었다.

그러나 핵 공격 위협이 전부가 아니었다. 지난달만 해도 트랜슬터는 국가안보국이 그동안 목격해온 테러리스트의 공격 중 가장 교묘하게 계획된 하나를 저지했다. 그 반정부 조직은 '셔우드 포리스트'라는 암호명의 계획을 모의했다. 목적은 '부의 재분배'였고, 목표물은 뉴욕 증권거래소였다. 그 조직의 회원들은 엿새 동안 증권거래소를 둘러싼 건물에 27개의 비폭발성 용제(溶劑) 용기를 설치했다. 이것들이 폭파되면 강력한 자기 폭풍을 일으키고, 강력한 자기장을 형성하여 증권거래소의 모든 자기 매체를 지워버릴 것이다. 컴퓨터 하드 드라이브, 대용량의 ROM, 테이프 백업, 플로피 디스크까지 모두 지워지는 것이다. 누가 어떤 주식을 소유했는지에 관한 모든 정보가 영구적으로 사라질 것이었다.

이것들을 동시에 폭파하기 위해서는 정밀한 타이밍이 요구되기 때문에 용제 용기들은 인터넷 전화선으로 연결되었다. 이틀간의 카운트다운 동안 용기에 내장된 시계는 암호로 바뀐 동기화(同期化) 데이터의 연속된 흐름을 주고받았다. 국가안보국은 해당 데이터 펄스를 네트워크 장애로 보고 도청하긴 했지만 해가 되지 않는 것으로 무시해버렸다. 그러나 트랜슬터가 그 연속된 데이터를 해독한 후, 분석가들은 즉시 그것이 네트워크의 동기화된 카운트다운이었다는 것을 알아챘다. 용기들은 예정된 폭발 시간을 꼭 세 시간 남겨두고 발견되어 모조리 제거되었다.

트랜슬터가 없었다면 국가안보국은 고도의 전자 테러에 속수무책이었을 거라는 사실을 수잔은 알고 있었다. 그녀는 실행 모니터를 살펴보았다. 열다섯 시간을 넘기고도 여전히 해독하고 있었다. 탄카도의 파일이 당장 해독된다 하더라도 국가안보국은 끝장이다. 암호부는 하루에 두 개의 암호도 해독하지 못할 것이다. 지금 하루에 1백50개씩 처리해도, 해독을 기다리고 있는 파일이 산더미처럼 쌓여 있다.

"탄카도가 지난달에 전화했어."

스트래스모어가 말했다.

수잔은 생각에서 깨어나 그를 쳐다보았다.

"탄카도가 전화를 했다고요?"

"내게 경고를 하더라고."

"경고를요? 그는 부국장님을 싫어하잖아요."

"해독 불가능한 암호를 제작하는 알고리즘을 완성해가고 있다고 했지. 난 믿지 않았어."

"하지만 왜 부국장님께 그런 말을 했을까요? 부국장님께 팔려는 속셈이었을까요?"

수잔이 물었다.

"아니, 날 협박하려는 거였어."

수잔은 갑자기 사태가 이해되었다.

"그렇군요! 그는 자신의 불명예를 부국장님이 씻어주길 원했군요."

"아니."

스트래스모어는 눈살을 찌푸리며 말했다.

"탄카도는 트랜슬터를 원했어."

"네?"

"나에게 트랜슬터의 존재를 세상에 공표하라고 했지. 우리가 국민들의 이메일을 읽을 수 있다는 사실을 인정하면 디지털 포트리스를 파괴하겠다는 거야."

수잔은 의아한 표정을 지었다.

스트래스모어가 어깨를 으쓱했다.

"어쨌거나 지금은 너무 늦었어. 그는 그의 인터넷 사이트에 디지털 포트리스를 무료로 다운받을 수 있게 올렸거든. 세상 사람 누구나 그걸 다운받을 수 있지."

수잔의 얼굴이 하얘졌다.

"뭐라고요!"

"주목을 끌려는 것 같아. 걱정할 필요 없어. 그가 올린 사본은 암호로 되어 있거든. 다운받을 수는 있어도 열어볼 수는 없지. 정말 천재적이야. 디지털 포트리스의 소스코드는 암호화되어 잠겨 있어."

수잔은 놀란 표정을 지었다.

"그렇군요! 그래서 아무나 다운받을 수는 있지만 누구도 열어볼 순 없는 거군요."

"맞아. 탄카도는 미끼를 달고 있는 거야."

"그 알고리즘은 보셨어요?"

부국장은 당황하는 기색이 역력했다.

"아니. 암호화되었다고 말했잖아."

수잔도 어리둥절한 표정을 지었다.

"하지만 우린 트랜슬터가 있으니까 그걸 해독하면 되잖아요?"

그러나 스트래스모어의 얼굴을 쳐다본 그녀는 규칙이 바뀌었다는 것을 깨달았다.

"이런, 세상에."

수잔은 그제야 이해하고는 경악했다.

"디지털 포트리스 자체가 암호화된 건가요?"

스트래스모어가 고개를 끄덕였다.

"바로 그거야."

수잔은 어이가 없었다. 디지털 포트리스를 풀기 위한 공식은 디지털 포트리스를 이용해 암호화되었다. 탄카도는 아주 귀중한 수학적 비법을 올렸지만, 그 비법의 원문을 암호화했다. 그것도 그 비법 자체를 이용해서 암호화했다는 얘기였다.

"비글먼의 금고로군요."

수잔은 질린 표정으로 말했다.

스트래스모어도 고개를 끄덕였다. 비글먼의 금고는 한 금고 제작자가 아무도 열 수 없는 금고의 설계도를 비밀로 간직하고 싶어서 금고를 만든 다음 그 안에 설계도를 넣고 잠가버린다는 가상 시나리오다. 탄카도도 디지털 포트리스에 똑같은 행동을 한 것이다. 그는 요약한 공식을 설계도 안에 암호화함으로써 그 설계도를 보호했다.

"그러면 트랜슬터의 파일은요?"

수잔이 물었다.

"나도 다른 사람들처럼 탄카도의 인터넷 사이트에서 다운받았어. 이제 국가안보국은 디지털 포트리스 알고리즘의 당당한 소유자야. 열 수만 없을 뿐이지."

수잔은 엔세이 탄카도의 천재성에 놀랐다. 자신의 알고리즘을 밝히지도 않고, 그것을 해독할 수 없다는 사실을 국가안보국에 입증해 보였기 때문이다.

스트래스모어는 수잔에게 오려둔 신문을 건넸다. 그것은 일본판 월스트리트 저널에 해당하는 니케이 신문의 번역된 광고 문구였다. 거기엔 일본인 프로그래머 엔세이 탄카도가 해독 불가능한 암호를 제작할 수 있는 수학 공식을 완성했다고 쓰여 있었다. 그 공식의 이름은 디지털 포트리스이고, 인터넷으로 확인이 가능하다고 했다. 그리고 탄카도는 그것을 경매에 붙여 가장 높은 입찰자에게 팔 것이라고 했다. 일본은 디지털 포트리스에 관해 엄청난 관심을 보이고 있지만, 그 소식을 들은 몇몇 미국 소프트웨어 회사들은 납으로 금을 만든다는 식의 터무니없는 주장이라는 의견을 보인다는 말도 적혀 있었다.

수잔은 고개를 들었다.

"경매요?"

스트래스모어가 고개를 끄덕였다.

"일본의 모든 소프트웨어 회사들은 지금 디지털 포트리스의 암호화된 사본을 다운받아 해독하려고 애쓰고 있어. 실패할 때마다 입찰가는 올라가고."

"그건 이상하군요."

수잔이 반박했다.

"모든 새로운 암호 파일은 트랜슬터 없이는 해독되지 않아요. 디지털 포트리스는 일반 대중용 알고리즘에 지나지 않아요. 어차피 어떤 회사도 해독할 수 없다고요."

"하지만 그건 훌륭한 마케팅 전략이야. 생각해봐, 모든 방탄유리는 총탄을 막아주지. 하지만 한 회사가 자신들이 만든 방탄유리를 총알로 뚫어보라고 큰소리를 치면, 갑자기 우르르 달려드는 법이거든."

"일본 사람들은 실제로 디지털 포트리스는 다르다고 믿는다는 말인가요? 시중에 나와 있는 어떤 것보다 낫다고 생각한다는 거예요?"

"탄카도가 비록 여기서 밀려나긴 했지만, 그가 천재라는 건 누구나 알아. 실제로 그는 해커들이 숭배하는 우상이기도 하지. 탄카도가 그 알고리즘을 해독할 수 없다고 말하면, 그건 해독할 수 없는 거야."

"하지만 일반 대중들은 모든 알리즘이 해독 불가능하다고 믿고 있잖아요!"

"그렇지."

스트래스모어가 곰곰이 생각하며 말을 이었다.

"지금이야 그렇지."

"그게 무슨 말씀이세요?"

스트래스모어가 한숨을 쉬었다.

"이십 년 전만 해도 우리가 12비트짜리 스트림 암호를 해독하리라곤 상상도 못 했지. 하지만 기술이 발전했어. 언제나 그래. 소프트웨어 제조업자들은 언젠가는 트랜슬터 같은 컴퓨터가 나올 거라고 생각하고 있어. 기술이 빠르게 발달하고 있어서 결국 현재의 공용 키 알고리즘은 그 안전성을 잃게 될 거야. 미래의 컴퓨터들보다 앞서기 위해서는 더 나은 알고리즘이 필요해."

"디지털 포트리스가 그거란 말씀인가요?"

"맞았어. 아무리 강력한 암호해독 컴퓨터를 가져도, 무차별 대입 공격을 저지하는 알고리즘은 결코 폐물이 되지 않아. 그건 하룻밤 사이에 세계 표준이 될 수 있어."

수잔은 숨을 길게 들이쉬었다.

"맙소사! 우리도 입찰할 수 있어요?"

스트래스모어가 고개를 가로저었다.

"탄카도는 우리에게도 기회를 줬어. 그 점을 분명히 했지. 하지만 입찰에 응하는 건 너무 위험해. 그건 우리가 그의 알고리즘을 두려워하고 있다는 사실을 인정하는 꼴이 되거든. 게다가 우리에겐 알려져서는 안 될 트랜슬터가 있잖아. 뿐만 아니라 디지털 포트리스에 면죄부를 준 것을 공개적으로 시인하는 거라고."

"기간은 언제까지죠?"

스트래스모어는 눈살을 찌푸렸다.

"탄카도는 내일 정오에 최고 입찰자를 발표할 거라고 했어."

수잔은 가슴이 바짝 죄어드는 것 같았다.

"그 다음엔 어떻게 되죠?"

"낙찰자에게 패스 키를 주겠지."

"패스 키를요?"

"전략의 일부야. 이미 그 알고리즘은 누구나 갖고 있어. 그래서 탄카도는 그걸 해독할 수 있는 패스 키를 경매하고 있는 거라고."

수잔은 신음 소리를 냈다.

"완벽하군요."

그리고 간단명료했다. 탄카도는 이미 디지털 포트리스를 암호화했고, 그것을 해독할 수 있는 패스 키를 혼자 갖고 있었다. 수잔은 종이 쪽지에 대충 갈겨쓴 패스 키가 탄카도의 호주머니 같은 곳에 들어 있을 거라고 상상조차 하기 어려웠다. 미국의 정보 수집력을 영원히 끝장낼 수 있는 64개의 문자 패스 키가 말이다.

그런 시나리오를 상상하자, 수잔은 갑자기 기분이 나빠졌다. 탄카도는 최고 입찰자에게 패스 키를 넘겨줄 것이고, 그 회사는 디지털 포트리스의 파일을 열 것이다. 그런 다음 조작이 불가능한 칩 속에 그 알고리즘을 심을 것이다. 그렇게 되면 5년 후 모든 컴퓨터는 디지털 포트리스 칩을 사전에 장착하여 출시될 것이다. 민간 PC 제조업체들은 표준 암호 알고리즘이 언젠가는 폐물이 된다는 이유로 생산할 꿈도 꾸지 않았다.

그러나 디지털 포트리스는 회전하는 클리어텍스트 기능으로 무차별 대입 공격이 정확한 키를 결코 찾아낼 수 없기 때문에 절대 폐물이 되지 않을 것이다. 새로운 디지털 암호 표준. 지금부터 영원히 모든 암호는 해독되지 않는다. 은행가들, 주식 중개인들, 테러리스트들, 첩보원들…… 하나의 세계, 하나의 알고리즘뿐이다. 무정부 상태……

"남은 수단은 뭐죠?"

수잔이 캐물었다. 국가안보국이라 할지라도 필사적인 상황에서는 필사적 수단을 강구한다는 것을 그녀는 잘 알고 있었다.

"우린 그를 제거할 수 없어. 그게 질문의 요지라면 말이야."

수잔은 바로 그것을 물었다. 국가안보국에 근무하면서 그녀는 이 기관이 세계에서 가장 노련한 암살자들과 유연한 관계를 맺고, 정보 사회의 궂은일을 처리하기 위해 그들을 고용한다는 소문을 들은 적이 있었다.

스트래스모어는 고개를 가로저었다.

"탄카도는 너무 똑똑해서 우리에게 그런 여지를 주지도 않았어."

수잔은 묘한 안도감을 느꼈다.

"보호받고 있나요?"

"그런 건 아니야."

"숨어 있어요?"

스트래스모어가 어깨를 으쓱했다.

"탄카도는 일본을 떠났어. 전화로 입찰을 확인할 속셈이지. 하지만 우린 그가 어디에 있는지 알고 있어."

"그런데도 아무런 조치를 취하지 않겠다는 말씀이세요?"

"그래. 그는 보험에 들었거든. 만약의 경우에 대비해 패스 키의 사본을 익명의 제삼자에게 주었어."

'당연히 그랬겠지.'

수잔은 감탄했다.

'수호천사로군.'

"그럼 탄카도에게 무슨 일이 생기면, 그 정체 모를 사람이 키를 팔겠군요?"

"더 나빠. 누군가 탄카도를 죽이면, 그의 동업자는 패스 키를 발표할 거야."

수잔은 어리둥절해졌다.

"패스 키를 발표하다니요?"

스트래스모어가 고개를 끄덕였다.

"인터넷에 올리고, 신문에 싣고, 게시판에 올리지. 거저 주겠다는 거야."

수잔의 눈이 동그래졌다.

"무료 다운로드요?"

"맞았어. 어차피 자기가 죽으면 돈도 필요 없으니까. 그렇다면 세상에 작은 작별 선물 하나 못 줄 것도 없잖아?"

긴 침묵이 흘렀다. 수잔은 끔찍한 진실을 빨아들일 것처럼 숨을 깊이 들이마셨다.

'엔세이 탄카도는 해독이 불가능한 알고리즘을 만들어냈어. 그걸로 우릴 인질로 잡고 있고.'

그녀는 벌떡 일어서며 단호하게 말했다.

"탄카도와 연락해야 돼요! 그를 말릴 방법이 있을 거예요. 최고 낙찰가의 세 배를 주겠다고 제안하세요. 그리고 그의 명예를 되찾아주겠다고 하고요. 무엇이든 다요!"

"너무 늦었어."

스트래스모어가 말했다. 그러고는 숨을 깊이 내쉬었다.

"엔세이 탄카도는 오늘 아침에 스페인의 세비야에서 시체로 발견되었거든."

8

엔진이 두 개 탑재된 리어제트 60이 뜨거운 활주로에 착륙했다. 창 밖으로 스페인의 저지대 에스트레마두라의 황량한 풍경이 흐릿해졌 다가 천천히 멈춰섰다.

"베커 씨?"

스피커에서 목소리가 흘러나왔다.

"도착했습니다."

베커는 일어나서 기지개를 켰다. 머리 위의 짐칸 문을 열고 나서야 그는 짐이 전혀 없다는 것을 알았다. 짐을 챙길 만한 시간이 없었던 것이다. 그래도 상관없었다. 부국장은 아주 간단한 여행이라고 말했 으니까.

엔진이 서서히 멎었다. 비행기는 천천히 햇빛을 벗어나 중앙 터미널 맞은편의 인적 없는 격납고 속으로 들어갔다. 잠시 후 조종사가 나타 나 승강구를 급히 내렸다. 베커는 마지막 남은 크랜베리 주스를 단숨 에 마시고 잔을 카운터에 올려놓은 뒤 양복 상의를 집어 들었다.

조종사는 그의 비행복에서 두꺼운 봉투를 꺼냈다.

"이걸 드리라는 지시를 받았습니다."

조종사는 봉투를 베커에게 건네주었다. 앞면에 파란색 펜으로 '잔돈은 가지시오'라고 적혀 있었다.

베커는 두툼한 붉은 지폐 다발을 엄지로 넘기며 물었다.

"뭡니까?"

"현지 화폐입니다."

조종사가 잘라 말했다.

"그건 알지만…… 너무 많아서요. 난 택시 요금만 있으면 되는데."

베커는 머릿속으로 환산해보았다.

"수천 달러는 될 것 같은데요."

"저는 명령받은 대로 할 뿐입니다."

조종사는 몸을 돌려 조종실 안으로 서둘러 들어갔다. 그의 등 뒤로 문이 닫혔다.

베커는 비행기를 쳐다본 뒤 손에 든 돈뭉치를 내려다보았다. 텅빈 격납고에 잠시 서있던 그는 봉투를 상의 안주머니에 넣은 뒤 상의를 어깨에 걸치고 활주로로 향했다. 시작이 좀 이상했지만, 베커는 곧 생각을 떨쳐버렸다. 운만 좀 따른다면 수잔과 함께 가기로 한 스톤 장원 여행에 늦게라도 갈 수 있을 것 같았다.

'아주 간단한 여행이야.'

그는 생각했다.

'아주 간단한 여행.'

하지만 그로서는 알 수가 없었다.

9

시스템 보안 기술자 필 차트루키언은 전날 잊은 업무 서류를 챙기기 위해 잠시 동안만 암호부에 들를 생각이었지만 그렇게 되지 않았다.

암호부 사무실을 가로질러 시스템 보안 연구실로 들어간 그는 즉시 뭔가가 잘못됐다는 것을 알았다. 트랜슬터의 내부 작업을 끊임없이 모니터하는 컴퓨터 단말기에 직원이 없었으며, 모니터가 꺼져 있었던 것이다.

차트루키언은 소리쳤다.

"누구 없어요?"

아무 대답이 없었다. 연구실은 여러 시간 동안 아무도 없었던 것처럼 얼룩 하나 없었다.

스물세 살의 차트루키언은 시스템 보안 요원으로 비록 근무한 지 그다지 오래 되지 않았지만, 교육을 잘 받아 규정을 숙지하고 있었다. 암호부에는 언제나 시스템 보안 요원이 근무해야 하고, 특히 암호해독가가 한 명도 없는 토요일엔 더욱 그러했다.

차트루키언은 즉시 모니터를 켠 다음 벽에 붙은 근무 게시판으로 고개를 돌렸다.

"누가 당직이지?"

그는 큰 소리로 말하며 명단을 훑어보았다. 예정대로라면 세이덴베르그라는 젊은 신참자가 전날 밤 12시에 2교대제를 시작한 것으로 되어 있었다. 차트루키언은 텅 빈 연구실을 힐끔 돌아보고는 눈살을 찌푸렸다.

"이 친구, 도대체 어딜 간 거야?"

모니터에 전원이 들어오는 것을 지켜보며, 차트루키언은 시스템 보안 연구실에 직원이 없다는 것을 스트래스모어 부국장이 알고 있는지 궁금했다. 그는 아까 오는 길에 스트래스모어의 작업실에 커튼이 드리워져 있는 것을 보았다. 그것은 부국장이 안에 있다는 뜻이었다. 토요일이지만 이상할 건 없었다. 스트래스모어는 부하직원들에게는 토요일에 쉬라고 하면서도 자신은 1년 365일 내내 일하다시피 했기 때문이다.

만약 스트래스모어가 시스템 보안 연구실이 비어 있는 것을 알게 되면, 그 신참은 일자리를 잃게 될 터였다. 차트루키언은 그 젊은 기술자에게 전화를 걸어 구해줘야 하는 게 아닌가, 생각했다. 시스템 보안 요원 사이에는 서로의 뒤를 봐준다는 무언의 규칙이 존재했다. 암호부에서 시스템 보안 요원들은 2등급 시민들로 항상 영지의 주인들과 사이가 나빴다. 암호해독가들이 수십 억 달러의 요새를 통치한다는 것은 누구나 아는 사실이다. 시스템 보안 요원들은 오직 기계들을 원활하게 운영하기 위해 필요한 존재일 뿐이었다.

차트루키언은 결심한 듯 전화기를 움켜잡았다. 그러나 그것을 귀로 가져가진 못했다. 그는 자기 앞에 보이는 모니터에 두 눈을 고정시킨 채 동작을 멈추었다. 그러고는 놀라 입을 벌린 채 슬로모션처럼 천천히 전화기를 내려놓았다.

시스템 보안 요원으로 8개월 동안 근무하면서, 필 차트루키언은 트랜슬터의 런 모니터에서 시간을 가리키는 자리에 '00'이란 숫자 이외엔 본 적이 없었다. 오늘 같은 일은 처음이었다.

경과시간 : 15:17:21

"열다섯 시간 십칠 분? 말도 안 돼!"

차트루키언은 숨이 막혔다.

차트루키언은 스크린을 다시 부팅시키면서 아까는 부팅이 정상적으로 안 되었던 것이기를 바랐다. 그러나 모니터가 다시 켜지자 똑같은 결과가 나타났다.

차트루키언의 등에 식은땀이 흘렀다. 암호부의 보안 요원들은 오직 한 가지 책임을 지고 있었다. 트랜슬터가 바이러스에 걸리지 않고 고장 나지 않도록 지키는 일이었다.

열다섯 시간의 가동은 단 하나의 사실을 의미한다는 것을 차트루키언은 알고 있었다. 바이러스 감염이었다. 불순한 파일이 트랜슬터 내부로 들어와 프로그램을 망가뜨리고 있었다. 그는 즉시 훈련받은 대로 움직이기 시작했다.

시스템 보안 연구실이 비어 있든, 모니터가 꺼져 있든 더 이상 중요하지 않았다. 그는 당면한 트랜슬터의 문제에만 초점을 맞추었다. 그는 즉시 지난 사십팔 시간 동안 트랜슬터에 넣은 모든 파일의 기록을 확인했다. 그러고는 그 목록들을 훑어보기 시작했다.

'감염된 파일이 들어온 건가? 보안 필터들이 뭘 놓친 건가?'

예방 조치로 트랜슬터에 들어가는 모든 파일은 곤틀릿이라는 것을 통과해야만 한다. 곤틀릿은 일련의 강력한 회로 레벨 게이트웨이와 패킷 필터, 백신 프로그램으로 이루어져 있어서, 컴퓨터 바이러스와 잠재적 위험성이 있는 서브루틴에 대비하여 들어오는 파일들을 꼼꼼하게 조사한다. 곤틀릿에 '알려지지 않은' 프로그램을 담고 있는 파일들은 즉시 거부되었다. 그런 파일은 수작업으로 확인했다. 가끔 필터들이 처음 보는 프로그램이 파일에 들어 있다고 판단하여, 곤틀릿이 무해한 파일들을 모조리 거부할 때도 있었다. 그런 경우에는 시스템 보안 요원들이 일일이 철저하게 수작업으로 검사하여 파일이 깨끗하다는 것을 확인한 다음에 곤틀릿의 필터들을 우회하여 트랜슬터에 전송했다.

컴퓨터 바이러스는 박테리아 바이러스만큼 다양했다. 우리 몸에 침투하는 바이러스와 마찬가지로 컴퓨터 바이러스들은 호스트 시스템에 달라붙어 복제하는 것이 유일한 목적이고, 이 경우 호스트는 트랜슬터였다.

차트루키언은 지금까지 국가안보국이 바이러스 문제를 겪은 적이 없다는 사실이 놀랍기만 했다. 곤틀릿이 유능한 파수꾼이긴 하지만, 국가안보국은 세계의 온갖 시스템들로부터 엄청난 양의 디지털 정보를 빨아들이는 먹이사슬의 최하부였다. 이런 식으로 데이터를 끌어모으는 것은 난잡한 성교 행위와도 같아서, 콘돔을 쓰든 안 쓰든 조만간 뭔가에 감염되게 되어 있었다.

눈앞의 파일 목록을 모두 검토한 차트루키언은 더욱 혼란스러워졌다. 파일은 모두 검사했고, 곤틀릿은 비정상적인 파일을 찾아내지 못했다. 트랜슬터 내부의 파일은 완전히 깨끗하다는 의미였다.

"그런데 왜 저렇게 오랫동안 실행하고 있는 거지?"

그는 텅 빈 사무실에 대고 혼잣말을 했다. 식은땀이 났다. 방해가 되긴 하겠지만 이 소식을 스트래스모어에게 전해야 할 것 같았다.

"바이러스 탐색."

차트루키언은 자신을 진정시키려고 애쓰며 단호하게 말했다.

"바이러스 탐색을 실행해야겠어."

스트래스모어도 맨 먼저 바이러스부터 탐색하라고 지시할 게 뻔했다. 아무도 없는 암호부 사무실을 힐끔 쳐다본 뒤, 차트루키언은 결정을 내렸다. 그는 바이러스 탐색 소프트웨어를 주기억장치에 넣은 다음 실행시켰다. 15분쯤 걸릴 것이다.

"다시 깨끗해지렴."

그는 속삭였다.

"말끔해지란 말이야. 아무 일도 아니라고 말해."

그러나 차트루키언은 이것이 결코 '아무 일도 아닌 것'은 아니라는 느낌이 들었다. 그의 본능은 이 거대한 암호해독기 내부에서 아주 이상한 일이 일어나고 있음을 느끼고 있었다.

10

"엔세이 탄카도가 죽었다고요?"

수잔은 역겨운 느낌이 울컥 밀려왔다.

"국장님이 죽인 건가요? 아까 말씀하기로는……"

"우린 손대지 않았어."

스트래스모어가 재빨리 말했다.

"그 친군 심장마비로 죽었어. 코민트가 오늘 아침 일찍 전화를 했더군. 인터폴을 통한 세비야 경찰의 기록에 오른 탄카도의 이름이 그들의 컴퓨터상에 떠올랐대."

"심장마비요? 그는 이제 겨우 서른 살이에요."

수잔은 의심스러운 표정을 지었다.

"서른두 살이지."

스트래스모어가 바로잡았다.

"하지만 그에겐 선천적인 심장질환이 있었어."

"그런 얘긴 처음 듣는데요."

"국가안보국의 신체검사표에 나와 있어. 그가 떠벌리지 않은 거지."

수잔은 타이밍이 너무 절묘하게 맞아떨어진 것이 미심쩍었다.

"심장질환 때문에 죽었다고요?"

어쩐지 너무 편리한 구실 같았다.

스트래스모어는 어깨를 으쓱했다.

"심장이 약한 데다 스페인의 더위가 겹친 거지. 그동안 국가안보국을 협박하느라고 스트레스도 심하게 받았을 테고."

수잔은 잠시 침묵했다. 상황을 감안하더라도, 그렇게 훌륭한 동료 암호해독가를 잃은 슬픔에 그녀는 가슴이 아팠다. 스트래스모어의 근엄한 목소리가 그녀의 생각을 밀어냈다.

"이런 위기상황에서 그나마 다행인 점은, 탄카도가 혼자서만 여행하고 있었다는 사실이야. 그의 동업자는 그가 죽었다는 사실을 아직 모르고 있을 가능성이 많아. 스페인 당국은 가능한 한 오랫동안 이 사건을 발표하지 않겠다고 했어. 우리는 유능한 코민트 덕분에 연락을 받은 거야."

스트래스모어는 수잔을 응시하며 말했다.

"그의 동업자가 탄카도의 죽음을 알기 전에 그자를 찾아내야 해. 그래서 자넬 부른 거야. 자네의 도움이 필요해."

수잔은 무슨 소린지 알 수 없었다. 엔세이 탄카도의 때맞춘 죽음은 그들의 모든 문제를 일거에 해결한 것처럼 생각됐기 때문이다.

"부국장님, 스페인 당국이 탄카도가 심장마비로 죽었다고 말하고 있다면, 우린 책임을 면한 거잖아요. 그의 동업자도 국가안보국은 책임이 없다는 걸 알 거고요."

"책임이 없다고?"

스트래스모어의 눈이 믿을 수 없다는 듯 휘둥그레졌다.

"국가안보국을 협박한 자가 며칠 후 시체로 발견됐어. 그런데도 우리에게 책임이 없다고? 탄카도의 동업자는 그렇게 생각하지 않을 걸. 어쨌거나 우린 혐의를 벗을 수 없어. 독살이니 조작된 부검이니 하면서 별의별 얘기가 다 나올 거야."

스트래스모어가 잠시 말을 멈추더니 그녀에게 물었다.

"탄카도가 죽었다고 했을 때 맨 먼저 어떤 생각이 들었지?"

수잔은 얼굴을 찡그렸다.

"국가안보국에서 그를 죽였다고 생각했죠."

"바로 그거야. 만약 국가안보국이 중동 상공의 지구 정지 궤도에 다섯 개의 라이어라이트 위성을 쏘아올릴 돈이 있다면, 스페인 경찰 한두 명쯤 매수할 수도 있는 건 당연하잖아?"

부국장이 단언했다.

수잔은 한숨을 내쉬었다.

'엔세이 탄카도가 죽었다. 국가안보국이 비난을 받게 될 것이다.'

"탄카도의 동업자를 제때 찾을 수 있을까요?"

"그럴 거야. 유력한 단서가 있거든. 탄카도는 동업자와 함께 일하고 있다고 수없이 공개적으로 발표했어. 소프트웨어 회사들이 그에게 해를 입히거나 키를 훔칠 생각을 못 하게 하려고 그랬을 거야. 어떤 반칙이라도 하면 동업자가 즉시 키를 공표할 것이고, 그렇게 되면 모든 회사들은 하루아침에 무료 소프트웨어와 경쟁하는 지경에 처하게 될 거라고 으름장을 놓았어."

"똑똑하군요."

수잔은 고개를 끄덕였다.

스트래스모어가 계속 말했다.

"탄카도는 몇 차례 동업자의 이름을 공개했어. 노스 다코타라고."

"노스 다코타요? 가명이 분명하군요."

"그래. 하지만 혹시나 하고 인터넷에서 노스 다코타를 검색해봤지. 기대하지 않는데 뜻밖에도 이메일 계정을 발견했어."

부국장은 말을 잠시 멈추었다가 다시 계속했다.

"물론 그게 우리가 찾고 있는 노스 다코타는 아니라고 생각하지만, 확인하기 위해 그 계정을 찾았지. 그런데 엔세이 탄카도가 보낸 이메일들로 꽉 차 있는 걸 발견했을 때 내가 얼마나 놀랐을지 생각해봐."

그는 눈썹을 치켜세웠다.

"게다가 그 메시지들은 디지털 포트리스에 관한 얘기와 국가안보국을 협박할 탄카도의 계획들로 가득했어."

수잔은 회의적인 눈빛으로 그를 쳐다보았다. 자신이 우롱당하고 있다는 사실을 그렇게 속 편하게 얘기하는 것이 놀랍기만 했다.

"부국장님, 탄카도는 국가안보국에서 이메일을 훔쳐보는 줄 뻔히 알고 있어요. 그러니 비밀 정보를 이메일로 보냈을 리 없죠. 그건 함정이에요. 엔세이 탄카도는 부국장님이 검색할 줄 미리 알고 노스 다코타를 제공한 거라고요. 자기가 보낸 정보를 부국장님이 찾아내길 바랐던 거죠. 허위 단서예요."

"예리한 직관이야."

스트래스모어가 말했다.

"한두 가지만 빼면 말이지. 사실은 노스 다코타란 이름으로 아무것도 찾을 수 없었어. 그래서 검색 문자열을 조정했지. 다시 발견한 계정은 앤다코타(NDAKOTA)라는 변형이었어."

수잔은 고개를 가로저었다.

"순열을 움직이는 건 기본이죠. 탄카도는 부국장님이 변형을 찾아낼 걸 예상했을 거예요. 앤다코타는 너무 쉬운 변형이잖아요."

"그럴지도 모르지."

스트래스모어는 종이에 단어들을 갈겨쓴 다음 수잔에게 건넸다.

"하지만 이걸 봐."

수잔은 종이에 적힌 글씨를 읽은 후에야 부국장을 이해할 수 있었다. 종이 위에는 노스 다코타의 이메일 주소가 적혀 있었다.

NDAKOTA@ARA.ANON.ORG

수잔의 눈길을 끈 것은 주소에 적힌 ARA라는 글자였다. ARA는 잘 알려진 익명의 재우송메일 서버인 미국 익명 재우송자(American Remailer Anonymous)의 약자였다.

익명의 서버는 자신들의 신원을 비밀로 하고 싶은 인터넷 사용자들 사이에 널리 보급되어 있었다. 이런 회사들은 요금을 받고 전자메일의 중개자 역할을 함으로써 이메일 사용자의 프라이버시를 보호했다. 그것은 번호를 매긴 사서함을 갖는 것과 비슷한데, 사용자는 자신의 진짜 주소나 이름을 밝히지 않고도 메일을 전송하고 받을 수 있었다. 이메일을 수신한 회사는 가명의 주소를 써서 고객의 진짜 계정으로 메일을 전송했고, 재우송 메일 회사는 계약상 실제 사용자들의 신원이나 소재를 결코 밝히지 않게끔 되어 있었다.

"증거는 아니지만 너무 냄새가 나."

스트래스모어가 말했다.

수잔은 갑자기 좀더 믿음이 간다는 듯 고개를 끄덕였다.

"그렇다면 누가 노스 다코타를 찾아내더라도 ARA가 그 신원과 소재를 보호하고 있기 때문에 탄카도는 걱정하지 않았다는 뜻인가요?"

"그래, 맞아."

수잔은 잠시 생각했다.

"ARA는 주로 미국 계정에 서비스하고 있어요. 그래서 노스 다코타는 미국 어딘가에 있을지 모른다고 생각하시는군요?"

스트래스모어가 어깨를 으쓱했다.

"그럴 수도 있지. 탄카도는 미국인 동업자와 두 개의 패스 키를 지리적으로 분리시켜 갖고 있었을 수도 있어. 현명한 방법이지."

수잔은 그 점을 생각해보았다. 아주 가까운 친구가 아니라면, 탄카도는 결코 패스 키를 공유하지 않았을 것이다. 그녀의 기억이 맞다면 엔세이 탄카도는 미국에 친구들이 많지 않았다.

"노스 다코타라……"

수잔은 깊은 생각에 잠겼다.

"그가 탄카도에게 보낸 이메일들은 어때요?"

"모르겠어. 코민트는 탄카도가 보낸 이메일만 확인했을 뿐이야. 노스 다코타에 대해서 우리가 알고 있는 건 익명의 주소밖에 없어."

수잔은 잠시 생각했다.

"그게 속임수일 가능성은요?"

스트래스모어가 한쪽 눈썹을 치켜올렸다.

"어째서?"

"탄카도는 우리가 훔쳐보라고 아무도 안 쓰는 계정에 가짜 이메일을 보냈을 수도 있어요. 그러면 우리는 그가 보호받고 있다고 생각할 것이고, 그 자신은 패스 키를 공유하는 위험을 무릅쓰지 않아도 되죠. 그는 혼자서 일하고 있었는지도 몰라요."

부국장은 감탄하며 껄껄 웃었다.

"기발한 생각이야. 한 가지만 빼면 말이지. 탄카도는 그의 집이나 사무실 인터넷 계정을 사용하지 않아. 그는 도시샤 대학에 들러 그곳의 컴퓨터 메인프레임에 접속하곤 했어. 거기에 계정을 두고 있는 게 분명해. 그래서 용케 들키지 않았던 거라고. 아주 꼭꼭 숨겨둔 계정이었어. 내가 그걸 발견한 것도 순전히 우연이라고."

스트래스모어는 잠시 쉬었다가 수잔에게 물었다.

"그런데 우리가 자기 메일을 훔쳐보길 원했다면 왜 비밀 계정을 사용했을까?"

수잔은 그 질문에 대해 곰곰이 생각했다.

"비밀 계정을 사용해야 우리가 술책이라는 의심을 하지 않겠죠. 아마 탄카도는 부국장님이 그 계정을 운 좋게 우연히 발견했다고 생각하실 만큼만 숨겨뒀을 테죠. 그래서 자기 이메일의 신빙성을 뒷받침하려고요."

스트래스모어가 껄껄 웃었다.

"자넨 현장 요원이 될 걸 그랬어. 그 생각은 좋지만, 불행히도 탄카도가 보낸 편지들은 모두 답장이 있어. 그가 편지를 쓰면 동업자가 답장을 보냈지."

수잔은 눈살을 찌푸렸다.

"그럴듯하네요. 그렇다면 노스 다코타가 실존인물이란 말이군요."

"그런 것 같아. 우린 그를 찾아내야 해. 그것도 조용히 말이지. 만약 우리가 찾고 있다는 낌새를 알아채면 끝장이야."

수잔은 그제야 부국장이 자신을 불러들인 이유를 깨달았다.

"그러니까 저더러 ARA의 보안 데이터베이스에 침입해서 노스 다코타의 진짜 신분을 찾아내란 말씀이군요?"

스트래스모어는 굳은 표정으로 미소를 지었다.

"플레처 양, 내 생각을 알아챘군."

신중한 인터넷 검색이 필요하다면, 그 일에 적합한 여성은 수잔 플레처였다. 1년 전, 백악관의 고위 공직자가 익명의 이메일을 통해 협박을 받은 일이 있었다. 국가안보국은 그 이메일을 보낸 자의 소재를 알아봐달라는 요청을 받았다. 국가안보국은 재우송 메일 회사에 그 사용자의 신원을 밝히라고 요구할 수 있는 영향력이 있었지만, 그보다 눈에 덜 띄는 방법을 쓰기로 했다. '추적하는' 방법이었다.

수잔은 한 통의 이메일처럼 가장한 방향 탐지 프로그램을 만들어냈다. 그것을 사용자의 가짜 주소로 보내면, 재우송 메일 회사는 계약 임무를 수행하면서 사용자의 진짜 주소로 그 이메일을 보낼 것이다. 그 프로그램은 거기서 인터넷 위치를 기록하여 국가안보국에 알려준 뒤 흔적도 없이 사라지게 되어 있었다. 그날 이후부터 국가안보국엔 익명의 재우송 메일이 더 이상 두통거리가 되지 못했다.

"그를 찾을 수 있겠어?"

스트래스모어가 물었다.

"그럼요. 빨리 전화하시지 왜 이렇게 오래 기다렸어요?"

"사실 자넬 부를 생각은 없었네. 다른 사람을 끌어들이긴 싫었거든. 자네의 추적기 사본을 내가 직접 보내려고 했지만, 자넨 그걸 새로운 하이브리드 언어로 써놨더군. 그래서 실행할 수가 있어야지. 계속 엉터리 데이터만 나오지 뭐야. 결국 이를 악물고 자넬 부를 수밖에."

수잔은 깔깔 웃었다. 스트래스모어는 훌륭한 암호해독 프로그래머지만 그의 전문 분야는 주로 알고리즘 작업이었다. 보다 덜 중요한 실무용 프로그램의 세세한 사항은 잘 모를 때가 많았다. 더군다나 수잔은 자신의 추적 장치를 림보라는 이름의 새로운 크로스브리드 프로그램 언어로 기록해놓았던 것이다. 스트래스모어는 여러 문제에 직면할 수밖에 없었을 것이다.

"제가 처리하죠."

수잔은 미소를 지었다. 그녀는 돌아서서 나가며 말했다.

"제 자리에 가 있을 게요."

"얼마나 걸릴 것 같나?"

수잔은 잠시 생각했다.

"글쎄요. ARA가 메일을 얼마나 효율적으로 전송하느냐에 달렸죠. 만약 그가 미국에 있고 AOL이나 컴퓨서브 같은 곳을 이용한다면, 그의 신용카드 정보를 빼내서 카드요금 청구 주소지를 한 시간 내에 알아낼 수 있을 거예요. 대학이나 회사에 몸담고 있다면 시간이 조금 더 걸릴 테고요."

그녀는 걱정스런 미소를 지으며 덧붙였다.

"나머지는 부국장님이 어떻게 하시냐에 달렸고요."

그 '나머지 일' 이란 국가안보국의 타격대가 그자의 집에 출동하여 전선을 차단하고 전기 총으로 창문을 박살내는 일이라는 것쯤은 수잔도 알고 있었다. 타격대는 마약 단속을 하는 것으로 생각할지도 모른다. 스트래스모어는 그 파편들 사이로 성큼성큼 걸어 들어가서 64개의 문자로 된 패스 키를 찾아내 파괴할 것이다. 그렇게 되면 디지털 포트리스는 잠긴 상태로 인터넷 안에서 영원히 잠들게 된다.

"추적기를 내보낼 때 조심하게. 우리가 찾고 있는 줄 알면 노스 다코타가 겁을 먹을 거야. 그러면 내가 팀을 데리고 도착하기도 전에 키를 갖고 사라져버릴지도 몰라."

"치고 빠지는 거예요."

수잔은 부국장을 안심시켰다.

"추적기는 그의 계정을 발견한 즉시 없어지니까요. 그는 절대 우리가 다녀간 줄 모를 거예요."

스트래스모어가 고개를 끄덕였다.

"고맙네."

수잔은 부드러운 미소를 지어 보였다. 큰일을 눈앞에 두고도 평정을 잃지 않는 부국장이 그녀는 놀랍기만 했다. 그런 능력은 모두 그의 관록에서 나오는 것이고, 그를 권력층으로 끌어올린 원동력일 터였다.

수잔은 문 쪽으로 걸어가면서 트랜슬터를 한참 동안 내려다보았다. 그녀는 해독할 수 없는 알고리즘이 존재한다는 개념을 아직도 이해하기 어려웠다. 그리고 자신들이 노스 다코타를 제때 찾을 수 있기를 바랐다.

"서두르게."

스트래스모어가 등 뒤에서 소리쳤다.

"그러면 저녁까지는 스모키 산에 도착할 수 있을 거야."

수잔은 그 자리에 얼어붙었다. 부국장에게 여행을 떠난다는 말을 한 적이 없었던 것이다. 그녀는 그를 돌아보았다.

'국가안보국에서 내 전화도 도청하나?'

부국장은 겸연쩍은 듯 미소를 지었다.

"데이비드가 오늘 아침에 여행 얘길 꺼냈어. 뒤로 미루면 자네가 몹시 화낼 거라고 하더군."

수잔은 당황했다.

"오늘 아침에 데이비드와 통화하셨어요?"

"물론이야."

스트래스모어는 수잔의 반응에 어리둥절해했다.

"그에게 간단히 설명해야 하니까."

"그에게 설명을? 무슨 설명 말이에요?"

수잔이 물었다.

"출장 때문이지. 데이비드를 스페인에 보냈어."

11

'데이비드를 스페인에 보냈어.'

부국장의 말이 가시처럼 콕 찔렀다.

"데이비드가 스페인에?"

수잔은 믿어지지 않았다.

"그를 왜 스페인에 보냈는데요?"

그녀는 화가 난 목소리로 물었다.

스트래스모어는 깜짝 놀란 표정을 지었다. 설사 상대가 암호해독부장이라 해도, 그는 분명 자기에게 고함치는 사람에겐 익숙하지 않았다. 그는 당혹스러운 눈길로 수잔을 바라보았다. 그녀는 마치 자기 새끼를 지키는 어미 호랑이 같은 태도를 취하고 있었다.

"수잔, 그와 통화하지 않았어? 데이비드가 설명했을 텐데?"

수잔은 기가 막혀 말이 안 나왔다.

'데이비드가 스페인에? 스톤 장원 여행을 연기한 게 이 일 때문이었어?'

"오늘 아침에 그에게 차를 보냈어. 떠나기 전에 자네한테 전화한다고 했는데…… 미안하군, 내 생각엔……"

"왜 데이비드를 스페인에 보내야 했죠?"

스트래스모어는 잠시 숨을 돌린 뒤, 그녀를 빤히 쳐다보았다.

"다른 패스 키를 가져오려고."

"다른 패스 키라뇨?"

"탄카도가 가지고 있는 것 말이야."

수잔은 당황스러웠다.

"지금 무슨 말씀을 하시는 거예요?"

스트래스모어는 한숨을 내쉬었다.

"탄카도는 죽을 때 패스 키를 몸에 지니고 있었을 거야. 난 세비야의 시체 공시소 주변에 그 패스 키가 떠돌아다니는 걸 결코 방치할 수 없어."

"그래서 데이비드 베커를 보냈다는 거예요?"

수잔은 기가 막혔다. 도무지 말도 안 되는 소리였다.

"데이비드는 부국장님의 부하가 아니잖아요!"

수잔이 고함을 지르자, 스트래스모어가 깜짝 놀라서 몸을 움찔했다. 지금까지 국가안보국의 부국장에게 이런 식으로 대든 사람은 아무도 없었다.

"수잔."

부국장은 냉정을 유지하며 말했다.

"바로 그 때문이었어. 나는……"

어미 호랑이가 공격했다.

"부국장님에겐 이만 명이나 되는 부하들이 있어요! 도대체 무슨 권리로 제 약혼자를 거기에 보냈죠?"

"난 민간인 밀사가 필요했어. 정부와 전혀 상관없는 사람으로 말야. 정상적인 경로로 일을 추진하다가 누가 낌새라도 채면……"

"부국장님이 알고 있는 민간인이 데이비드 베커뿐이에요?"

"물론 아니야! 하지만 아침 여섯 시에 일이 갑자기 벌어졌어. 데이비드는 스페인어를 할 줄 알고 똑똑한 사람이지. 난 그를 신뢰하기 때문에 호의를 베푸는 거라고 생각했어!"

"호의라고요? 그를 스페인에 보내는 게 어째서 호의예요?"

수잔은 기가 차다는 듯 말했다.

"그럼! 하루 일당으로 만 달러를 지불했거든. 탄카도의 소지품만 수거해서 돌아오면 끝나는 일이야. 그건 호의였어!"

수잔이 갑자기 잠잠해졌다.

그제야 수잔은 이해가 되었다. 결국 돈 때문인 것이다.

그녀의 생각은 조지타운 대학 학장이 데이비드에게 언어 학과장 승진을 제안했던, 5개월 전 그날 밤으로 돌아갔다. 학장은 데이비드에게 강의 시간은 줄어들고 대신 서류 업무 시간이 늘겠지만 동시에 월급도 상당히 오를 거라고 했다. 수잔은 그때 말리고 싶었다. 수잔은 소리라도 치고 싶은 심정이었다. '데이비드, 그러지 말아요! 당신에게 좋지 않을 거예요. 돈이라면 우린 이미 많이 있잖아요? 당신이 버는 거든 내가 버는 거든 상관없다고요!' 하지만 그건 수잔이 참견할 일이 아니었다. 결국 그녀는 베커의 결정을 받아들이기로 마음먹었다. 그날 밤 두 사람이 잠자리에 들었을 때, 수잔은 그에게 행복한 것처럼 보이려고 애썼다. 하지만 그 때문에 비참해질 거라는 생각을 떨쳐버리기가 어려웠다. 그녀의 생각이 옳았다. 하지만 그녀는 결코 내색하지 않았다.

"만 달러를 지불했다고요? 치사한 수법이에요!"

스트래스모어는 화를 냈다.

"치사한 수법? 그게 무슨 돼먹지 않은 소리야! 난 데이비드에게 돈 얘긴 꺼내지도 않았어. 개인적인 호의로 부탁했고, 그도 가겠다고 동의했어."

"물론 동의했겠죠! 부국장님은 제 상사예요. 국가안보국의 부국장님이고요. 감히 어떻게 거절하겠어요?"

"자네 말이 옳아."

부국장은 잘라 말했다.

"그래서 그를 불렀던 거야. 내겐 별로 여유가……"

"민간인을 보낸 사실을 국장님도 아시나요?"

"수잔."

스트래스모어의 인내심이 거의 한계에 달했다.

"국장은 상관없어. 이 일에 관해 아무것도 모르니까."

수잔은 믿을 수 없다는 듯이 스트래스모어를 바라보았다. 갑자기 완전히 모르는 사람처럼 느껴졌다. 이 남자는 한낱 선생에 불과한 그녀의 약혼자에게 국가안보국의 임무를 맡겼을 뿐만 아니라, 이 조직의 사상 최대의 위기에 대해서도 국장에게 보고하지 않은 것이다.

"리랜드 폰테인 국장님께는 보고하지 않았군요?"

스트래스모어가 마침내 폭발했다.

"수잔, 내 말 잘 들어! 난 도와줄 사람이 필요해서 자넬 불렀지, 날 심문하라고 부른 게 아냐. 이미 끔찍한 아침을 보냈어. 어젯밤 탄카도의 파일을 다운받고 트랜슬터가 그걸 해독해주길 기도하면서 몇 시간 동안이나 프린터 옆에 앉아 있었어. 새벽엔 자존심을 접고 국장한테 전화했지. 내가 정말 하고 싶었던 말이 그거였어. '안녕하십니까, 국장님. 잠을 깨워서 죄송합니다. 웬 전화냐고요? 방금 트랜슬터가 폐물이 됐다는 걸 알았기 때문입니다. 그리고 그것은 최고 대우를 받고 있는 우리 암호부 직원들은 꿈도 못 꾸던 알고리즘 하나가 나타났기 때문입니다.' 이렇게 말하려고 했어!"

스트래스모어가 주먹으로 책상을 탕 하고 쳤다.

수잔은 꼼짝도 하지 않고 서 있었다. 그리고 아무 말도 하지 않았다. 지난 10년 동안 부국장이 흥분한 모습을 본 적이 거의 없었고, 그녀에게 화를 낸 적은 한 번도 없었다.

두 사람은 한참 동안 아무 말도 하지 않았다. 마침내 스트래스모어가 자리에 털썩 앉더니 천천히 호흡을 골랐다. 그가 입을 열었을 때, 목소리는 무서울 정도로 차분하게 가라앉아 있었다.

"불행하게도, 국장은 콜럼비아 대통령과 회의가 있어서 남아메리카에 갔어. 국장이 그곳에서 해줄 수 있는 일은 없기 때문에 내겐 두 가지 방법밖에 없었지. 국장에게 회의를 간단히 끝내고 돌아오라고 할 것이냐, 아니면 내가 직접 이 일을 처리할 것이냐."

긴 침묵이 흘렀다. 부국장은 마침내 고개를 들었다. 그의 피곤한 눈이 수잔의 눈과 마주쳤다. 그의 표정이 금방 부드러워졌다.

"수잔, 미안해. 난 지쳤어. 악몽이 현실로 나타난 느낌이야. 데이비드 문제에 대해서는 자네 기분을 알겠어. 이런 식으로 알리려고 했던 건 아닌데, 나는 자네가 아는 줄 알았어."

수잔은 죄책감이 들었다.

"제가 지나쳤어요. 죄송합니다. 데이비드를 보내길 잘 하셨어요."

스트래스모어가 멍하니 고개를 끄덕였다.

"그는 오늘 밤에 돌아올 거야."

수잔은 부국장이 겪고 있는 모든 일들을 생각해보았다. 트랜슬터를 감독하는 중압감, 끝도 없는 근무와 회의…… 삼십 년을 같이 산 아내가 그와 이혼하려 한다는 소문도 있었다. 게다가 디지털 포트리스라는 국가안보국 사상 최대의 정보 위협까지 더해진 것이다. 이 가여운 남자는 단독비행을 하고 있었다. 그가 금방이라도 추락할 것처럼 보이는 것은 당연하다.

"상황을 고려할 때 국장님께 전화하는 편이 좋을 것 같아요."

스트래스모어가 고개를 흔들자, 땀방울이 책상 위로 떨어졌다.

"국장의 안전을 위태롭게 하거나 그가 아무것도 해줄 수 없는 중대한 위기에 대해 보고하느라고 비밀이 새나가는 위험을 무릅쓸 생각은 절대 없어."

수잔은 그의 말이 옳다는 것을 깨달았다. 이런 순간에도 스트래스모어의 머리는 맑은 상태를 유지하고 있었다.

"대통령께 보고하는 건 생각해보셨어요?"

스트래스모어가 고개를 끄덕였다.

"응. 하지만 그렇게 하지 않기로 했어."

수잔도 그러리라고 짐작했다. 국가안보국의 고위 관리에겐 행정부에 알리지 않고 확인 가능한 정보 비상사태를 처리할 권한이 있었다. 국가안보국은 연방정부의 모든 책임으로부터 완전히 면제되어 있는 미국의 유일한 정보기관이었다. 스트래스모어는 가끔 이런 권리를 이용하곤 했다. 그래서 혼자 마술 부리기를 좋아했다.

"부국장님, 이 일은 혼자 감당하기엔 너무 중대해요. 다른 분을 끌어들여야 해요."

"수잔, 디지털 포트리스의 존재는 이 조직의 미래에 중요한 의미를 갖고 있어. 국장 몰래 대통령께 보고할 생각은 없어. 우리에게 닥친 위기니까 내가 처리할 거야."

그는 사려 깊게 수잔을 바라보았다.

"난 운영 부국장이야."

그의 얼굴에 피곤한 미소가 번졌다.

"그리고 난 혼자가 아니야. 내 팀엔 수잔 플레처가 있잖아."

그 순간 수잔은 자신이 왜 그토록 트레버 스트래스모어를 존경하는지 깨달았다. 10년 동안 온갖 어려움 속에서도 그는 언제나 그녀를 이끌어주었다. 변함이 없고 확고했다. 자신의 원칙과 조국, 이상에 대해서도 확고부동하게 충실했고 헌신적이었다. 어떤 것도 결정할 수 없는 암흑의 세계에서 트레버 스트래스모어 부국장은 어떤 일이 생겨도 항상 길잡이가 되어주는, 등대 같은 존재였다.

"자넨 내 팀의 일원이야, 안 그래?"

부국장이 물었다.

수잔은 미소를 지었다.

"네, 부국장님. 백 퍼센트 그래요."
"좋아. 이제 다시 일을 시작해볼까?"

12

데이비드 베커는 장례식에서 시신을 여러 차례 보았지만, 이 시신은 특히 맥빠지게 하는 뭔가가 있었다. 비단 안감을 댄 관 속에 누운 깨끗하게 손질된 시신이 아닌, 발가벗겨진 채 알루미늄 테이블 위에 아무렇게나 내팽개쳐진 시신이었다. 두 눈동자는 아직 생기를 잃고 명한 망자의 눈이 아니었으며, 대신 치켜뜬 눈이 공포와 후회로 굳어진 채 천장을 노려보고 있었다.

"돈데 에스탄 수스 에펙토스(그의 소지품은 어디에 있습니까)?"

베커는 유창한 카스티야식 스페인어로 물었다.

"알리(저기)."

이가 누런 중위가 옷가지와 개인 소지품이 있는 카운터를 가리켰다.

"에스 토도(저게 전부입니까)?"

"시(네)."

베커가 종이 상자를 부탁하자, 중위가 상자를 찾으러 나갔다.

토요일 저녁이므로 세비야 시체 공시소는 공식적으로는 업무가 끝난 상태였다. 젊은 중위는 세비야 경비대장의 지시를 받아 베커를 들여보냈다. 방문한 미국인은 막강한 친구들을 두고 있는 것처럼 보였다.

베커는 쌓여 있는 옷가지를 살펴보았다. 여권과 지갑이 있었고 구두 한 짝에 안경이 들어 있었다. 경비대가 죽은 남자의 호텔에서 가져온 작은 배낭도 있었다. 베커가 받은 지시는 간단명료했다.

'아무것도 만지지 마라, 아무것도 읽지 마라, 있는 건 그냥 다 가지고 와라, 아무것도 빠뜨리지 마라.'

베커는 쌓여 있는 것들을 보고는 눈살을 찌푸렸다.

'국가안보국은 이 잡동사니를 가져다 뭘 하겠다는 거지?'

중위가 작은 상자를 가지고 돌아오자, 베커는 그 안에 옷가지를 담기 시작했다.

중위가 시체의 다리를 쿡 찌르며 물었다.

"키엔 에스(이 사람이 누구요)?"

"모르겠소."

"중국인 같구먼."

'일본인이지.'

베커는 생각했다.

"가여운 친구. 심장마비죠?"

베커가 고개를 끄덕였다.

"그렇다고 들었소."

중위는 한숨을 쉬며 안됐다는 듯 고개를 가로저었다.

"세비야의 태양은 잔인합니다. 내일 밖에 나가면 조심하세요."

"감사합니다만 전 오늘 귀국해야 합니다."

중위는 깜짝 놀라는 표정을 지었다. .

"방금 오셨잖아요!"

"네. 하지만 제 항공 요금을 내준 사람이 바로 이것들을 기다리고 있어서요."

중위는 스페인 사람만이 기분 상해 할 수 있는 이유로 기분이 상한 듯했다.

"세비야 구경을 하지 않을 거란 말인가요?"

"몇 년 전에 왔었죠. 아름다운 도시예요. 나도 며칠 묵고 갔으면 좋겠지만."

"그럼 히랄다 탑을 보셨습니까?"

베커가 고개를 끄덕였다. 사실 그는 그 고대 무어식 탑에 올라가진 않았지만 구경한 적은 있었다.

"알카사르 성에도 가보셨습니까?"

베커가 다시 고개를 끄덕였다. 그는 파코 데 루치아가 안마당에서 기타를 치는 것을 들었던 그날 밤이 생각났다. 15세기의 요새에서 별이 반짝이는 하늘 아래 플라멩코를 추던 것도 생각났다.

'그때 수잔을 알았더라면 더 좋았을 텐데.'

"그리고 크리스토퍼 콜럼버스도 우리 대성당에 묻혀 있어요."

중위가 환하게 웃으며 말했다.

"정말요? 콜럼버스는 도미니카공화국에 묻혀 있는 줄 알았는데요."

"그럴 리가! 누가 그런 소문을 퍼뜨리는지 원. 콜럼버스 시신은 여기 스페인에 있어요! 대학을 나왔다고 하신 것 같은데."

베커가 어깨를 으쓱했다.

"그날 수업을 땡땡이쳤나 봅니다."

"스페인 교회는 콜럼버스의 유골을 가진 것을 큰 자랑으로 여기죠."

'스페인 교회.'

베커는 스페인에 교회가 하나뿐이라는 사실을 알고 있었다. 로마 가톨릭 교회였다. 스페인에서 가톨릭교는 바티칸 시에서보다 더 위대했다.

"물론 그의 유골 전부를 갖고 있는 건 아닙니다."

중위가 덧붙였다.

"솔로 엘 에스크로토."

베커는 짐을 꾸리다 말고 중위를 빤히 쳐다보았다.

'솔로 엘 에스크로토?'

그는 나오려는 웃음을 꾹 참았다.

"달랑 음낭 하나란 말이죠?"

중위가 자랑스럽게 고개를 끄덕였다.

"교회가 위대한 사람의 유골을 얻으면, 그를 성인으로 숭배하여 그 유골을 다른 성당에도 나눠줍니다. 누구나 그의 영광을 함께 누릴 수 있도록 말이죠."

"그래서 당신들이 얻은 것이……"

베커는 또 웃음을 참았다.

"그래요, 그건 꽤 중요한 부분입니다!"

중위가 우겼다.

"갈리시아의 교회들처럼 갈비뼈나 손가락 마디를 가진 것과는 다르죠. 당신도 그걸 꼭 봐야 하는데!"

베커는 예의 바르게 고개를 끄덕였다.

"마을을 나가는 길에 들를 수도 있어요."

"안됐지만 대성당은 새벽 미사 시간이 되어야 문을 엽니다."

"그럼 다음 기회에 보죠."

베커가 상자를 들어올리며 미소를 지었다.

"가봐야겠어요. 비행기가 기다리고 있거든요."

"공항까지 모셔다 드릴까요? 바깥에 오토바이가 있거든요."

"감사합니다만, 택시를 타면 됩니다."

베커는 대학 시절 오토바이를 몰고 가다가 하마터면 죽을 뻔한 적이 있었다. 그래서 누가 몰든 다시는 오토바이를 탈 생각이 없었다.

"좋도록 하시죠. 끝났으면 불을 끄겠습니다."

중위가 문 쪽으로 향하면서 말했다.

베커는 상자를 겨드랑이에 꼈다.

'다 챙긴 건가.'

그는 마지막으로 테이블 위의 시신을 바라보았다. 시신은 실오라기 하나 걸치지 않은 채 형광등 아래 누워 있었다. 숨기고 있는 건 하나도 없는 게 분명했다. 베커는 흉하게 일그러진 두 손에 눈길이 갔다. 순간 그는 눈에 초점을 모으고 한 곳을 뚫어지게 응시했다.

중위가 불을 끄자, 공시소 안은 캄캄해졌다.

"잠깐만요. 다시 불을 좀 켜주시오."

베커가 말했다.

다시 조명이 깜박이며 들어왔다.

베커는 상자를 바닥에 내려놓고 시체 쪽으로 걸어갔다. 그러고는 몸을 숙여 죽은 남자의 왼손을 살펴보았다.

중위도 베커의 시선을 따라갔다.

"정말 보기 흉하죠?"

그러나 베커의 눈길을 끈 것은 기형의 손가락이 아니었다. 그는 다른 무언가를 본 것이었다. 그는 중위를 돌아보며 물었다.

"빠진 것 없이 이 상자 안에 다 담은 게 확실합니까?"

중위가 고개를 끄덕였다.

"예. 저게 답니다."

베커는 엉덩이에 두 손을 얹은 채 잠시 서 있었다. 그런 다음 상자를 다시 카운터로 가져가서 내용물을 와르르 쏟았다. 그는 옷을 하나하나 조심스럽게 흔들어 보았다. 그러고는 구두 두 짝을 들고 모래를 털어내는 것처럼 뒤집어서 톡톡 두드렸다. 모든 것을 두 번씩 조사한 뒤 그는 물러나서 눈살을 찌푸렸다.

"뭐가 잘못됐습니까?"

중위가 물었다.

"예. 없어진 게 있습니다."

베커가 대답했다.

13

도쿠겐 누마타카는 자신의 호화로운 펜트하우스에서 도쿄의 스카이라인을 바라보고 있었다. 그의 직원들과 경쟁자들은 그를 아쿠타 사메(악랄한 상어)라고 불렀다. 지난 30년 동안 그는 일본의 모든 경쟁자들보다 한발 앞서서 예측하고, 입찰하고, 광고했다. 이제 그가 세계 시장에서 거인으로 등장하는 것도 시간문제였다.

그는 자기 인생에서 가장 큰 거래를 체결하려 하고 있었다. 그의 누마테크 회사를 미래의 마이크로소프트 사로 만들어줄 거래였다. 그의 피는 아드레날린의 증가로 활기를 띠었다. 비즈니스는 전쟁이었고, 전쟁은 그를 흥분시켰다.

사흘 전에 그 전화를 받았을 땐 의심스러웠지만, 그는 이제 진실을 알았다. 그는 축복을 받은 것이다. 신은 그를 선택했다.

"디지털 포트리스 패스 키의 사본을 가지고 있습니다. 그걸 사시겠습니까?"

미국식 말투가 그렇게 말했다.

누마타카는 하마터면 크게 웃을 뻔했다. 사기를 치려는 줄 알았던 것이다. 누마테크 회사는 엔세이 탄카도의 새로운 알고리즘에 거액을 불렀고, 지금 경쟁업체 하나가 그 입찰가를 알아내려고 술수를 부리고 있었다.

"패스 키를 갖고 있다고요?"

누마타카가 흥미 있는 척하며 물었다.

"그렇습니다. 내 이름은 노스 다코타입니다."

누마타카는 웃음을 꾹 참았다. 노스 다코타라면 모르는 사람이 없었다. 탄카도가 그의 은밀한 동업자로 보도 기관에 이미 밝혔던 것이다. 탄카도의 입장에서 동업자를 둔 것은 현명한 조처였다. 일본에서도 사업 관행이 더러워진 지 이미 오래다. 엔세이 탄카도는 안전하지 않았다. 그러나 의욕이 지나친 한 회사의 서툰 행동으로 패스 키가 공표되는 날이면, 소프트웨어 업계의 모든 회사들은 타격을 입을 것이다.

누마타카는 우마미 시가를 한 모금 길게 빨아들이며 상대방의 어설픈 기만을 우롱하고 있었다.

"그래, 당신의 패스 키를 팔겠다는 거요? 흥미롭군. 엔세이 탄카도가 이 사실을 알면 어떻게 생각할까요?"

"탄카도는 내 알 바 아니오. 날 믿은 그자가 어리석지. 패스 키의 가치는 그가 내게 지불하는 보관료의 수백 배는 될 겁니다."

"미안하군. 당신의 패스 키만으로는 아무 쓸모가 없지. 당신이 한 짓을 알면 탄카도는 자기 사본을 공표할 거고, 그러면 즉시 시장에 넘쳐날 텐데."

"두 개의 패스 키를 모두 넘겨드리겠소. 탄카도의 것과 내 것을 말이오."

누마타카는 전화기를 손바닥으로 가린 뒤 큰 소리로 웃었다. 그는 묻지 않을 수 없었다.

"두 개에 얼마면 되겠소?"

"미화로 이천만 달러요."

"이천만 달러?"

누마타카는 짐짓 놀란 척하며 말했다.

"그건 터무니없는 금액이오!"

"그 알고리즘을 봤어요. 그만한 가치는 충분하다고 장담합니다."

'헛소리하지 마.'

누마타카는 생각했다.

'그 열 배는 되지.'

그는 슬슬 장난이 지겨워졌다.

"안됐지만 탄카도 씨가 절대 찬성하지 않을 거요. 법적 대응도 불사할 텐데."

전화를 건 남자는 잠시 불길한 침묵을 보냈다.

"탄카도 씨가 더 이상 관계없는 존재라면 어쩌시겠습니까?"

누마타카는 웃고 싶었지만 그의 목소리에 묘한 결의가 담긴 것을 알아챘다.

"탄카도가 더 이상 관계없는 존재라면?"

누마타카는 그 점에 대해 잠시 생각했다.

"그러면 당신과 거래하겠소."

"다시 연락드리죠."

전화가 끊겼다.

14

베커는 시신을 뚫어지게 쳐다보았다. 죽은 지 몇 시간이 지났는데도 동양인의 얼굴은 최근 햇볕에 타 불그스레 했다. 얼굴을 빼고는 창백한 노란색이었다. 가슴 바로 위의 작은 자주색 타박상을 제외하면 모두가 노랬다.

'심폐소생술 때문에 저렇게 됐겠지. 유감스럽게도 아무 효과가 없었던 모양이군.'

그는 다시 시신의 손을 유심히 살펴보았다. 그렇게 생긴 손은 처음 보았다. 각각의 손에는 손가락이 세 개밖에 없었고 그나마 뒤틀리고 구부러져 있었다. 그러나 베커는 그것의 외형상 추한 모습을 보고 있는 것이 아니었다.

"어디 좀 볼까요."

중위는 방을 가로질러 걸어오면서 퉁명스럽게 말했다.

"그는 중국인이 아니라 일본인이군요."

중위는 죽은 남자의 여권을 보고 있었다.

"그건 뒤지지 않는 게 좋겠소."

베커가 그에게 요구했다.

'아무것도 만지지 마라, 아무것도 읽지 마라.'

"엔세이 탄카도, 일월생⋯⋯"

"부탁입니다. 그걸 내려놓으시오."

베커가 다시 점잖게 말했다.

중위는 여권을 더 살펴본 다음 쌓여 있는 물건 위로 던졌다.

"이 사람은 삼등급 비자를 받았군요. 여기서 몇 년이라도 머물 수 있었어요."

베커는 펜으로 희생자의 손을 찔렀다.

"여기 살았는지도 모르죠."

"아뇨. 입국 날짜가 지난주입니다."

"이곳으로 이사왔는지도 모르죠."

베커가 무뚝뚝하게 말했다.

"그럴지도 모르죠. 첫 주가 가장 힘들어요. 일사병에 심장마비, 가여운 친구."

베커는 중위의 말을 무시하고 손을 유심히 살펴보았다.

"이 사람이 죽었을 때 보석류는 아무것도 지니고 있지 않았나요?"

중위는 놀라서 쳐다보았다.

"보석요?"

"네. 이것 좀 보세요."

중위가 다가왔다.

탄카도의 왼손 새끼손가락 주위에 햇빛에 타지 않은 가느다란 반지 자국이 남아 있었다. 베커가 그것을 가리키며 말했다.

"여기 햇볕에 타지 않은 살갗이 보입니까? 반지를 끼고 있었던 것 같은데요."

중위는 깜짝 놀라는 듯했다.

"반지라고요?"

중위의 목소리가 갑자기 당황한 것처럼 들렸다. 그는 시체의 손가락을 유심히 살펴보곤 부끄러운 듯 얼굴을 붉혔다.

"세상에!"

중위는 껄껄 웃었다.

"그 얘기가 사실이었나?"

베커는 갑자기 맥이 빠지는 느낌이었다.

"뭐라고요?"

중위는 믿을 수 없다는 듯 고개를 가로저었다.

"아까 말씀드릴 걸 그랬군요. 난 그 노인이 미친 줄만 알았어요."

베커는 웃지 않았다.

"어떤 노인 말입니까?"

"급하게 전화를 건 캐나다 노인 말입니다. 그 노인은 자신은 캐나다 여행객이라면서 계속 반지 얘기만 떠들어대더군요. 암튼 그렇게 엉망진창인 스페인어는 처음 들어보았소."

"탄카도 씨가 반지를 끼고 있었다고 그 노인이 말했습니까?"

중위가 고개를 끄덕였다. 그는 두카도 담배 한 개비를 뽑아들곤 '금연' 표시를 힐끔 본 뒤, 에라 모르겠다는 듯이 불을 붙였다.

"뭐라고 한마디 해야 했는데, 미친 노인네 같아서 말이죠."

베커는 눈살을 찌푸렸다. 스트래스모어의 말이 귓전에서 맴돌았다.

'엔세이 탄카도가 갖고 있던 모든 것을 원해. 모든 걸 말야. 하나도 남김없이 가져와. 종이 한 조각이라도 빠뜨리지 말라고.'

"그 반지, 지금 어디에 있습니까?"

베커의 물음에 중위는 담배 연기를 훅 내뿜었다.

"얘기하자면 긴데."

좋은 소식이 아닌 건 분명했다.

"아무튼 얘기해보시오."

15

수잔 플레처는 노드 3에 있는 자신의 컴퓨터 단말기 앞에 앉아 있었다. 노드 3은 방음 처리된 암호해독가들의 은밀한 방으로 메인 플로어 바로 아래 있었다. 빛이 한쪽 방향으로만 꺾이는 5센티미터 두께의 유리는 암호해독가들에겐 암호부 층 전체를 보여주면서도 다른 사람들은 안을 들여다볼 수 없게끔 되어 있었다.

넓찍한 노드 3 사무실 뒤에는 열두 대의 컴퓨터 단말기가 완벽한 원을 그리며 놓여 있었다. 원형으로 배치한 것은 암호해독가들 사이에 지식 교환을 촉진하고 그들에게 더 큰 팀의 일원이라는 생각을 심어주기 위해서였다. 말하자면 암호해독가들로 구성된 원탁의 기사 같은 것이다. 아이러니컬하게도 노드 3내에서는 어떤 비밀도 용납되지 않았다.

놀이방이라는 애칭이 붙은 노드 3은 암호부의 다른 파트처럼 삭막한 느낌을 전혀 주지 않았다. 가정집처럼 느껴지도록 설계되었기 때문이다. 멋진 양탄자를 깔고, 하이테크 사운드 시스템을 설치하고, 꽉 채운 냉장고와 간이 주방, 너프 농구대까지 설치되어 있었다. 국가안보국은 암호부에 대한 철학을 갖고 있었다.

'암호해독 컴퓨터에만 수십 억 달러를 들이지 말고, 최고의 인재들이 그것을 끌어안고 살게끔 만들어주어라.'

수잔은 페라가모 단화를 살짝 벗은 뒤 스타킹 신은 발끝으로 두툼한 양모 양탄자를 디뎠다. 많은 보수를 받는 정부 직원들은 개인의 부를 무절제하게 사용하는 것을 삼가도록 주의를 받았다. 하지만 수잔에겐 문제가 되지 않았다. 그녀는 별로 크지 않은 2세대용 주택, 볼보 세단, 수수한 옷장에도 더할 나위 없이 만족했다. 그러나 신발은 달랐다. 수잔은 대학에 다닐 때도 명품 신발에 아낌없이 돈을 투자했다.

언젠가 그녀의 이모는 "발이 편하지 않으면 뛰어올라 하늘의 별을 딸 수 없다"라고 하면서 "어딜 가든 멋져 보이는 게 중요해!"라고 말했다.

수잔은 멋들어지게 한 번 기지개를 켠 뒤 작업에 임했다. 먼저 추적기를 끌어내 구성할 준비를 했다. 그러고는 스트래스모어가 건네준 이메일 주소를 흘긋 보았다.

NDAKOTA@ARA.ANON.ORG

자칭 노스 다코타라는 남자는 익명의 계정을 갖고 있었지만, 수잔은 그 익명이 오래 남아 있지 않을 것임을 알고 있었다. 추적기는 ARA를 통해 노스 다코타로 보내진 다음, 그 남자의 실제 인터넷 주소를 담고 있는 정보를 다시 보낼 것이다.

일이 잘 풀리면 노스 다코타를 금방 찾아낼 것이고, 스트래스모어는 패스 키를 손에 넣을 수 있다. 나머지는 오직 데이비드에게 달렸다. 그가 탄카도의 사본을 찾아내면, 두 개의 패스 키를 모두 파괴할 수 있기 때문이다. 그러면 뇌관이 없어진 탄카도의 치명적인 시한폭탄은 무해한 것이 된다.

수잔은 앞에 놓인 종이의 주소를 재확인하고 정확한 데이터필드에 그 정보를 입력했다. 스트래스모어가 직접 추적기를 전송하려다가 낭패를 당했다는 말이 생각나서 그녀는 웃음을 터뜨렸다. 그는 그것을 분명 두 차례나 보냈고, 두 번 모두 노스 다코타가 아닌 탄카도의 주소를 수신했다. 그건 간단한 실수였다. 스트래스모어는 아마 데이터 필드를 뒤바꾸었을 것이고, 그래서 추적기는 틀린 계정을 계속 검색했을 것이다.

수잔은 자신의 추적기 구성을 마친 다음, 그것을 내보내기 위해 대기 행렬에 넣었다. 그리고 리턴키를 눌렀다. 컴퓨터에서 한 차례 삑 소리가 났다.

추적기 전송

이제 기다리기만 하면 된다.

수잔은 숨을 내쉬었다. 그녀는 부국장을 몰아세운 것이 미안했다. 이런 위험한 일을 단독으로 처리할 수 있는 사람이 있다면, 그것은 트레버 스트래스모어 부국장이었다. 그는 자신에게 도전한 모든 사람들의 장점을 취하는 불가사의한 방법을 터득하고 있었다.

6개월 전, EFF가 국가안보국 소속 잠수함이 수중의 전화 케이블을 도청하고 있다고 폭로했을 때, 스트래스모어는 그 잠수함이 유독 쓰레기를 불법으로 매립하고 있다는 상반된 이야기를 은밀히 유출시켰다. EFF와 대양 환경보호론자들은 어떤 것이 진실인지를 놓고 언쟁하는 데 많은 시간을 소비했고, 방송 매체는 결국 그 이야기에 지쳐 물러갔다.

스트래스모어가 취하는 모든 조처는 신중하게 계획된 것들이었다. 그는 자신의 계획들을 궁리하고 수정할 때 주로 컴퓨터에 의존했다. 많은 국가안보국 직원들처럼 스트래스모어도 국가안보국에서 개발한 브레인스톰이라는 소프트웨어를 사용했다. 그것은 안전한 컴퓨터에서 가상의 시나리오를 실행할 수 있는 안전한 소프트웨어였다.

브레인스톰은 개발자들이 원인과 결과 시뮬레이터라고 설명한 모조 정보 실험이었다. 원래의 의도는 정치 유세에 사용하기 위해 주어진 '정치 환경'의 실시간 모델을 만들어내기 위한 것이었다. 그 프로그램은 막대한 데이터를 공급받아 유기적인 망을 만들어냈다. 그 유기적 망은 정치적 변수들의 상호작용에 대한 가정 모델로서 현재의 유력한 인물, 그들의 참모진, 각자의 개인적 유대관계, 핫 이슈, 성별과 민족성, 돈과 권력 같은 변수에 영향받는 개인의 동기 등을 포함한 것이다. 그래서 사용자가 어떤 가설적 사건을 제기하면, 브레인스톰은 그 사건이 '그 상황'에서 초래할 영향을 예언해주었다.

스트래스모어 부국장은 정치적 목적이 아닌 TFM 방안으로 브레인스톰을 양심적으로 이용했다. 일정(Time-Line), 작업 공정도(Flow-chart), 매핑 소프트웨어(Mapping Software)를 일컫는 TFM은 복잡한 전략을 요약하여 단점을 예측하기 위한 강력한 도구다. 수잔은 부국장의 컴퓨터에 훗날 세계를 변화시킬 만한 음모가 숨어 있는 건 아닌가, 의심했다.

'부국장님께 내가 너무 심했어.'

노드 3의 문이 열리는 소리에 그녀의 생각은 흩어졌다.

스트래스모어가 불쑥 들어왔다.

"수잔, 데이비드가 방금 전화했어. 일에 차질이 생겼대."

16

"반지요?"

수잔은 의아한 표정을 지었다.

"탄카도의 반지가 없어졌대요?"

"그래. 데이비드가 그걸 빨리 발견해서 다행이야. 정말 빈틈없는 친구야."

"하지만 우리가 찾는 건 패스 키지 보석이 아니잖아요."

"물론이지. 난 그 반지가 패스 키라고 생각해."

수잔은 어리둥절했다.

"설명하자면 길어."

부국장이 말했다.

수잔은 컴퓨터 스크린의 추적기를 가리켰다.

"아무 데도 안 갈 테니 말씀해보세요."

스트래스모어는 무거운 한숨을 내쉬며 사무실 안을 왔다갔다했다.

"탄카도의 죽음을 목격한 사람들이 있는 것 같더군. 시체 공시소에서 만났다는 중위의 말에 의하면, 한 캐나다 여행객이 오늘 아침 겁에 질려 경비대에 전화했다더군. 동양인 남자가 공원에서 심장마비를 일으키고 있다고 말야. 중위가 도착했을 때 탄카도는 죽어 있었고, 그 캐나다 여행객은 옆에 있었대. 중위는 무전으로 구급대원을 불렀고, 그들이 탄카도의 시신을 시체 공시소로 운반하는 동안 중위는 캐나다인에게 일의 자초지종을 물었다는군. 그러자 그 늙은이는 탄카도가 죽기 직전에 반지를 빼주었다고 계속 떠들어댔다는 거야."

수잔은 부국장을 회의적인 눈길로 바라보았다.

"탄카도가 반지를 빼주었다고요?"

"그래. 탄카도가 제발 가져가 달라고 하듯이 그 노인 얼굴에 반지를 들이밀었던 것 같더군. 그 노인은 반지를 똑똑히 본 것 같아."

스트래스모어는 걷기를 멈추고 돌아섰다.

"그 노인 말로는 반지에 글자들이 새겨져 있었대."

"글자라고요?"

"응. 영어는 아니었다는군."

부국장은 기대감에 눈썹을 치켜올렸다.

"그럼 일본어요?"

부국장은 고개를 가로저었다.

"나도 처음엔 그렇게 생각했어. 하지만 노인은 그 글자가 아무 뜻도 없다고 했다는 거야. 일본 문자는 로마 문자와 절대 혼동되지 않거든. 노인은 그 글자들이 마치 고양이를 타자기 위에 풀어놓았을 때처럼 찍혀 있었다고 했어."

수잔은 깔깔 웃었다.

"부국장님, 정말 그렇게 생각하시는 건 아니겠죠?"

스트래스모어가 정색을 하며 말했다.

"수잔, 그건 명백해. 탄카도는 자기 반지에 디지털 포트리스의 패스키를 새겨둔 거야. 금은 오래가잖아. 잠잘 때나 샤워할 때, 식사할 때도 패스 키와 늘 함께 있어서 언제든 즉각 공표할 수가 있지."

수잔은 미심쩍은 표정이었다.

"손가락에 끼고 다녀요? 그렇게 잘 보이는 곳에?"

"안 될 것도 없지. 스페인은 암호를 중시하는 나라가 아니야. 그 글자들이 무슨 뜻인지 아무도 모를 걸. 게다가 패스 키가 표준 64비트라면, 환한 대낮이라도 그 문자를 읽고 기억할 수 있는 사람은 없어."

수잔은 여전히 혼란스러웠다.

"그래서 탄카도는 죽기 직전에 생판 모르는 남한테 그 반지를 줬다는 거예요? 왜죠?"

부국장은 실눈을 하고 물었다.

"왜라고 생각하나?"

수잔은 곧 그 이유를 깨닫고 눈이 커졌다.

부국장은 고개를 끄덕였다.

"탄카도는 반지를 자기 몸에서 떠나보내려고 했던 거야. 그는 우리가 자기를 죽게 만든 거라고 생각했어. 자기가 죽어가는 것을 깨닫자, 우리가 한 짓이라고 생각한 거지. 타이밍이 너무 절묘하게 맞아떨어졌거든. 그는 우리가 자기에게 느리게 효과가 나타나는 독약이나 심장박동 정지제를 먹였다고 생각했을 거야. 노스 다코타만 찾아내면 우리가 자기를 죽일 수 있다는 것을 그는 알고 있었어."

수잔은 몸이 오싹했다.

"그렇군요. 탄카도는 자신의 보험 증권을 우리가 무효화해버렸으니 이제 자기를 없애 버릴 수 있게 됐을 거라고 생각했군요."

수잔은 모든 것이 또렷하게 이해되었다. 탄카도가 심장발작을 일으킨 시점이 국가안보국 입장에서는 너무 절묘하게 맞아떨어졌으니, 그가 국가안보국의 소행이라고 생각한 것도 무리는 아니었다. 그가 마지막으로 느낀 본능은 복수심이었다. 탄카도는 패스 키를 공표하기 위한 필사의 노력으로 반지를 다른 사람 손에 건넨 것이다. 놀랍게도, 이제 역사상 가장 강력한 암호 알고리즘을 해독할 패스 키를 갖고 있는 사람은 아무것도 모르는 그 캐나다 여행객일 것이다.

수잔은 숨을 깊이 들이쉰 뒤 이 상황에서 할 수 있는 당연한 질문을 했다.

"그렇다면 그 캐나다 노인은 어디 있죠?"

부국장은 눈살을 찌푸렸다.

"그게 문제야."

"그 중위가 알 텐데요?"

"몰라. 노인의 말이 하도 뚱딴지같아서 중위는 그가 쇼크를 받았거나 노망이 들었다고 생각했던 모양이야. 그래서 노인이 묵는 호텔에 데려다주려고 오토바이 뒤에 태웠대. 한데 늙은이라 꽉 잡지를 못 한 거야. 얼마 못 가서 노인이 오토바이에서 떨어져 머리가 깨지고 손목이 부러졌다는군."

"저런!"

수잔은 기가 막혔다.

"중위는 병원에 데려가려고 했지만 노인이 펄펄 뛰며 오토바이에 다시 타느니 걸어서 캐나다로 돌아가겠다고 했다는군. 그래서 중위는 할 수 없이 걸어서 공원 근처에 있는 작은 국립 병원으로 노인을 모셔가 치료를 받게 했다는 거야."

수잔은 눈살을 찌푸렸다.

"데이비드가 어디로 갔는지는 물어볼 필요도 없겠군요."

17

데이비드 베커는 뜨겁게 달아오른 에스파냐 광장의 타일이 깔린 중앙부로 걸어갔다. 정면에는 파랗고 하얀 타일이 깔린 1만2천 평방미터나 되는 부지에 심어진 나무들 위로 고대 도시의 의사당 건물이 솟아 있었다. 그 아라비아식 뾰족 탑과 조각된 정면은 공공 사무실보다는 궁전으로 사용하려 했다는 느낌을 주었다. 군사 쿠데타, 발포, 공개 교수형의 역사를 보기 위해 많은 관광객이 줄을 이었다. 지방 소책자들이 〈아라비아의 로렌스〉란 영화에서 그곳을 영국군의 본부라고 집요하게 광고하고 있었기 때문이다. 콜럼비아픽처스 사는 이집트보다는 스페인에서 촬영하는 것이 훨씬 저렴했다. 그리고 세비야의 건축학에 끼친 무어인의 영향 덕택에 영화 팬들은 이집트의 카이로를 보고 있다고 확신할 정도였다.

베커는 손목시계를 현지 시간인 오후 9시 10분으로 맞추었다. 현지 기준으로는 아직 오후였다. 스페인 본토 사람들은 해가 지기 전에는 절대 저녁식사를 하지 않았고, 움직임이 느린 안달루시아의 태양은 10시 전에는 좀처럼 지지 않았다.

이른 저녁의 더위가 기승을 부리는 가운데, 베커는 민첩한 걸음걸이로 공원을 가로질러갔다. 스트래스모어의 목소리가 오늘 아침보다 훨씬 더 다급하게 들렸기 때문이다. 그의 새로운 지시는 오해의 여지가 없었다. 캐나다인을 찾아내 반지를 가져와라. 필요한 건 뭐든 해서 그 반지만 찾아와라.

베커는 글자가 새겨진 반지 하나가 왜 그리 중요한지 알 수 없었다. 스트래스모어는 말하지 않았고, 베커도 묻지 않았다. 국가안보국이니까, 하고 그는 생각했다.

'아무 말도 하지 마라.'

아베니다 이사벨라 성당 맞은편에 있는 병원이 똑똑히 보였다. 지붕 위로 그려진 흰색 원 안에 만국의 상징인 적십자 표시가 보였다. 경비대 중위가 몇 시간 전에 캐나다인을 데려다주었다는 곳이다. 손목이 부러지고 머리가 깨진 그 환자는 지금쯤 치료를 받고 병원을 나갔을 것이다. 베커는 병원에서 그 노인과 연락할 수 있는 전화번호나 호텔이라도 알아낼 수 있기를 바랐다. 운만 좋으면 그 캐나다인을 찾아 반지를 손에 넣고 더 이상 복잡한 일 없이 귀국할 수도 있을 거라고 생각했다.

스트래스모어는 베커에게 "필요하면 내가 준 만 달러로 그 반지를 사게. 나중에 채워줄 테니까"라고 말했다.

"그러지 않으셔도 됩니다."

베커가 대답했다.

어쨌든 그 돈은 돌려줄 생각이었다. 그는 돈을 위해 스페인에 온 게 아니라 단지 수잔을 위해서였다. 트레버 스트래스모어 부국장은 수잔의 스승이자 보호자였다. 수잔은 그에게 많은 빚을 지고 있었다. 그래서 하루 심부름 정도는 얼마든지 해줄 수 있었다.

유감스럽게도 오늘 아침 일은 그가 마음먹은 대로 되지 않았다. 기내에서 수잔에게 전화를 걸어 모두 설명하려고 했다. 조종사를 시켜

스트래스모어에게 무전으로 연락하면 부국장이 수잔에게 메시지를 전해줄 수 있을 거라는 생각도 했다. 하지만 자신의 애정 문제에 부국장을 끼워 넣는다는 것이 망설여졌다.

그는 수잔과 통화하기 위해 세 번이나 전화를 걸었다. 처음은 기내에서 작동되지 않는 휴대전화기로, 두 번째는 공항의 공중전화로 시도했으며, 마지막으로 시체 공시소에서도 전화를 걸었다. 그러나 수잔은 외출 중이었다. 베커는 그녀가 어디에 있는지 궁금했다. 그녀의 자동응답기로 연결되었지만 메시지를 남기진 않았다. 그가 말하고 싶은 것은 자동응답기에 남기고 싶은 내용이 아니었다.

도로로 다가가던 그는 공원 입구 근처에서 공중전화를 발견했다. 그는 달려가서 전화기를 움켜쥔 다음 전화카드를 이용해 전화를 걸었다. 번호가 연결되는 동안 한참 조용했다. 마침내 전화벨이 울리기 시작했다.

'어서 받아. 집에 있어라, 제발.'

벨이 다섯 번 울린 끝에 전화가 연결되었다.

"안녕하세요, 수잔 플레처입니다. 지금은 외출 중이니 성함을 남겨주시면……"

메시지가 흘러나왔다.

'도대체 어디에 간 거야?'

지금쯤 수잔은 놀라고 있을 것이다.

'그녀 혼자 스톤 장원에 갔으면 어쩌지.'

삑 하는 소리가 울렸다.

"안녕, 데이비드요."

그는 뭐라고 말해야 할지 몰라 잠시 망설였다. 그가 자동응답기를 싫어하는 이유 중 하나는 생각하느라고 말을 하지 않으면 전화가 끊어진다는 점이었다.

"전화 못 해서 미안해."

그는 겨우 제시간에 말했다.

'지금 하고 있는 일에 대해 말해야 하나.'

그는 좋은 생각이 떠올랐다.

"스트래스모어 부국장님께 전화해봐요. 부국장님이 다 설명해주실 거요."

가슴이 쿵쿵 뛰었다.

'이건 말도 안 돼.'

"사랑해."

그는 재빨리 덧붙인 뒤 전화를 끊었다.

차량 몇 대가 보르볼라 거리를 지나기를 기다렸다. 수잔은 틀림없이 최악의 상황을 생각하고 있을 터였다. 약속을 해놓고도 전화하지 않은 것은 그답지 않은 일이었다.

그는 4차선 대로로 들어섰다.

"아주 간단한 여행이라고."

그는 혼자 중얼거렸다.

"아주 간단한 여행이야."

그는 너무 몰두한 나머지 철테 안경을 쓴 사내가 도로 맞은편에서 자신을 관찰하고 있다는 것을 알아채지 못했다.

18

도쿄에 있는 자신의 고층 빌딩 거대한 유리창 앞에 서서, 누마타카는 시가 연기를 한 모금 깊숙이 들이키며 혼자 미소 지었다. 그는 자기의 행운을 도무지 믿을 수가 없었다. 그 미국인과 다시 통화했기 때문이다. 그리고 모든 일이 예정대로 되었다면, 엔세이 탄카도는 지금쯤 제거되고 그가 갖고 있던 패스 키의 사본은 탈취되었을 것이다.

결국 자신이 엔세이 탄카도의 패스 키를 갖게 되는 것은 참 아이러니하다고, 그는 생각했다. 도쿠겐 누마타카는 몇 년 전 탄카도를 한번 만난 적이 있었다. 그 젊은 프로그래머는 대학을 갓 졸업하고 일자리를 구하러 누마테크 사에 찾아왔다. 누마타카는 그를 받아들이지 않았다. 탄카도는 의심할 여지없이 인재였지만, 그 시절엔 고려해야 할 다른 이유가 있었다. 비록 일본이 변하고는 있었지만 누마타카는 보수적 교육을 받은 사람이었다. 그는 명예와 체면이라는 멘보쿠(面目, 면목) 규범으로 사는 사람이었다. 불구는 용납되지 않았다. 만약 장애인을 고용하면 회사의 체면이 손상될 터였다. 그래서 그는 거들떠보지도 않고 탄카도의 이력서를 치워버렸다.

누마타카는 다시 한 번 시간을 확인했다. 노스 다코타라는 미국인이 지금쯤 전화를 해야 하는데, 누마타카는 걱정이 되었다. 그는 모든 일이 잘되기를 바랐다.

만약 패스 키가 미국인의 말대로 진짜라면, 그들은 컴퓨터 세대가 가장 필요로 하고 있는 제품의 자물쇠를 여는 것이다. 천하무적의 디지털 암호 알고리즘이 그것이었다. 그래서 그는 부정 조작할 수 없고 스프레이로 밀봉한 VSLI 칩에 그 알고리즘을 끼워 넣어 전 세계 컴퓨터 제조업체와 정부, 산업, 세계 테러리스트들의 암시장에 대량 판매할 수 있었다.

누마타카는 미소를 지었다. 언제나 그랬듯이 그는 이번에도 시치고산(Shichigosan, 七五三) ― 행운의 일곱 신 ― 의 은혜를 입은 것 같았다. 누마테크 사는 세상에 존재하는 디지털 포트리스의 유일한 사본을 지배하게 될 것이다. 2천만 달러는 어마어마한 돈이지만, 그 패스 키가 벌어들일 수입에 비하면 새 발의 피였다.

19

"다른 사람이 그 반지를 찾고 있으면 어떡하죠?"

수잔이 갑자기 불안해하며 물었다.

"데이비드가 위험에 처할 수도 있잖아요?"

스트래스모어가 고개를 가로저었다.

"다른 사람은 아무도 반지의 존재를 몰라. 그래서 데이비드를 보낸 거야. 계속 그 상태로 유지하고 싶어서. 호기심 많은 스파이들도 학교 선생들은 미행하지 않거든."

"그는 교수예요."

수잔은 정정했지만 즉시 후회했다. 이따금 그녀는 부국장이 데이비드를 썩 내켜하지 않는다는 느낌을 받았다. 왠지 모르게 부국장은 수잔이 학교 선생보다는 나은 사람을 만날 수 있다고 생각하는 듯했다.

"부국장님이 오늘 아침에 카폰으로 데이비드에게 지시했다면, 누군가 엿들었을 수도……"

"그럴 확률은 백만 분의 일이야."

스트래스모어가 자신 있게 말했다.

"그러자면 아주 가까운 장소에서 무슨 내용을 들어야 할 것인지 정확히 알아야만 해."

부국장은 한 손을 수잔의 어깨에 얹으며 말했다.

"위험하다는 생각이 들었다면 결코 데이비드를 보내지 않았을 거야. 걱정 마. 문제가 생기면 즉시 프로들을 보낼 테니까."

누군가 갑자기 노드 3 유리창을 세게 치는 바람에 수잔과 부국장은 놀라서 돌아보았다.

시스템 보안 요원인 필 차트루키언이 유리창에 얼굴을 댄 채 주먹으로 쿵쿵 치며 안을 들여다보려고 애를 쓰고 있었다. 그는 크게 소리쳤지만 방음 유리 때문에 전혀 들리지 않았다. 그의 표정은 유령이라도 본 듯했다.

"아니, 저 친구가 여긴 웬일이야? 오늘 비번일 텐데."

부국장은 의아한 표정을 지었다.

"문제가 있나 보군요. 아마 런 모니터를 봤겠죠."

수잔이 말했다.

"젠장!"

부국장은 화를 벌컥 냈다.

"어제 저녁, 시간표에 적힌 시스템 보안 요원에게 전화해서 출근하지 말라고 분명히 말했는데!"

수잔은 놀라지 않았다. 시스템 보안 요원의 근무를 취소하는 것은 이례적인 일이지만, 부국장은 국가안보국 내부의 비밀로 하고 싶었던 것이다. 그가 가장 경계하는 일은 과대망상증에 걸린 시스템 보안 요원이 디지털 포트리스에 대해 떠들고 다니는 것이었다.

"트랜슬레터를 중지하는 게 낫겠어요. 런 모니터를 리셋한 다음 필에게 헛것을 봤다고 해야죠."

스트래스모어는 잠시 생각한 뒤 고개를 가로저었다.

"아직은 안 돼. 트랜슬레터는 열다섯 시간째 암호를 풀고 있어. 난 스물네 시간 가동해서 확인하고 싶어."

수잔은 그 말에 동의했다. 회전 클리어텍스트 기능을 사용한 것은 디지털 포트리스가 최초였다. 어쩌면 탄카도가 놓친 것이 있을지 모른다. 그러면 트랜슬터가 24시간 뒤에 암호를 해독할 수 있을지도 모른다. 하지만 어쩐지 수잔은 회의적인 생각이 들었다.

"트랜슬터는 계속 가동하는 거야."

스트래스모어가 결심을 다지듯 말했다.

"이 알고리즘이 과연 철옹성인지 확인해야겠어."

차트루키언은 계속 유리창을 두드리고 있었다.

"저 친구, 시끄러워서 안 되겠군. 나 좀 도와주게."

부국장은 한숨을 내쉰 뒤 슬라이딩 유리문 쪽으로 성큼성큼 걸어갔다. 바닥의 압축판이 작동하자 문이 소리를 내며 열렸다.

차트루키언은 하마터면 방 안으로 넘어질 뻔했다.

"부국장님, 방해해서 죄송합니다만 런 모니터가…… 제가 바이러스 검사를 실행했는데……"

"필, 진정하게."

부국장은 상냥하게 말하면서 차트루키언의 어깨에 손을 얹었다.

"천천히 말해 보게. 그래, 무슨 문젠가?"

스트래스모어의 태평스러운 말투로 봐서는 그의 세계가 무너지고 있다고 생각할 사람은 아무도 없을 것 같았다. 그는 차트루키언을 노드 3의 성역으로 안내했다. 시스템 보안 요원은 잘 훈련받은 개처럼 주저하며 문지방을 넘었다.

차트루키언의 당황스러운 기색을 보니, 이 안에 처음 들어온 게 분명했다. 방금까지만 해도 그의 머릿속에 가득하던 걱정이 잠시나마 잊혀졌다. 그는 곧 호화스러운 실내장식, 개인 단말기들, 소파, 책꽂이, 은은한 조명등을 둘러보았다. 암호부를 통치하는 여왕 수잔 플레처를 보자 그는 재빨리 시선을 떨어뜨렸다. 수잔은 그에게 끔찍히도 위협적인 존재였다. 그녀의 정신세계는 남들보다 한 차원 높은 것만 같았다. 아찔할 정도로 아름다운 그녀 앞에서, 그의 말은 자꾸만 엉망으로 꼬이는 것 같았다. 수잔의 젠체하지 않는 태도가 그를 더욱 당황하게 만들었다.

"문제가 뭔가. 뭘 좀 마시겠나, 필?"

스트래스모어가 냉장고 문을 열면서 물어보았다.

"아닙니다. 감사합니다만 됐습니다, 부국장님."

그는 오지 말아야 할 곳에 온 사람처럼 혀가 굳어버린 듯했다.

"저어, 트랜슬터에 문제가 생긴 것 같습니다."

스트래스모어는 냉장고 문을 닫고 차트루키언을 태연하게 쳐다보았다.

"런 모니터 말인가?"

차트루키언은 깜짝 놀라는 표정을 지었다.

"보셨습니까?"

"그럼. 내가 잘못 본 게 아니라면 열여섯 시간째 작동하고 있지."

차트루키언은 당황했다.

"네, 부국장님. 그뿐이 아닙니다. 바이러스 검사를 했더니 이상한 게 나타났어요."

"정말인가? 그게 뭔데?"

스트래스모어는 전혀 심각해 보이지 않았다.

수잔은 부국장의 연기에 감동했다.

차트루키언은 용기를 내어 말했다.

"트랜슬터가 매우 앞선 무언가를 처리하고 있습니다. 필터들이 그러는 것을 한 번도 본 적이 없습니다. 트랜슬터가 바이러스에 감염된 것 같습니다."

"바이러스?"

스트래스모어가 껄껄 웃고는 겸손한 척하며 말했다.

"필, 그렇게 걱정해줘서 고맙네, 진심이야. 하지만 플레처 양과 내가 새로운 진단을 가동하고 있어. 아주 혁신적인 것이지. 자네한테 알려줘야 했는데, 오늘 당번인 줄 몰랐어."

시스템 보안 요원은 우아하게 마무리하려고 애썼다.

"새로 온 직원과 당직을 바꿨습니다."

스트래스모어가 실눈을 떴다.

"그것 참 이상하군. 어젯밤 내가 그에게 출근하지 말라고 할 때는 그런 얘기 없었는데."

차트루키언은 목이 콱 막히는 느낌이었다. 긴장된 침묵이 흘렀다.

"좋아. 혼란이 있었던 게지."

스트래스모어가 마침내 한숨을 쉬며 말했다. 그러고는 시스템 보안 요원의 어깨에 한 손을 얹고 문 쪽으로 안내하며 말했다.

"희소식은, 자네가 여기 있을 필요가 없다는 거야. 플레처 양과 내가 하루종일 여기 있을 테니 자넨 그냥 주말을 즐기게."

차트루키언은 망설였다.

"부국장님, 정말 확인해야 할 것이……"

"필."

부국장은 목소리를 깔고 다시 말했다.

"트랜슬터는 괜찮아. 자네가 조사했을 때 이상한 게 보인 것은 우리가 그걸 넣었기 때문이야. 자, 그럼 잘 가게."

스트래스 모어가 차트루키언의 옷을 잡아끌었다. 그만 나가라는 소리였다.

"진단 좋아하시네!"

차트루키언은 화를 내며 시스템 보안 요원실로 돌아왔다.

"대체 어떤 루핑 기능이 삼백만 개의 프로세서를 열여섯 시간이나 바쁘게 돌리겠어?"

'시스템 보안관리자에게 전화해야 하는 게 아닐까.'

그는 생각했다.

'빌어먹을 암호해독가들. 그들은 보안이 뭔지도 몰라!'

차트루키언은 시스템 보안 요원으로 입사했을 때 한 맹세가 머릿속에 떠올랐다. 그는 자신의 전문 기술, 훈련, 직관을 총동원해 국가안보국에서 투자한 수십 억 달러짜리 기계를 지키겠다고 맹세했다.

"직관이야."

그는 반항적으로 말했다.

"영적인 힘을 빌리지 않더라도 이게 진단이 아니란 건 알아!"

차트루키언은 컴퓨터 단말기 쪽으로 성큼성큼 걸어가서 트랜슬터의 시스템 평가 소프트웨어 전체의 가동을 시작했다.

"당신 애인한테 문제가 생겼소, 부국장."

차트루키언은 투덜거렸다.

"직관을 믿지 않소? 내가 증명해드리지!"

20

살루드 국립 병원은 초등학교 건물을 개조한 것으로 전혀 병원처럼 보이지 않았다. 기다란 단층 벽돌 건물에는 커다란 창문이 달려 있고, 건물 뒤에는 녹슨 그네가 매달려 있었다. 베커는 허물어져가는 계단으로 향했다.

병원 안은 어둡고 떠들썩했다. 대기실은 접이식 철제 의자가 길고 좁은 복도 끝까지 늘어서 있었다. 나무 작업대 위에 놓인 사무실이라고 적힌 화살표 모양의 마분지는 복도를 가리키고 있었다.

베커는 불빛이 희미한 복도를 따라 걸어갔다. 할리우드의 공포 영화를 찍기 위해 만든 무시무시한 세트장 같았다. 공기 중에 지린내가 섞여 있었다. 맨 끝의 조명은 꺼져 있었고, 마지막 10여 미터는 희미한 윤곽밖에 보이지 않았다. 피를 흘리는 여자, 울고 있는 젊은 부부, 기도하는 어린 소녀…… 베커는 캄캄한 홀 끝에 다다랐다. 왼쪽의 문이 조금 열려 있어서 그는 그 문을 열었다. 병상 위에서 벌거벗은 채 요강과 씨름하고 있는 늙고 비쩍 마른 여자가 보였다.

'죽여주는군.'

베커는 신음하며 문을 닫았다.

'사무실이 대체 어디야?'

복도의 꺾인 곳에서 사람들의 목소리가 들렸다. 베커는 그 소리를 따라 투명한 유리문에 도착했다. 안에서는 싸움이 난 것처럼 시끄러웠다. 문을 열어보니 사무실이었다. 그가 걱정했던 만큼이나 난장판이었다. 열댓 명이 줄을 서 있는 가운데 서로 밀치며 소리를 지르고 있었다. 스페인에는 능률이란 것이 없어서 그 캐나다 노인에 대한 퇴원 정보를 얻으려다가 밤새 기다릴 수도 있다는 것을, 그는 알았다. 책상에 단 한 명의 여비서가 앉아 불만투성이인 환자들을 상대하고 있었다. 베커는 잠시 입구에 서서 어떻게 할까, 생각했다. 더 나은 방법이 있었다.

"콘 페르미소(실례합니다)!"

남자 간호사가 소리쳤다. 바퀴 달린 침대가 휙 지나갔다.

베커는 몸을 돌려 비켜준 다음 남자 간호사에게 물었다.

"돈데 에스타 엘 텔레포노(전화기가 어디에 있습니까)?"

그 남자는 걸음을 멈추지 않은 채 양쪽으로 여는 문 쪽을 가리키곤 모퉁이로 사라졌다. 베커는 인파를 헤치고 그 문 쪽으로 걸어갔다.

앞쪽의 방은 거대했다. 오래된 체육관이었다. 바닥은 옅은 초록색이어서 윙윙거리는 형광등 불빛 아래 흐릿하게 보였다. 벽에는 백보드에 농구 링이 힘없이 매달려 있었다. 바닥 여기저기에 흩어져 있는 나지막한 병원 침대에 수십 명의 환자들이 누워 있었다. 못 쓰게 된 스코어보드 아래의 구석에 낡은 공중전화기가 한 대 있었다. 베커는 그것이 고장 나지 않았기를 바랐다.

그는 바닥을 성큼성큼 가로질러 걸어가며 호주머니 속에서 동전을 찾았다. 택시 요금을 치르고 남은 5두로짜리 동전으로 75페세타가 있었고, 그 돈이면 시내통화를 두 번은 할 수 있었다. 그는 나가고 있는 간호사에게 상냥한 미소를 지은 뒤 전화기 쪽으로 걸어갔다. 전화기를 든 베커는 안내 서비스 번호를 눌렀다. 30초 후 그는 이 병원의 사무실 번호를 알아냈다.

세계 어느 나라의 어떤 사무실이든 공통점이 하나 있는데, 걸려온 전화를 받지 않고 벨소리를 참는 사람은 아무도 없다는 것이다. 아무리 많은 고객들이 도움을 기다리고 있어도 아랑곳하지 않는다. 비서는 전화를 받기 위해서라면 언제든 하던 일을 멈춘다.

베커는 여섯 개의 숫자로 된 교환번호를 눌렀다. 잠시 후면 병원 사무실이 나올 것이다. 오늘 입원한 환자 중 손목이 부러지고 머리가 깨진 캐나다인은 한 명뿐일 테니 그의 파일은 찾기 쉬울 것이다. 생판 모르는 이방인에게 환자의 이름과 주소를 알려주지 않으려고 하겠지만, 그에겐 방법이 있었다.

신호가 가기 시작했다. 다섯 번만 울리면 받을 것이라고 생각했는데, 열아홉 번 만에야 전화를 받았다.

"살루드 국립 병원입니다."

여비서가 황급한 목소리로 말했다.

베커는 심한 프랑스계 미국인의 발음이 섞인 스페인어로 말했다.

"캐나다 대사관의 데이비드 베커라고 합니다. 우리 국민 한 사람이 오늘 당신네 병원에서 치료를 받았다고 해서요. 대사관에서 병원비를 지불하려면 그의 정보가 필요합니다."

"알겠습니다. 월요일에 대사관으로 보내드리죠."

여비서가 대답했다.

"중요한 일이라 지금 즉시 받았으면 합니다."

베커가 다그쳤다.

"그건 불가능해요. 우린 너무 바쁘거든요."

여자는 잘라 말했다.

베커는 최대한 공무원 말투를 흉내 냈다.

"이건 급한 일이오. 손목이 부러지고 머리가 깨진 남자입니다. 오늘 아침에 치료를 받았으니, 그의 파일이 맨 위에 있을 거요."

베커는 자신의 스페인어에 캐나다식 액센트를 더 강하게 했다. 자신의 용건을 분명하게 전달하면서 상대방의 신경을 긁기 위해서였다. 사람들은 화가 나면 규칙을 어기는 경향이 있다.

그러나 여비서는 규칙을 어기는 대신, 북미인들은 자기밖에 모른다며 욕을 한 다음 전화기를 탕 하고 내려놓았다.

베커는 눈살을 찌푸리며 전화기를 내려놓았다.

'당했군.'

그렇다고 줄 서서 몇 시간이나 기다리고 싶은 생각은 추호도 없었다. 시간이 자꾸만 흘러가고 있었고, 그 캐나다 노인이 지금 어디로 가고 있는지 알 수 없었다. 어쩌면 캐나다로 돌아가기로 결심했을지도 모른다. 베커는 줄을 서서 기다릴 여유가 없었다. 그는 다시 수화기를 들고 번호를 눌렀다. 그러고는 전화기를 귀에 대고 벽에 등을 기댔다. 전화벨이 울리기 시작했다. 베커는 방 안을 돌아보며 벨소리를 세었다. 한 번, 두 번, 세 번……

갑자기 아드레날린이 솟구치며 온몸으로 퍼져나갔다.

베커는 몸을 돌려 전화기를 받침대에 탕 하고 놓았다. 그러고는 고개를 돌려 넋이 나간 표정으로 방 안을 노려보았다. 한 노인이 침대 위에 낡은 베개 더미를 베고 누워 있었는데, 오른쪽 손목에 깨끗하고 흰 깁스를 하고 있었다.

21

도쿠겐 누마타카의 전용 회선을 통해 미국인의 다급한 듯한 목소리가 들렸다.

"누마타카 씨, 잠시밖에 시간이 없습니다."

"좋소. 패스 키 두 개를 다 갖고 있겠죠."

"시일이 좀 걸릴 것 같습니다."

"안 됩니다. 오늘까지 나한테 넘기기로 하지 않았소!"

누마타카가 불만을 표시했다.

"문제가 생겼어요."

"탄카도는 죽었소?"

"네. 제 부하가 탄카도를 죽이긴 했지만 패스 키를 얻는 데는 실패했습니다. 탄카도가 죽기 전에 어떤 관광객한테 줘버렸어요."

"빌어먹을!"

누마타카가 소리쳤다.

"그러면 나한테 독점권을 준다고 어떻게 약속할 수 있소?"

"진정하십시오."

미국인이 누마타카를 달래며 말했다.

"독점권은 제가 보장하죠. 잃어버린 패스 키를 찾는 순간, 디지털 포트리스는 당신 겁니다."

"하지만 패스 키는 복사될 수도 있소!"

"패스 키를 본 사람은 다 제거될 겁니다."

긴 침묵이 흘렀다. 마침내 누마타카가 물었다.

"키는 지금 어디에 있소?"

"곧 찾아낼 거란 사실만 아시면 됩니다."

"어떻게 그처럼 확신하는 거요?"

"나만 찾고 있는 게 아니기 때문이죠. 미국 정보기관이 잃어버린 키의 냄새를 맡았습니다. 그들은 디지털 포트리스의 공개를 막아야 할 분명한 이유가 있죠. 그들은 패스 키를 찾기 위해 데이비드 베커란 자를 파견했습니다."

"그걸 어떻게 알았소?"

"그건 아실 필요 없습니다."

누마타카는 잠시 생각한 후 다시 물었다.

"베커란 자가 그 키를 찾아낸다면?"

"제 부하가 빼앗을 겁니다."

"그런 다음엔?"

"당신은 걱정할 필요 없습니다."

미국인이 냉담하게 말했다.

"베커가 그 키를 찾아내면 적절한 보상을 받게 되겠죠."

22

데이비드 베커는 성큼성큼 걸어가며 침대 위에 잠들어 있는 노인을 살펴보았다. 오른쪽 손목에 깁스를 대고 있었고, 나이는 예순에서 일흔 살 사이로 보였다. 백발은 한쪽으로 단정하게 가르마가 타져 있었고, 이마 가운데 시퍼렇게 든 멍이 오른쪽 눈까지 퍼져 있었다.

'떨어진 건가?'

베커는 중위의 말을 떠올리며 생각했다. 그는 노인의 손가락을 살펴보았지만, 어디에도 금반지는 없었다. 그는 손을 뻗어 노인의 팔을 건드렸다.

"어르신, 실례합니다. 어르신?"

노인은 꼼짝도 하지 않았다.

베커는 더 세게 흔들며 말했다.

"어르신?"

그러자 노인이 물었다.

"케스…… 켈 뢰르 에(몇 시나 되었나)?"

노인은 천천히 눈을 뜬 다음 베커에게 초점을 맞추었다. 그리고 잠을 깨워 못마땅한 얼굴을 하며 다시 물었다.

"케스 크 부 블레(무슨 일이오)?"

'그렇지. 프랑스계 캐나다인이야!'

베커는 그에게 미소를 지었다.

"잠시 실례해도 되겠습니까?"

베커는 프랑스어를 완벽하게 구사할 수 있는데도, 노인의 영어가 서툴기를 바라며 일부러 영어로 물었다. 생판 모르는 사람에게 금반지를 넘기도록 설득한다는 것은 쉬운 일이 아니다. 베커는 자신이 이용할 수 있는 수단은 총동원할 생각이었다.

노인이 제정신을 차릴 때까지 긴 침묵이 이어졌다. 노인은 주위를 살펴본 뒤 기다란 손가락으로 부드럽고 흰 수염을 쓰다듬었다. 그러고는 마침내 입을 열었다.

"용건을 말하게."

노인의 영어 발음에는 콧소리가 약간 섞여 있었다.

"어르신."

베커는 귀머거리에게 말하듯 또박또박 말했다.

"몇 가지 여쭤볼 게 있어서요."

노인은 이상하다는 듯한 표정으로 베커를 쳐다보았다.

"무슨 문제라도 있는 건가?"

베커는 눈살을 찌푸렸다. 노인의 영어는 나무랄 데가 없었다. 그는 즉시 공손한 말투를 바꾸었다.

"귀찮게 해드려 죄송합니다만, 혹시 오늘 에스파냐 광장에 가셨습니까?"

노인의 눈이 가늘어졌다.

"시의회에서 나왔나?"

"아닙니다. 사실 저는……"

"관광 사업국인가?"

"아닙니다. 어르신."

"이봐, 난 자네가 여기 온 이유를 알아!"

노인은 일어나 앉으려고 애쓰며 말했다.

"협박 따위는 집어치우게! 난 한번 말한 건 하늘이 두 쪽 나도 바꾸지 않아. 이 피에르 클루차드는 세상을 사는 대로 글을 쓴다네. 당신네 회사 안내책자들은 도시에서의 하룻밤 무료 숙박을 위해 이런 일을 눈감아줄지 모르지만, 〈몬트리올 타임스〉는 그런 싸구려가 아니야! 난 거절하겠네!"

"죄송합니다, 어르신. 잘못 이해하신 것 같은데……"

"빌어먹을! 잘못 이해한 것 없네."

노인은 비쩍 마른 손가락으로 베커에게 삿대질을 하며 병실이 쩌렁쩌렁 울리도록 소리쳤다.

"자네만 그런 게 아니야! 그자들은 물랭루즈, 브라운즈 팰리스, 골피그노 인 라고스에서도 똑같은 짓을 하려고 했어. 그래서 기사를 어떻게 썼느냐고? 진실이지! 웰링턴 스테이크는 내가 먹어본 것 중 최악이었어. 그렇게 더러운 욕조도 처음 보았어. 또 그렇게 바위투성이인 해변은 처음 걸어보았지. 내 독자들은 아예 기대하지도 않을 거야!"

주위에 누워 있던 환자들이 침대에서 일어나 지켜보기 시작했다. 베커는 걱정스러운 눈빛으로 간호사가 있는지 주위를 살펴보았다. 그가 가장 피하고 싶은 일은 여기서 쫓겨나는 것이다.

클루차드 노인은 몹시 화가 나 있었다.

"경찰을 감싸는 그런 파렴치한 변명은 당신네 도시에서나 통하지! 그는 나를 자기 오토바이에 태웠어. 자, 이걸 보라고!"

노인은 자기 손목을 들어올리려고 애쓰며 말했다.

"이제 내 칼럼은 누가 써줄 거야?"

"어르신, 저는……"

"내 사십삼 년 동안 여행을 다녀봤지만 이렇게 불편하긴 처음이야. 이곳을 보라고! 내 칼럼은 여러 통신사들과 신디케이트……"

"어르신!"

베커는 그만하면 되었다는 표시로 두 손을 들어올렸다.

"전 어르신의 칼럼엔 관심 없습니다. 전 캐나다 영사관에서 어르신이 괜찮은지 확인하러 나온 거라고요!"

갑자기 병실이 물을 뿌린 듯 조용해졌다. 노인은 의심스러운 눈초리로 침입자를 쳐다보았다.

베커가 속삭이듯 조용히 말했다.

"혹시 도와드릴 건 없나 해서 나온 겁니다."

'일테면 신경안정제라도 갖다드린다든지 말이죠.'

한참 동안 말이 없던 노인이 상당히 누그러진 목소리로 물었다.

"영사관에서 나왔다고?"

베커가 고개를 끄덕였다.

"내 칼럼 문제로 나온 게 아니고?"

"아닙니다, 어르신."

피에르 클루차드는 마치 꿈에서 깨어난 것 같았다. 노인은 천천히 베개 더미를 베고 다시 누웠다. 어쩐지 상심한 듯한 표정이었다.

"난 자네가 시에서 나온 줄 알았네. 나를 설득해서……"

노인은 말꼬리를 흐리며 베커를 쳐다보았다.

"칼럼 문제가 아니면 여긴 왜 왔나?"

베커는 좋은 질문이라고 생각하며 스모키 산을 떠올렸다.

"비공식적인 외교상의 배려죠."

그는 거짓말을 했다.

노인은 깜짝 놀랐다.

"외교상의 배려?"

"네. 어르신 같은 분은 잘 아시겠지만, 캐나다 정부는 우리 국민이 이런 세련되지 못한 나라에서 모욕적인 처우를 받지 않도록 최선을 다하고 있습니다."

클루차드의 가느다란 입술에 알겠다는 듯한 미소가 번졌다.

"당연하지. 정말 기분 좋군."

"어르신은 캐나다 시민이시죠?"

"그렇고말고. 내가 실수를 했군. 용서하시게. 나 같은 위치에 있으면 그런 문제를 들고 접근하는 자들이 있거든. 자네도 알 거야."

"압니다, 클루차드 씨. 알고말고요. 그게 바로 유명세라는 거죠."

"그렇지."

노인은 마지못해 인내하며 미사를 올리는 순교자처럼 슬픈 한숨을 내쉬었다.

"이 끔찍한 곳이 믿어지는가?"

노인은 어수선한 주위로 눈알을 굴렸다.

"날 얕잡아보고 밤새 가둬두기로 작정한 거야."

베커도 주위를 돌아보았다.

"정말 끔찍하군요. 너무 늦게 와서 죄송합니다."

클루차드는 혼란스러운 표정을 지었다.

"난 젊은이가 올 줄은 몰랐네."

베커가 화제를 바꿨다.

"머리를 심하게 다치신 듯한데, 아프십니까?"

"아니야, 심하진 않네. 오늘 아침에 오토바이에서 떨어졌지. 착한 사마리아인에 대한 대가라네. 아픈 건 이 손목이야. 멍청한 경비대 같으니! 나 같은 노인을 오토바이에 태우다니, 정말 멍청하지 뭔가!"

"제가 도와드릴 건 없습니까?"

클루차드는 잠시 생각하며 친절을 즐겼다.

"글쎄, 실은……"

노인은 목을 쭉 빼고 머리를 좌우로 돌리며 말했다.

"폐가 되지 않는다면 베개가 하나 더 있었으면 좋겠군."

"해드리고말고요."

베커는 옆 침대에서 베개를 집어 노인이 편안해지도록 도와주었다.

노인은 흡족한 듯 한숨을 내쉬었다.

"한결 낫군…… 고맙네."

"파 뒤 투(천만의 말씀입니다)."

베커가 프랑스어로 대답했다.

"이런! 교양 있는 나라의 말도 할 줄 아는군?"

노인이 따스한 미소를 지으며 말했다.

"그 정도뿐입니다."

베커가 수줍어하며 대답했다.

"괜찮아. 내 칼럼은 미국으로 보내진다네. 내 영어 실력은 일류야."

노인은 자랑스럽게 말했다.

"그렇게 들립니다."

베커가 미소를 지었다. 그러고는 노인의 침대 가장자리에 살며시 걸터앉았다.

"몇 가지 여쭤봐도 될까요, 클루차드 씨? 세비야엔 좋은 병원도 많은데, 어르신 같은 분을 왜 이런 곳으로 모셔왔을까요?"

클루차드는 화가 난 표정을 지었다.

"그 경관이 자기 오토바이에서 날 떨어뜨려 목 딴 돼지처럼 피를 흘리게 했지 뭔가. 그래서 여기까지 걸어와야 했다네."

"더 나은 시설로 모시겠다고 하지도 않았습니까?"

"그자의 그 빌어먹을 오토바이를 타고 말인가? 천만에!"

"오늘 아침에 있었던 일을 자세히 좀 말씀해보시죠."

"그 중위한테 다 얘기했는데."

"그 사람과 통화는 했지만……"

"그자를 단단히 혼내주게!"

노인이 끼어들며 말했다.

베커가 고개를 끄덕였다.

"따끔하게 혼내주죠. 곧 지시를 내리겠습니다."

"그러길 바라네."

"클루차드 씨."

베커는 미소를 지으며 재킷 주머니에서 펜을 꺼냈다.

"시 당국에 정식으로 민원을 제기하고 싶은데, 도와주시겠습니까? 어르신 같은 명성을 가진 분은 유력한 증인이 될 수 있습니다."

클루차드는 자기 말이 인용된다는 기대감에 들떠서 일어나 앉았다.

"그야, 물론이지. 내 기꺼이 돕겠네."

베커는 작은 노트를 꺼낸 다음 노인을 쳐다보았다.

"감사합니다. 그러면 오늘 아침에 공원에서 일어난 그 사건부터 말씀해주시죠."

노인은 한숨을 쉬었다.

"정말 슬픈 일이지. 그 가여운 동양인은 갑자기 쓰러졌어. 내가 도우려고 했지만 소용없었네."

"심폐기능 소생술을 하셨습니까?"

노인은 부끄러운 표정을 지었다.

"유감스럽지만 어떻게 하는지 몰라. 그래서 앰뷸런스를 불렀지."

베커는 탄카도의 가슴에 남아 있던 푸르스름한 멍을 떠올렸다.

"의료진이 심폐기능 소생술을 하던가요?"

"전혀! 죽은 말을 채찍질할 이유는 없지. 앰뷸런스가 도착했을 때 그 동양인은 벌써 죽어 있었으니깐. 그들은 맥박을 확인하고 차에 실은 뒤, 그 끔찍한 경관한테 날 맡기고 가버렸네."

'이상하군.'

베커는 그 멍이 어떻게 해서 생겼는지 의심스러웠지만, 일단 그 생각은 접어두고 당장 급한 것부터 물어보기로 했다.

"그 반지는 어떻게 했습니까?"

그는 지나가는 말투로 물었다.

클루차드는 깜짝 놀라며 반문했다.

"중위가 반지 얘기를 하던가?"

"네. 얘기했습니다."

클루차드는 의아한 표정을 지었다.

"정말인가? 내 말을 믿지 않는 줄 알았는데. 그자는 무례하게도 내가 거짓말을 한다고 생각하는 것 같았네. 하지만 내 얘긴 사실이야. 그렇고말고. 정확성에 관한 거라면 나도 자신 있지."

"반지는 어디에 있습니까?"

베커가 다그쳤다.

클루차드는 듣고 있는 것 같지 않았다. 멍하니 허공을 응시하며 혼자 중얼거렸다.

"정말 이상한 글자들이었어. 무슨 언어 같지도 않았는데……"

"일본어였겠죠?"

베커가 슬쩍 떠보았다.

"절대로 아니야."

"그걸 자세히 들여다보셨군요?"

"글쎄, 그렇다니까! 도와주려고 무릎을 꿇었을 때 그 동양인이 내게 자기 손가락을 계속 내밀었어. 나한테 그 반지를 주고 싶었던 거야. 그런데 그 손가락이 너무 괴상하고 소름끼치게 생겼더군."

"그때 그 반지를 받으셨군요?"

클루차드의 눈이 휘둥그레졌다.

"중위가 그렇게 말했군! 내가 그 반지를 받았다고?"

베커가 불안한 듯 자세를 바꾸어 앉았다.

클루차드는 화를 벌컥 냈다.

"그자는 내 말을 듣지도 않더니! 소문은 그렇게 시작되는 법이지. 그 동양인이 반지를 줘버렸다고 했지, 나한테라고는 안 했어. 죽어가는 사람에게서 뭘 받는단 말인가! 어떻게 그런 생각을!"

베커는 문제가 생겼음을 감지했다.

"그렇다면 반지를 갖고 계시지 않습니까?"

"글쎄, 안 받았다니까!"

베커는 골치가 지끈지끈 아팠다.

"그러면 누가 받았죠?"

클루차드가 베커를 노려보았다.

"독일인, 그 독일인이 받았어."

베커는 땅이 꺼지는 것 같았다.

"독일인이오? 어떤 독일인 말입니까?"

"공원에 있던 독일인! 중위한테 그 사람 얘길 했는데. 난 그 반지를 거절했지만, 그 파시스트 돼지는 받더라고!"

베커는 펜과 종이를 내려놓았다. 게임은 끝났다. 확실히 문제가 생긴 것이다.

"그럼 그 독일인이 반지를 가지고 있군요?"

"물론이지."

"그 독일인은 어디로 갔는데요?"

"모르지. 경찰을 부르러 달려갔다가 돌아와 보니 그는 없었어."

"그 사람이 누군지 아십니까?"

"여행객 같았네."

"확실해요?"

"난 평생을 여행한 사람이야."

클루차드는 잘라 말했다.

"척 보면 알지. 그 사람은 여자 친구와 공원을 산책하고 있었어."

들으면 들을수록 베커는 혼란스러웠다.

"여자 친구요? 여자랑 같이 있었단 말입니까?"

클루차드가 고개를 끄덕였다.

"근사한 빨간 머리 수행원이야. 몽 디외(맙소사)! 무척이나 아름다운

134

여자였지."

베커는 놀랐다.

"수행원? 그러니까…… 매춘부 말입니까?"

클루차드는 얼굴을 찡그렸다.

"그래 굳이 저속한 말로 한다면 그렇지."

"중위는 그런 말을 하지 않았는데요."

"당연하지! 내가 여자 얘긴 안 했으니까."

클루차드는 다치지 않은 손을 거만하게 흔들며 말했다.

"그들은 범죄자가 아니야. 그들을 일반 도둑처럼 취급하는 건 웃기
는 얘기지."

베커는 아직도 얼떨떨한 기분이었다.

"다른 사람이 또 있었습니까?"

"아니. 우리 셋뿐이었어. 더웠거든."

"그 여자가 매춘부라는 게 확실합니까?"

"틀림없어. 두둑한 보수를 받지 않고서야 그렇게 예쁜 여자가 그런
남자와 같이 있을 턱이 없지. 몽 디외! 그 친군 뚱뚱했어. 뚱보였다고!
시끄럽고, 뚱뚱하고, 추악하게 생긴 독일인이었어."

클루차드는 자세를 바꾸면서 잠시 찡그렸지만 통증을 무시하고 계
속 얘기했다.

"몸무게가 적어도 백사십 킬로그램은 나갈 것 같은 괴물이었네. 그
가여운 여자가 도망이라도 칠까 두려운지 꽉 붙잡고 있더군. 그 여자
를 나무라고 싶진 않아. 정말 두 손으로 그 여자를 꽉 잡고 있더라니
까! 삼백 달러를 주고 그 여자와 주말을 함께 보내기로 했다고 자랑하
더군! 그자야말로 푹 쓰러져 죽어야 할 인간인데, 그 가여운 동양인이
아니라."

클루차드가 호흡을 가다듬는 사이에 베커가 끼어들었다.

"그 사람의 이름을 아십니까?"

클루차드는 잠시 생각한 다음 고개를 가로저었다.

"몰라."

노인은 통증으로 움찔하더니 베개 쪽으로 천천히 몸을 눕혔다.

베커는 한숨을 내쉬었다. 반지가 눈앞에서 증발해버렸다. 스트래스모어 부국장이 좋아하지 않을 것 같았다.

클루차드는 이마의 땀을 찍어냈다. 갑자기 열을 낸 것이 화근인 듯, 안색이 나빠졌다.

베커는 다른 접근법을 시도했다.

"클루차드 씨. 그 독일인과 여자에게서 진술서를 받아내고 싶은데요. 그들이 어디에 묵고 있는지 아십니까?"

클루차드는 기력이 떨어져 눈을 감았다. 숨소리가 가늘어지고 있었다.

"전혀 몰라요? 여자 이름이라도."

베커가 다그쳤다.

긴 침묵이 흘렀다.

클루차드는 오른쪽 관자놀이를 문질렀다. 얼굴이 갑자기 창백해 보였다.

"글쎄…… 음…… 모르겠군."

목소리가 가늘게 떨렸다.

베커가 노인 쪽으로 몸을 숙였다.

"괜찮으세요?"

클루차드가 가볍게 고개를 끄덕였다.

"괜찮아. 조금 흥분했던 게……"

노인은 말꼬리를 흐렸다.

"생각해보십시오, 클루차드 씨. 중요한 일입니다."

베커가 조용히 재촉했다.

클루차드가 눈을 찌푸렸다.

"모르겠어. 남자가 그 여자를 계속 뭐라고 부르긴 했는데……"

노인은 눈을 감고 끙끙거렸다.

"그 여자 이름이 뭐였습니까?"

"정말 기억나지 않아."

클루차드의 안색이 급속도로 나빠지고 있었다.

"생각해보세요."

베커가 다그쳤다.

"영사관 서류는 가능한 한 완벽해야 하거든요. 어르신 말씀을 뒷받침하려면 다른 목격자들의 진술이 필요합니다. 그들을 찾아낼 수 있는 정보가……"

그러나 클루차드는 듣고 있지 않았다. 노인은 시트로 이마의 땀을 찍어내고 있었다.

"미안하네. 어쩌면 내일은……"

노인은 토할 것 같은 표정이었다.

"클루차드 씨, 지금 기억하셔야 합니다."

베커는 자기가 너무 큰 소리로 말하고 있다는 것을 깨달았다. 주위 사람들은 아직도 앉아서 지켜보고 있었다. 방 저쪽에서 간호사가 그들을 향해 힘차게 걸어왔다.

"전혀 생각나지 않으세요?"

베커가 다시 재촉했다.

"그 독일인이 여자에게……"

베커는 클루차드를 살짝 흔들어 정신을 차리게 했다.

클루차드의 눈동자가 잠시 깜박였다.

"그 여자를……"

'제발 정신 좀 차려, 이 영감아.'

"듀……"

클루차드는 다시 눈을 감았다. 간호사가 다가오고 있었다. 그녀는 화가 난 것 같았다.

"듀라고요?"

베커는 클루차드의 팔을 흔들었다.

노인이 신음했다.

"그 여자를……"

노인은 이제 거의 알아들을 수 없는 소리로 중얼거렸다.

간호사는 채 3미터도 떨어지지 않은 거리에서 스페인어로 소리쳤
다. 베커는 아무 소리도 들리지 않았다. 그의 눈은 노인의 입술에 고
정되어 있었다. 간호사가 다가오는 동안 베커는 마지막으로 클루차드
의 몸을 흔들었다.

간호사는 데이비드 베커의 어깨를 움켜잡고 벌떡 일으켜세웠다. 바
로 그때 노인의 입술이 벌어졌다. 기억의 저편에서 겨우 끄집어낸 듯,
노인의 입에서 나온 마지막 한마디는 말이 아니라 가느다란 한숨 같
았다.

"듀드롭……"

베커를 움켜잡은 손이 그를 홱 젖혔다.

'듀드롭?'

베커는 의아했다.

'대체 무슨 이름이 듀드롭이야?'

그는 간호사에게서 홱 돌아서며 마지막으로 클루차드에게 물었다.

"듀드롭이 확실합니까?"

그러나 피에르 클루차드는 벌써 잠들어 있었다.

138

23

수잔은 노드 3의 호화로운 방에 혼자 앉아, 레몬 미스트 허브 차를 조금씩 마시며 추적기가 돌아오길 기다리고 있었다.

암호해독부장인 수잔은 전망이 가장 좋은 쪽으로 단말기를 놓고 있었다. 그것은 둥그렇게 놓인 컴퓨터들 뒤쪽에 자리하여 암호부 사무실을 향하고 있었다. 이곳에서 수잔은 노드 3을 한눈에 볼 수 있었다. 뿐만 아니라 안에서만 밖을 볼 수 있는 특수 유리창 너머로 암호부 사무실 한가운데 있는 트랜슬터도 볼 수 있었다.

수잔은 시계를 쳐다보았다. 기다린 지 거의 한 시간이 되어가고 있었다. ARA(미국 익명 재우송자)가 노스 다코타의 메일을 신속히 재전송하지 않는 것 같았다. 그녀는 긴 한숨을 내쉬었다. 아침에 나눈 데이비드와의 통화를 잊으려고 애를 써도 그 말들이 머릿속에서 자꾸만 맴돌았다. 데이비드에게 너무 심하게 말했다 싶었고, 아무쪼록 그가 스페인에서 무사히 일을 끝내고 돌아오기만을 빌었다.

유리문이 큰 소리를 내며 열리는 바람에 그녀의 생각은 흩어졌다. 수잔은 문 쪽을 쳐다보고는 신음소리를 냈다. 암호해독가 그렉 헤일이 문 앞에 서 있었던 것이다.

그렉 헤일은 키가 크고 근육질인 데다 숱이 많은 금발에 각진 턱을 가지고 있었다. 살집이 좋고, 떠들썩하고, 언제나 옷차림이 요란했다. 동료들은 그에게 광물의 이름을 따서 '헬라이트(Halite: 암염)'란 별명을 붙여줬다. 헤일은 그 헬라이트를 진기한 보석으로 착각했는데, 자신의 독보적 지성과 바위처럼 단단한 체격에 잘 어울린다고 여겼다. 자만하지 않고 사전을 찾아보았다면, 헬라이트는 바닷물이 마르고 난 뒤 남는 소금 찌꺼기에 불과하다는 사실을 알았을 텐데.

국가안보국의 다른 암호해독가들처럼, 헤일도 두둑한 급료를 받았다. 하지만 그런 티를 내지 않고 있기가 힘들었는지, 헤일은 문 루프(Moon Roof)와 귀를 찢을 듯한 서브우퍼 음향 시스템이 장착된 흰색 로터스 스포츠카를 몰았다. 그는 기계 장치 마니아였고, 그의 차는 전시장을 방불케 했다. 그의 스포츠카에는 GPS(지상위치파악 시스템), 음성 작동 도어 록, 레이더 방해전파기, 메시지 서비스를 놓치지 않는 셀 방식의 팩스·전화기가 장착되어 있었다. 그리고 메가바이트라고 적힌 장식 번호판의 테두리는 보라색 네온으로 치장했다.

그렉 헤일은 자잘한 범법행위를 저지르며 어린시절을 보내다 해병대에 가서야 정신을 차렸다. 그가 컴퓨터를 배운 곳 또한 해병대였고, 탁월한 프로그래머로서 우수한 군인 경력을 쌓아갔다. 그러나 세 번째 해외근무를 끝내기 이틀 전, 그의 장래가 불투명해졌다. 술을 마시다가 말다툼 끝에 동료 대원 하나를 죽인 것이다. 한국의 호신술인 태권도가 방어 수단을 넘어 치명적인 것으로 드러나는 순간이었다. 그는 즉시 보직 해임되었다.

교도소에서 잠시 복역한 그렉 헤일은 일반 회사의 프로그래머 자리를 찾기 시작했다. 그는 해병대에서 있었던 사건에 대해 늘 솔직하게 털어놓았고, 한 달 월급을 받지 않고 일할 테니 자신의 진가를 보여줄 기회를 달라며 고용주를 설득했다. 많은 이들이 그의 이러한 제안을 받아들였고, 컴퓨터에 대한 그의 재능을 일단 알고 나면, 어떤 고용주

든 그를 놓아주려 하지 않았다.

컴퓨터에 대한 전문 기술이 점점 쌓이자, 헤일은 전 세계로 인터넷 접속을 하기 시작했다. 그는 모든 국가에 이메일 친구를 둔 신세대 사이버족이 되었고, 수상쩍은 전자 게시판과 유럽의 채팅 그룹들을 들락거렸다. 그는 회사의 계정을 이용하여 친구들에게 포르노 사진을 보냈다는 이유로 두 번이나 해고되기도 했다.

"아니, 여기서 뭘 하고 계십니까?"

헤일은 문간에 서서 수잔을 빤히 쳐다보며 물었다. 그는 오늘 노드 3은 자기가 독차지할 거라고 생각하고 왔을 것이다.

수잔은 일부러 태연한 척했다.

"오늘은 토요일이에요, 그렉. 그 질문은 나도 하고 싶은데요."

그러나 수잔은 헤일이 뭘 하려고 왔는지 알고 있었다. 그는 심한 컴퓨터 중독자였다. 토요일에는 쉰다는 규정을 어기고, 그는 국가안보국의 뛰어난 컴퓨터를 이용해 자신이 작업 중인 새로운 프로그램을 실행하기 위해 주말이면 살짝 암호부에 들어오곤 했다.

"회선을 재조정할 것도 있고 이메일도 좀 확인하려고요."

헤일은 호기심 어린 눈으로 그녀를 바라보며 물었다.

"무슨 일을 하고 있다고 했죠?"

"아직 말 안 했어요."

수잔이 대답했다.

헤일은 놀라 눈썹을 활처럼 치켜세웠다.

"감출 게 뭐 있습니까. 여기 노드 3에서는 비밀이 없잖습니까? 일심동체라고요."

수잔은 레몬차를 홀짝홀짝 마시면서 못 들은 척했다. 헤일은 어깨를 으쓱한 다음, 주방으로 걸어갔다. 주방은 그가 언제나 먼저 들르는 곳이었다. 그는 방을 가로질러 걸어가며 단말기 아래로 쭉 뻗은 수잔의 다리를 훔쳐보곤 길게 한숨을 내쉬었다. 수잔은 쳐다보지도 않고 다리를 오므린 다음 계속 일했다. 헤일은 능글맞게 웃었다.

수잔은 헤일이 귀찮게 구는 데 익숙해져 있었다. 그가 제일 좋아하는 작업은 수잔의 하드웨어와 자신의 하드웨어가 호환성이 있는지 확인하기 위해 신체 접촉을 시도해 보는 것이었다. 그럴 때마다 수잔은 속이 뒤집혔다. 그러나 스트래스모어 부국장에게 헤일의 행동을 불평하기엔 그녀의 자존심이 허락하지 않았다. 차라리 그를 무시하는 편이 훨씬 더 쉬웠다.

헤일은 주방으로 다가가 격자문을 사납게 열었다. 그는 냉장고에서 플라스틱 용기를 꺼내더니 그 안에 든 흰 두부를 입에 쏙 집어 넣었다. 그런 다음 스토브에 몸을 기대어 벨비안 회색 바지와 풀을 잘 먹인 셔츠를 매만졌다.

"오래 계실 겁니까?"

"밤새 있을 건데요."

수잔이 쌀쌀하게 대꾸했다.

"흠……"

헤일은 두부를 한입 가득 넣고 우물거렸다.

"주말에 우리 두 사람만 놀이방에 있으니 아늑하군요."

"세 사람이죠."

수잔이 대꾸했다.

"위층에 스트래스모어 부국장님이 계시거든요. 눈에 띄기 전에 사라지는 게 좋을 걸요."

헤일은 어깨를 으쓱했다.

"부국장은 당신이 여기 있는 건 신경 쓰이지 않는 모양이군요. 당신과 같이 있는 게 정말 좋은가 봅니다."

수잔은 꾹 참고 대꾸하지 않았다.

헤일은 낄낄 웃으며 두부를 내려놓았다. 그러고는 천연 올리브오일

병을 들고 몇 모금 들이켰다. 그는 건강 마니아로 올리브오일이 작은 창자를 청소해준다고 주장했다. 다른 직원들에게도 틈만 나면 당근 주스를 권하거나 결장(結腸) 세척의 장점에 대해 설교하곤 했다.

헤일이 올리브오일 병을 제자리에 놓더니 수잔 맞은편에 있는 컴퓨터를 향해 걸어갔다. 널따란 원을 그리며 놓인 컴퓨터를 가로질러 가는데도 콜로뉴 향수 냄새가 수잔의 코를 찔렀다. 그녀는 코를 찡긋하며 말했다.

"멋진 콜로뉴 향이군요, 그렉. 아예 들이부은 모양이죠?"

헤일은 자신의 컴퓨터를 켰다.

"오직 당신을 위해섭니다, 수잔."

헤일이 컴퓨터가 달아오르길 기다리는 사이에 수잔은 갑자기 불안한 생각이 들었다.

'그가 트랜슬터의 런 모니터에 접근하면 어떡하지?'

그럴 이유는 전혀 없지만, 트랜슬터가 어떤 진단 때문에 열여섯 시간이나 쩔쩔매고 있다는, 씨도 안 먹힐 소리를 곧이들을 그렉 헤일이 아니란 걸 수잔은 알고 있었다. 그는 진실을 알고 싶어할 것이다. 그러나 수잔은 얘기해줄 생각이 전혀 없었다. 그녀는 헤일을 믿지 않았다. 그는 국가안보국에 맞지 않았다. 수잔은 처음부터 그를 고용하는 것에 반대했지만, 당시 국가안보국은 선택의 여지가 없었다. 헤일은 응급 피해 대책의 산물이었던 것이다. 스킵잭(Skipjack) 알고리즘의 일대 실패작……

4년 전 의회는 단 하나의 공용 키 암호 표준을 만들기 위해 국가안보국의 최고 수학자들에게 새로운 슈퍼 알고리즘을 만들어낼 것을 지시했다. 새로운 알고리즘을 국가 표준으로 만들어 현재 기업들이 서로 다른 알고리즘을 사용함으로써 겪고 있는 비호환성을 완화하는 법률을 국회에서 통과시키기 위해서였다.

그러나 공용 키 암호를 향상시키기 위해 국가안보국에 도움을 청한 것은 사형수에게 자기 관을 만들도록 요구한 것이나 다름없었다. 트랜슬터는 아직 태어나기 전이어서 암호 표준을 만들면 암호 표기의 사용을 급격히 증가시켜 국가안보국의 기존의 어려움을 더욱 어렵게 만들 판이었다.

EFF는 이런 상반된 이해를 눈치채고, 국가안보국이 스스로 해독할 수 있는 조악한 알고리즘을 만들지 모른다고 열심히 로비 활동을 했다. 의회는 이런 우려를 가라앉히기 위해 국가안보국이 알고리즘을 완성하면, 그 공식을 공표하여 세계 수학자들의 심사로 품질을 확인할 것이라고 발표했다.

스트래스모어 부국장이 이끄는 국가안보국의 암호부에서는 마지못해 스킵잭이라고 이름 붙인 알고리즘을 만들어냈다. 그리고 승인을 받기 위해 스킵잭을 의회에 제출했다. 전 세계의 수학자들은 스킵잭을 시험했고, 모두 감명을 받았다.

그들은 스킵잭이 강력하고 흠 없는 알고리즘이어서 최고의 암호 표준으로 삼기에 손색이 없다고 보고했다. 그러나 의회가 스킵잭에 대한 승인 투표를 하기 사흘 전, 벨 연구소에 재직 중이던 젊은 프로그래머 그렉 헤일이 스킵잭 알고리즘에 숨겨진 백도어를 발견했다고 발표함으로써 전 세계를 깜짝 놀라게 했다.

그 백도어란 스트래스모어 부국장이 알고리즘에 끼워 넣은 몇 줄의 교묘한 프로그램을 말했다. 너무 빈틈없이 삽입하여 아무도 눈치채지 못한 것을 그렉 헤일이 찾아냈던 것이다. 스트래스모어는 그것을 은밀하게 추가함으로써 스킵잭이 기록한 어떤 암호라도 국가안보국이 알고 있는 비밀 패스워드를 거치면 해독할 수 있도록 해놓은 것이다. 스트래스모어는 국가가 제안한 암호 표준을 멋진 정보 쿠데타로 바꾸는 국가안보국 초유의 일에 바짝 다가섰던 것이다. 만약 성공했다면 국가안보국은 미국 내에서 사용되는 모든 암호들을 열어볼 수 있는 마스터키를 가질 수 있었을 것이다.

컴퓨터 지식층은 분노했다. EFF는 그 스캔들을 무자비하게 공격하며 의회가 너무 순진하게 국가안보국을 믿었다며 비난했고, 국가안보국은 히틀러 이후 자유 세계의 최대 적이라고 주장했다. 결국 암호 표준은 폐기되었다.

이틀 뒤 국가안보국에서 그렉 헤일을 고용한 것은 그다지 놀랄 일이 아니었다. 스트래스모어는 헤일이 다른 회사에서 일하며 국가안보국에 맞서도록 하느니 차라리 끌어안는 편이 낫다고 생각했다.

스트래스모어는 스킵잭의 스캔들과 정면으로 맞섰다. 그는 의회에 자신의 행동을 열심히 강변했다. 국민들은 프라이버시만 외쳐대다가 그 대가를 치르게 될 것이라며, 그들은 자신을 보호해줄 누군가를 원한다고 강조했다. 즉, 평화를 지키기 위해서는 국가안보국이 암호를 해독해야만 한다고 말했다. 그러나 EFF 같은 단체들은 생각이 달랐고, 그래서 그 뒤로도 줄곧 그들과 싸워야 했다.

24

데이비드 베커는 살루드 국립 병원 맞은편 거리의 공중전화 부스 안에 서 있었다. 그는 환자 번호 104번 클루차드 씨를 괴롭힌다는 이유로 방금 쫓겨났다.

상황이 예상보다 복잡해졌다. 스트래스모어 부국장에 대한 그의 작은 호의 — 어떤 사람의 소지품을 가져오는 일 — 는 이상야릇한 반지를 찾아내는 일로 변해버렸다.

베커는 방금 스트래스모어 부국장에게 전화를 걸어 독일인 관광객에 대한 얘기를 했다. 부국장은 그 소식을 달가워하지 않았다. 자세한 설명을 들은 후, 부국장은 한참 동안 말이 없었다.

"데이비드."

부국장이 마침내 진지한 목소리로 말했다.

"그 반지를 찾는 일은 국가의 안전이 달린 문제야. 그 일을 자네에게 맡길 테니 반지를 찾아오게. 반드시 반지를 찾아야 하네."

전화는 끊어졌다.

데이비드는 공중전화 부스 안에서 한숨을 내쉬었다. 그는 너덜너덜해진 전화번호부를 집어 들고 업종별 번호란을 훑어보기 시작했다.

"밑져야 본전이지 뭐."

그는 혼자 중얼거렸다.

전화번호부에 실린 수행원 소개소는 세 군데뿐이어서 더 볼 필요도 없었다. 그가 알고 있는 것은 독일인의 데이트 상대가 빨간 머리이고, 다행히도 스페인에는 빨간 머리가 드물다는 사실이었다. 정신이 가물 가물하던 클루차드는 여자 수행원의 이름이 듀드롭이라는 것을 기억 해냈다. 베커는 눈살을 찌푸렸다. '듀드롭이라고?' 아름다운 여자보 다는 단정치 못한 여자의 이름 같았다. 좋은 가톨릭 이름은 전혀 아니 었다. 클루차드가 잘못 들은 게 분명했다.

베커는 첫 번째 번호를 눌렀다.

"세르비시오 소시알 데 세비야(세비야의 서비스 클럽입니다)."

상냥한 여자 목소리가 대답했다.

베커는 강한 독일어 억양이 섞인 스페인어로 말했다.

"홀라, 하블라스 알레만(독일어 할 줄 아세요)?"

"아뇨. 하지만 영어는 할 줄 알아요."

여자가 대답했다.

베커는 서툰 영어로 바꾸었다.

"감사합니다. 절 도와줄 수 있는지요?"

"어떻게 도와드릴까요?"

여자는 잠재 고객을 위해 천천히 말했다.

"여자 수행원을 원하세요?"

"네, 맞아요. 오늘 내 동생 클라우스가 정말 예쁜 여자를 데려왔거 든요. 빨간 머리 여자예요. 그래서 나도 똑같은 여자를 원합니다. 내 일 말이죠. 부탁합니다."

"동생 되시는 클라우스란 분이 이곳에 다녀가셨습니까?"

마치 오랜 친구인 양 여자의 목소리가 갑자기 활기를 띠었다.

"네. 아주 뚱뚱한 남자요. 내 동생을 기억하십니까?"

"오늘 여기 다녀가셨단 말씀이죠?"

전화기 너머로 장부 넘기는 소리가 들렸다. 클라우스란 이름은 적혀 있지 않겠지만, 고객들이 본명을 사용하는 일은 없을 거라고, 그는 생각했다.

"음, 죄송하지만 그런 이름은 없네요. 함께 있던 여자의 이름은 뭐라고 하던가요?"

여자가 물었다.

"빨간 머리였어요."

베커는 질문을 피하며 대답했다.

"빨간 머리요?"

여자가 재차 물었다. 잠시 말이 없었다.

"여긴 세비야 서비스 클럽이에요. 동생 분이 여기에 다녀가신 건 확실합니까?"

"네, 확실합니다."

"선생님, 이곳에는 빨간 머리가 없습니다. 머리가 검푸른 순수한 안달루시아 미인들밖에 없어요."

"빨간 머립니다."

베커는 멍청한 생각이 들었지만 다시 한 번 말했다.

"죄송합니다. 빨간 머린 한 명도 없어요. 그렇지만……"

"이름은 듀드롭입니다."

베커는 더 멍청한 기분이 들었지만 말하지 않을 수 없었다.

우스꽝스러운 그 이름도 결국 아무 소용이 없었다. 여자는 미안하다면서 다른 영업점에서 일하는 여자와 혼동하신 것 같다고 말한 다음 정중히 전화를 끊었다.

첫 번째는 허탕이었다.

베커는 눈살을 찌푸리며 다음 전화번호를 눌렀다. 전화는 즉시 연결되었다.

"부에나스 노체스, 무헤레스 에스파냐(안녕하세요, 무헤레스 에스파냐입니다). 무엇을 도와드릴까요?"

베커는 오늘 독일인 관광객인 자기 동생이 함께 외출한 빨간 머리 여자에게 최고의 돈을 지불했다며 똑같은 얘기를 늘어놓았다. 이번엔 친절한 독일어 대답을 들었지만, 역시 빨간 머리는 없었다.

"카이네 로트쾌페(빨간 머리는 없습니다), 죄송합니다."

여자는 전화를 끊었다.

두 번째도 허탕이었다.

베커는 전화번호부를 내려다보았다. 남은 번호는 하나뿐이었다. 밧줄 맨 끝에 매달려 있는 기분이었다.

그는 번호를 눌렀다.

"에스코르테스 벨렌(벨렌 수행원 소개소입니다)."

남자가 매끄러운 말투로 대답했다.

베커는 앞에서 했던 얘기를 다시 했다.

"시, 시, 세뇨르(네, 네, 선생님). 제 이름은 롤단입니다. 도와드릴 수 있어서 기쁩니다. 빨간 머리가 둘인데, 모두 멋진 여자들이죠."

베커의 심장이 빠르게 뛰었다.

"정말 예쁩니까? 빨간 머리예요?"

베커는 독일어 억양으로 물었다.

"네. 동생 되시는 분의 성함이 뭡니까? 오늘 누가 수행했는지 알려드리죠. 그리고 내일은 손님께 보내드릴 수 있습니다."

"클라우스 슈미트입니다."

베커는 옛날 독일어 교재에서 본 이름을 떠올리며 말했다.

한참 동안 말이 없었다.

"글쎄요…… 클라우스 슈미트란 이름은 없습니다만, 동생 분이 신중하신 모양이군요. 부인이 있는 분입니까?"

남자는 어색하게 웃었다.

"네, 클라우스는 유부남입니다. 하지만 너무 뚱뚱하죠. 그래서 아내와 잠자리를 같이 하지 않습니다."

베커는 공중전화 부스 안에 비친 자기 모습에 눈알을 굴렸다. 수잔이 지금 내 말을 들으면 뭐라고 할까?

"저도 뚱뚱하고 외로운 사람입니다. 그 여자와 자고 싶습니다. 돈은 얼마든지 드리죠."

베커는 감동적인 연기를 했지만 너무 지나쳤다. 스페인에서 매춘은 불법이고, 롤단은 매우 조심스러운 남자였다. 그는 이전에 몸이 단 관광객 행세를 하는 경비대 경찰에게 당한 적이 있었다.

'그 여자와 자고 싶습니다.'

롤단은 그게 덫이란 걸 잘 알고 있었다. 거기에 걸려들면 무거운 벌금을 물어야 할 뿐만 아니라 가장 유능한 여자 하나를 주말 내내 무료로 경찰국장에게 바쳐야 했다.

롤단의 말투가 갑자기 변했다.

"선생님, 여긴 벨렌 수행원 소개소입니다. 실례지만 누구십니까?"

"아…… 시그문트 슈미트입니다."

베커는 어설프게 꾸며댔다.

"우리 전화번호는 어떻게 아셨습니까?"

"전화번호부 업종별 번호란에서요."

"네, 그건 우리가 여자·수행원 소개소이기 때문이죠."

"네, 여자 수행원을 원합니다."

베커는 뭔가 잘못되었다는 걸 감지했다.

"선생님, 벨렌 수행원 소개소는 오찬과 만찬을 위한 비즈니스맨들에게 여자 수행원을 소개하는 곳입니다. 그래서 우리 번호가 전화번호부에 기재되어 있죠. 여긴 합법적인 일을 하는 곳입니다. 선생님이 찾는 것은 매춘부죠."

그 말은 나쁜 질병처럼 남자의 혀에서 굴러나왔다.

"하지만 동생은……"

"선생님, 동생 분이 공원에서 그 여자와 키스하며 하루를 보냈다면, 그 여잔 우리 직원이 아닙니다. 우린 고객 수행 계약에 엄격한 규칙을 두고 있거든요."

"하지만……"

"선생님은 다른 사람과 우리 여직원을 혼동하고 계십니다. 여기에 빨간 머린 인마쿨라다와 로시오 두 명밖에 없습니다. 그들은 돈을 벌자고 남자와 잠자리를 같이하진 않습니다. 그건 매춘이고 스페인에선 불법입니다. 그럼 이만 실례하겠습니다."

"하지만……"

찰깍.

베커는 작게 욕설을 내뱉은 다음 수화기를 내려놓았다. 삼진 아웃이었다. 하지만 베커는 그 독일인이 주말 내내 지낼 여자를 고용했다는 클루차드 노인의 얘기를 확실히 믿었다.

베커는 살라도 거리와 아순시온 도로의 교차점에 있는 공중전화 부스에서 걸어나왔다. 차들이 달리는 가운데서도, 세비야의 달콤한 오렌지 향이 사방에 감돌았다. 땅거미가 지는 로맨틱한 시간이었다. 그는 수잔을 생각했다. 스트래스모어의 말이 그의 마음속을 엄습했다.

'반지를 찾아오게.'

베커는 참담한 심정으로 벤치에 주저앉아 다음 일을 생각했다.

'어떻게 한담?'

25

살루드 국립 병원의 면회 시간은 끝났다. 체육관의 조명은 이미 꺼졌고, 피에르 클루차드는 깊이 잠들어 있었다. 노인은 누가 자기 위로 몸을 숙이고 있는 것도 몰랐다. 훔쳐온 주삿바늘이 어둠 속에서 반짝였다. 그 바늘이 클루차드의 손목 바로 위에 꽂혀 있는 정맥주사 튜브로 들어갔다. 주사기에는 청소부의 카트에서 훔친 클리닝 액체 30cc가 들어 있었다. 엄지손가락에 힘을 주자, 피스톤이 내려가며 노인의 정맥에 푸른 액체가 강제로 밀려들어갔다.

클루차드는 잠에서 깨어났지만 그도 잠시 뿐이었다. 강한 손이 노인의 입을 막지 않았다면, 그는 고통으로 비명을 질렀을 것이다. 노인은 병원 침대에 누운 채 억센 힘에 눌려 꼼짝달싹도 할 수 없었다. 타는 듯한 고통이 팔을 타고 올라왔다. 그러고는 겨드랑이와 가슴 쪽으로 견딜 수 없는 고통이 전해졌다. 수백만 개의 유리조각이 산산조각나는 듯한 고통이 밀려왔다. 클루차드는 찬란한 빛을 보았다. 그 다음엔 아무것도 보이지 않았다.

방문객은 쥐었던 손을 풀고 어둠 속에서 의료 차트에 적힌 이름을 자세히 들여다보았다. 그런 다음 조용히 빠져나갔다.

철테 안경을 쓴 그 남자는 거리로 나오자 벨트에 찬 자그마한 장치에 손을 뻗었다. 직사각형의 꾸러미는 신용카드 크기만 했다. 새로 나온 모노클 컴퓨터의 시제품이었다. 미 해군이 잠수함의 비좁은 공간에서 배터리 전압을 기록하는 기술자들을 도울 수 있도록 개발한 그 소형 컴퓨터는 셀 방식의 모뎀과 최신 마이크로 공학기술을 갖추고 있었다. 투명 LCD로된 영상 모니터는 안경의 왼쪽 렌즈에 탑재되어 있었다. 모노클 컴퓨터는 개인용 컴퓨터의 신기원을 열었다. 사용자는 렌즈에 있는 데이터와 동시에 그 너머를 볼 수 있고 주변 세계와도 상호작용을 할 수 있게 되었다.

그러나 모노클의 진정한 가치는 디스플레이의 소형화에 있는 것이 아니라 데이터 입력 시스템에 있었다. 사용자는 손가락 끝에 고정시킨 자그마한 콘택트를 통해 정보를 입력한다. 순서에 맞게 콘택트를 두드리는 것은 법원 속기를 모방한 것이다. 그러면 컴퓨터는 속기를 영어로 옮긴다.

살인자가 작은 스위치를 누르자 그의 안경에 불이 들어왔다. 그는 손을 옆구리로 슬쩍 가져가더니, 빠른 속도로 서로 다른 손가락들 끝을 연이어 대기 시작했다. 메시지가 눈앞에 나타났다.

제목: 피에르 클루차드 – 제거되었음

그는 미소를 지었다. 죽였다는 통보 메시지를 보내는 것은 그의 임무 중 하나였다. 그러나 피살자의 이름을 넣은 것은…… 철테 안경을 쓴 그에겐 일종의 멋이었다. 그의 손가락들이 다시 움직이자, 셀 방식의 모뎀이 작동했다.

메시지 전송 완료

26

국립 병원 맞은편 도로변 벤치에 앉아 베커는 앞으로 어떻게 해야
할지에 대해 생각하고 있었다. 수행원 소개소 세 군데에 전화해서 알
아낸 것은 아무것도 없었다. 안전이 보장되지 않은 공중전화로 통화
하기를 꺼린 부국장은 반지를 찾을 때까지 다시 전화하지 말 것을 당
부했다. 베커는 지방 경찰에게 도움을 청하는 것도 고려해보았다. 어
쩌면 그들은 빨간 머리 매춘부들의 기록을 갖고 있을지도 모른다. 그
러나 스트래스모어는 그런 점에 대해서도 엄격한 지시를 내렸다.

'자넨 드러나면 안 돼. 이 반지가 존재한다는 걸 누구도 알아서는
안 되네.'

베커는 그 요상한 여자를 찾아 마약에 찌든 트리아나 지역을 헤매고
다녀야 하는 건 아닌가, 하는 생각이 들었다. 아니면 돼지처럼 살찐
그 독일 남자를 찾아 온 레스토랑들을 뒤지고 다녀야 되는 건 아닌가
도 생각했다. 그 모든 것이 시간 낭비처럼 느껴졌다.

스트래스모어의 말이 계속 떠올랐다.

'국가의 안전이 달린 문제일세. 반드시 그 반지를 찾아야만 해.'

베커의 머릿속에서 어떤 목소리가 들려왔다. 결정적인 무언가를 빠

뜨리고 있다는 것이었다. 하지만 아무리 생각해도 그게 뭔지 떠오르지 않았다.

'난 교수지, 빌어먹을 비밀 요원이 아니라고!'

베커는 왜 스트래스모어가 전문가 대신 자기를 이곳에 보냈는지 이상하기만 했다.

그는 일어나서 무작정 델리시아스 쪽으로 걸어 내려갔다.

'이제 어떻게 하나?'

인도에 깔린 조약돌이 흐릿하게 보였다. 어둠이 빠른 속도로 내리고 있었다.

'듀드롭.'

그 우스꽝스러운 이름에는 뭔가 있을 것 같았다.

벨렌 수행원 소개소의 롤단이란 사내의 매끄러운 목소리가 끊임없이 귓전을 맴돌았다.

'여기에 빨간 머린 인마쿨라다와 로시오 두 명밖에 없습니다. 로시오…… 로시오……'

베커는 갑자기 뭔가를 깨닫고 멈춰 섰다.

'아니, 내가 이러고도 언어전문가란 말인가!'

베커는 자신이 그걸 여태 깨닫지 못하고 있었다는 게 놀라웠다.

로시오는 가장 흔한 스페인 여자 이름 가운데 하나였다. 그 이름은 어린 가톨릭 소녀가 갖춰야 할 함축적 의미를 모두 담고 있었다. 청순, 순결, 자연미가 그것으로, 글자 그대로 이슬방울(Drop of Dew)이라는 의미에서 유래했다.

캐나다 노인의 목소리가 베커의 귓전을 울렸다.

'듀드롭이었소.'

로시오는 자신과 고객이 공유하는 언어, 즉 영어로 이름을 바꾼 것이다. 흥분한 베커는 서둘러 공중전화 부스를 찾았다.

맞은편에서는 철테 안경을 쓴 사내가 거리를 두고 베커를 뒤따랐다.

27

　암호부 사무실의 그림자들이 점점 길어지고 희미해지기 시작했다. 머리 위의 자동 조명은 점차 밝아졌다. 수잔은 아직도 컴퓨터 앞에 앉아 추적기가 소식을 전해주기를 조용히 기다리고 있었다. 예상보다 시간이 오래 걸렸다.

　그녀의 마음은 데이비드가 보고 싶은 것과 그렉 헤일이 집으로 돌아가면 좋겠다는 생각 사이를 헤매고 있었다. 헤일은 돌아가진 않았지만, 고맙게도 입을 다문 채 컴퓨터 앞에 앉아 무언가 열심히 하고 있었다. 런 모니터에 다가가지 않는 한 그가 뭘 하든 수잔은 관심이 없었다. 트랜슬터가 열여섯 시간 동안이나 작동하고 있는 것을 봤다면 분명 놀라 비명을 질렀을 텐데 조용한 걸 보면 아직 못본 게 틀림없었다.

　수잔이 세 잔째 차를 홀짝이고 있을 때 마침내 그녀의 컴퓨터에서 삑 소리가 났다. 그녀의 맥박이 빨라졌다. 이메일 도착을 알리는 봉투 모양의 아이콘이 모니터에 나타났다. 수잔은 헤일을 힐끔 쳐다보았다. 그는 여전히 자기 일에 몰두하고 있었다. 수잔은 숨을 죽이고 봉투를 두 번 클릭했다.

　"노스 다코타, 당신이 누군지 좀 볼까."

그녀는 혼자 중얼거렸다.

이메일을 열자, 한 줄이 적혀 있었다. 수잔은 그것을 읽었다. 그러고
는 다시 읽었다.

알프레도에서 저녁식사 어때요? 8시에?

사무실 저편에서 헤일이 소리 죽여 킬킬거리고 있었다. 수잔은 메시
지 헤드를 확인했다.

FROM: GHALE@CRYPTO.NSA.GOV

수잔은 화가 치밀었지만 꾹 참았다. 그녀는 메시지를 삭제했다.

"정말 점잖군요, 헤일."

"거기 카르파치오(Carpaccio, 육회)가 정말 끝내줍니다."

그가 씨익 웃었다.

"어때요? 식사 후엔……"

"됐어요."

"도도하긴."

헤일은 한숨을 쉰 뒤 자기 컴퓨터로 고개를 돌렸다. 수잔 플레처에
게 바람맞은 게 이번이 여든아홉 번째였다. 뛰어난 미모의 암호해독
가는 그에게 끊임없는 좌절감을 안겨주었다. 그는 가끔 수잔과 섹스
를 하는 몽상에 빠지기도 했다. 트랜슬터의 곡선형 몸체에 그녀를 밀
어붙인 다음 따뜻한 검은 타일 위에서 그 짓을 하는 것이다. 그러나
수잔이 그와 그렇게 할 리 만무했다. 헤일의 속을 더욱 뒤집어놓은 것
은 수잔이 쥐꼬리만 한 월급을 받으면서 노예처럼 일하는 대학 교수
와 사랑에 빠져 있다는 사실이었다. 유능한 자신을 선택할 수 있는데
도, 그녀가 자신의 우수한 유전자 풀을 어떤 괴짜와 희석한다는 것은

매우 유감스러운 일이었다.

'우리가 결혼하면 완벽한 아이들을 낳을 수 있을 텐데.'

그는 생각했다.

"뭘 하고 있는 거요?"

헤일은 이제 다른 방식으로 치근덕거렸다.

수잔은 아무 말도 하지 않았다.

"대단한 팀 플레이어군요. 당연히 엿보면 안 되겠죠?"

헤일은 일어서서 둥그렇게 놓여진 터미널들을 돌아 수잔을 향해 걸어왔다.

수잔은 그의 호기심이 오늘 심각한 문제를 초래할 것만 같은 예감이 들었다. 그녀는 재빨리 결심했다.

"진단 프로그램이에요."

그녀는 부국장이 했던 거짓말을 둘러댔다.

헤일은 걸음을 멈추었다.

"진단 프로그램? 토요일을 교수와 보내지 않고 진단하는 일에 낭비하고 있단 말이오?"

그는 미심쩍은 표정을 지었다.

"그 사람 이름은 데이비드예요."

"뭐든."

수잔은 그를 노려보았다.

"할 일이 그렇게 없어요?"

"날 내쫓을 셈입니까?"

"맞았어요."

"저런! 수, 가슴이 아프군요."

수잔 플레처는 그를 노려보았다. 그녀는 자신이 수라고 불리는 것이 싫었다. 그 애칭에 반감이 있는 것이 아니라 그렇게 부르는 사람이 헤일 한 사람뿐이기 때문이었다.

"내가 좀 도와드릴까?"

헤일이 갑자기 제안하며 다시 그녀 쪽으로 걸어왔다.

"진단이라면 내가 또 끝내주죠. 도대체 어떤 진단이기에 우리의 막 강한 수잔 플레처를 토요일에 불러냈는지 알고 싶어 미치겠군요."

수잔은 아드레날린이 치솟는 것을 느꼈다. 얼른 화면의 추적기를 살펴보았다. 헤일에게 그것을 보여줄 순 없었다. 그는 이것저것 물어볼 것이다.

"다 끝났어요, 그렉."

그녀가 말했다.

그러나 헤일은 계속 다가왔다. 그가 컴퓨터에 도착하기 전에, 수잔은 빨리 행동해야 한다는 것을 알았다. 하지만 그러기엔 헤일이 너무 가까이 와 있었다. 수잔은 그의 커다란 체격과 맞서기 위해 일어나서 앞을 가로막았다. 콜로뉴 냄새가 코를 찔렀다.

수잔은 그의 눈을 똑바로 노려보며 말했다.

"안 된다고 했잖아요."

헤일은 고개를 갸웃했다. 그녀의 이상하고 비밀스러운 행동에 호기심을 느낀 것 같았다. 그는 장난스레 더 가까이 다가왔다. 그러자 그렉 헤일로서는 전혀 상상도 할 수 없는 일이 일어났다. 수잔이 전혀 물러서지 않고 집게손가락으로 그의 바위처럼 단단한 가슴을 눌러 그를 막았기 때문이다.

헤일은 너무 놀라서 뒤로 물러났다. 결코 장난이 아니었다. 그녀는 지금까지 실수로도 그를 만진 적이 한 번도 없었다. 그것은 그가 그녀와의 첫 번째 접촉으로 상상했던 것과는 전혀 달랐지만, 어쨌거나 하나의 시작이었다. 그는 수잔을 의아한 눈으로 한참 동안 바라본 뒤 천천히 자기 자리로 돌아갔다. 자리에 앉으면서 그는 한 가지 사실을 분명하게 깨달았다. 사랑스러운 수잔 플레처는 매우 중요한 일을 하고 있으며, 그건 결코 진단 따위가 아니라는 것이다.

28

벨렌 수행원 소개소의 롤단은 자기를 함정에 빠뜨리려던 경찰의 엉성한 수작을 재치 있게 따돌린 것을 자축하고 있었다. 경찰이 독일인 말투를 흉내 내며 여자를 요구한 것은 분명히 함정이었을 것이다. 다음번엔 무슨 작전을 짜낼까?

책상 위의 전화가 시끄럽게 울어댔다. 롤단은 자신 있게 전화기를 집어 들었다.

"부에나스 노체스, 에스코르테스 벨렌(안녕하세요, 벨렌 수행원 소개소입니다)."

"부에나스 노체스."

남자는 빠른 스페인어로 말했다. 감기에 걸렸는지 콧소리가 섞여 있었다.

"거긴 호텔입니까?"

"아뇨, 선생님. 몇 번으로 전화하셨습니까?"

오늘 밤 롤단은 어떤 속임수에도 넘어가지 않을 작정이었다.

"34-62-10번인데요."

남자가 말했다.

롤단은 눈살을 찌푸렸다. 목소리가 왠지 귀에 익었다.

'어디 억양이 이렇더라? 부르고스 사람인가?'

"번호는 맞습니다만, 여긴 수행원 소개소인데요."

롤단은 조심스럽게 말했다.

잠시 말이 없었다.

"아…… 알겠습니다. 죄송합니다. 누가 이 번호를 적어놔서 호텔인 줄 알았죠. 부르고스에서 여기로 여행을 왔습니다. 방해해서 죄송합니다. 안녕히……"

"잠깐만요!"

롤단은 자신도 모르게 소리쳤다. 그는 속속들이 장사꾼이었다. 소개받아 온 손님인가? 북부에서 온 새 손님인가? 그는 너무 지나치게 몸조심하느라고 멀쩡한 손님을 놓쳐버리고 싶지는 않았다.

"우린 친구군요."

롤단은 다정하게 말했다.

"부르고스 말투를 쓰시는 것 같은데, 저는 발렌시아 출신입니다. 세비야엔 무슨 일로 오셨습니까?"

"보석을 팔러 왔습니다. 마요르카 진주죠."

"마요르카라고요! 그럼 여행을 아주 많이 다니시겠군요."

남자는 심하게 기침을 했다.

"네, 그런 편이죠."

"세비야엔 사업차 오셨습니까?"

롤단은 다그쳐 물었다. 이런 남자가 경찰일 리 없었다. 고객임이 틀림없었다.

"친구 분이 우리 전화번호를 알려주던가요? 여기로 전화하라고 말입니다."

남자는 분명 당황하고 있었다.

"아니, 실은 그게 아니고……"

"부끄러워 마십시오, 손님. 여긴 수행원 소개소지 부끄러운 곳이 아닙니다. 아름다운 여자들과 데이트를 하는 것뿐이죠. 누가 우리 전화번호를 알려줬습니까? 혹시 단골이면 특별 요금으로 해드릴 수도 있습니다."

남자는 당황했다.

"실은 누가 알려준 게 아니라 여권에서 발견했습니다. 주인을 찾고 있는 중이죠."

롤단은 맥이 풀렸다. 이 남자는 결국 손님이 아니었다.

"여권에서 우리 전화번호를 발견하셨다고요?"

"네. 오늘 공원에서 어떤 남자의 여권을 하나 주웠습니다. 그 안에 이 번호가 적힌 쪽지가 들어 있었죠. 그래서 그 남자가 묵는 호텔 전화번호인 줄 알았습니다. 여권을 돌려주려고 전화했는데 실수한 것 같군요. 가는 길에 경찰서에 들러서……"

"잠시만요."

롤단은 당황했다.

"제가 더 좋은 방법을 알려드릴까요?"

그는 평소 자신이 사리를 분별할 줄 안다고 생각해왔다. 손님을 경찰서에 가게 만들면 그 손님과는 끝장이다.

"생각해보세요. 그 여권 주인이 우리 전화번호를 가진 걸 보면 십중팔구 우리 손님일 겁니다. 경찰서에 가는 수고를 제가 덜어드리죠."

남자는 망설였다.

"글쎄요. 난 그냥 가는 길에……"

"서두르지 마세요, 손님. 솔직히 말해서 이곳 세비야 경찰은 북부 경찰만큼 능률적이지 못해요. 그 여권이 주인에게 돌아가자면 여러 날 걸릴 게 뻔합니다. 여권에 있는 그분의 이름을 불러주시면, 여권을 지금 바로 돌려줄 수 있는지 알아보죠."

"네. 그것도 좋은 방법이네요."

종이 넘기는 소리가 난 다음 남자가 다시 말했다.

"독일 사람 이름이군요. 내 발음이 좀 그렇지만, 구스타…… 구스타프손?"

롤단은 그런 이름이 기억나지 않았다. 하지만 그의 고객은 세계 도처에서 왔고, 절대 본명을 남기지 않았다.

"어떻게 생겼습니까? 사진 말예요. 제가 아는 얼굴인가 싶어서요."

"아, 네. 얼굴이 통통하군요."

남자가 말했다.

롤단은 그가 누군지 알 것 같았다. 그의 얼굴은 지나치게 살이 쪘던 걸로 기억했다. 로시오와 함께 나간 남자였다. 하룻밤 사이에 그 독일인에 관한 전화가 두 번이나 걸려온 것이 좀 이상했다.

"구스타프손 씨라고요?"

롤단은 억지로 껄껄 웃었다.

"맞아요! 그분을 잘 압니다. 여권을 갖다주시면 제가 그분께 직접 전하죠."

"난 차도 없고 시내에 있습니다. 댁이 이쪽으로 오실 순 없나요?"

남자가 물었다.

"전화기 옆을 떠날 수가 없어서요. 여기가 그렇게 멀지도 않아요. 그러니……"

"미안합니다. 밖에서 헤매긴 늦은 시간이죠. 근처에 경비대 파출소가 있습니다. 거기에 갖다둘 테니 구스타프손 씨에게 그렇게 전해주십시오."

"잠시만요!"

롤단이 소리쳤다.

"경찰은 정말 필요 없어요. 시내에 계신다고 하셨죠? 알폰소 트레세 호텔을 아십니까? 최고급 호텔 중 하난데."

"네, 압니다. 근처에 있어요."

남자가 대답했다.

"잘됐군요! 구스타프손 씨는 오늘밤 거기 묵으실 겁니다. 지금쯤 거기 와 계실지도 모르고요."

남자는 주저했다.

"알겠습니다. 그 호텔이라면 별로 멀지 않을 것 같아요……"

"잘됐네요. 그 호텔 레스토랑에서 우리 여자 수행원과 저녁식사를 하고 있을 겁니다."

롤단은 지금쯤 그들이 침대에 있을 거라고 생각했지만 이 예민한 친구의 비위를 상하게 하고 싶지 않았다.

"호텔 관리인한데 여권을 맡겨주십시오. 마누엘이라는 친굽니다. 제가 보냈다고 하고, 여권을 로시오에게 전해주라고 하면 됩니다. 로시오는 구스타프손 씨의 수행원입니다. 그녀가 여권을 돌려드릴 겁니다. 당신의 이름과 연락처를 남기시면, 구스타프손 씨가 사례를 하실지도 모르겠네요."

"좋은 생각이군요. 알폰소 트레세라고 하셨죠. 좋습니다, 지금 바로 가져다 드리죠. 도와주셔서 감사합니다."

데이비드 베커는 전화를 끊었다.

"알폰소 트레세라, 진작 그렇게 물어볼 걸."

그는 만족스러운 미소를 지었다.

잠시 후 조용한 그림자는 델리시아스 거리를 올라가는 베커의 뒤를 따라 차분히 깃든 안달루시아의 밤 속으로 들어섰다.

29

그렉 헤일과의 마찰로 마음이 불편한 수잔은 노드 3의 특수 유리창 밖을 내다보았다. 암호부 사무실은 텅 비어 있었다. 헤일은 다시 자기 일에 조용히 몰두했다. 수잔은 그가 나가주기를 바랐다.

'스트래스모어 부국장에게 전화를 해야 하나.'

부국장은 당장 헤일을 쫓아낼 수 있을 것이다. 어차피 오늘은 토요일이니까 무리도 아니다. 하지만 헤일은 자기가 쫓겨나면 금방 의심을 할 것이다. 그리고 다른 암호해독가들에게 전화해서 무슨 일이 벌어지고 있는 것 같냐고 물어볼 게 뻔했다. 수잔은 헤일을 그냥 내버려두는 게 상책이라는 결론을 내렸다. 조금 있으면 그는 집으로 돌아갈 것이다.

'해독되지 않는 알고리즘.'

생각이 다시 디지털 포트리스로 돌아가자 그녀는 한숨이 나왔다. 그런 알고리즘이 정말 만들어질 수 있다는 것이 놀라웠다. 하지만 그 증거가 바로 눈앞에 있었다. 그것으로 인해 트랜슬터는 벌써 무용지물인 것만 같았다.

수잔은 이 무거운 시련을 어깨에 지고 필요한 일을 하면서 침착하게 재앙에 대면하고 있는 스트래스모어를 생각했다. 그런 부국장에게서 그녀는 가끔 데이비드의 모습을 보곤 했다. 그들 두 사람은 닮은 점이 많았다. 지성과 끈기, 헌신이 그것이었다. 그녀는 자기가 없으면 스트래스모어는 어찌할 바를 모를 거라고 생각할 때도 있었다. 암호해독에 대한 그녀의 순수한 애정은 스트래스모어에게는 정서적 생명선으로, 소용돌이치는 정치의 바다에서 그를 건져주고 암호해독가로서의 초심을 상기시켜주는 것 같았다.

수잔도 부국장을 믿고 의지했다. 그는 권력에 굶주린 남자들의 세계에서 그녀의 바람막이가 되어주었고, 경력을 쌓을 수 있게끔 보호해 주었다. 그리고 그가 가끔 농담처럼 말했듯이, 그녀의 꿈을 실현시켜 준 사람이기도 했다. 그 말은 어느 정도 사실이라고, 수잔도 인정했다. 의도한 바는 아니지만, 그 운명적인 오후에 데이비드 베커를 국가안보국으로 불러들인 사람이 바로 부국장이었다. 생각이 다시 데이비드에게로 옮겨가자, 그녀의 눈길은 본능적으로 키보드 옆에 있는 미끄럼판으로 떨어졌다. 거기에는 테이프로 붙인 작은 팩스가 있었다.

그 자리에 일곱 달 동안이나 붙어 있는 그 팩스에는 수잔 플레처가 지금까지 유일하게 해독하지 못한 암호가 적혀 있었다. 데이비드가 보낸 암호였다. 그녀는 5백 번째 그걸 읽어보았다.

이 변변찮은 팩스를 받아주시오.
당신에 대한 내 사랑엔 밀랍이 없습니다.

그는 사소한 말다툼 뒤에 이것을 수잔에게 보냈다. 그녀는 지난 몇 달 동안 그게 무슨 뜻인지 말해달라고 애걸했지만 그는 거절했다. '밀랍 없이(without wax)', 그건 데이비드의 복수였다. 수잔은 데이비드에게 암호해독에 관해 많은 것을 가르쳐주었다. 그리고 그가 방심하지 않도록 자신의 모든 메시지를 간단한 암호 방식으로 그에게 보냈다.

쇼핑 목록, 연애 편지 등도 모두 암호로 바꾸었다. 그건 게임이었지만, 데이비드는 제법 그럴듯한 암호해독가가 되었다. 그는 그녀의 호의에 보답하기로 결심했다. 그래서 모든 편지 끝에 '밀랍 없이, 데이비드'라는 서명을 쓰기 시작했다. 수잔은 데이비드의 편지를 수십 번도 더 읽었다. 편지들은 모두 똑같은 방식으로 서명이 되어 있었다.

수잔은 '밀랍 없이, 데이비드'라는 말에 숨겨진 의미를 알려달라고 간청했지만 데이비드는 끝내 말하지 않았다. 그녀가 물을 때마다 그는 미소를 지으며 "당신은 암호해독가잖아"라고 말할 뿐이었다.

국가안보국의 암호해독부장인 수잔은 치환기법을 써보기도 하고, 암호 상자에 넣어보기도 하고, 애너그램[1]도 하는 등 모든 방법을 시도해보았다. 그녀는 '밀랍 없이'란 말을 컴퓨터에 넣고 그것을 새로운 구로 재조정할 것을 요구했다. 그래서 얻은 결과는 'TAXI HUT WOW(택시 오두막 와우)'였다. 해독 불가능한 암호를 쓸 줄 아는 사람은 엔세이 탄카도 혼자만은 아닌 것 같았다.

수잔의 생각은 압축공기로 열리는 문소리에 방해를 받았다. 스트래스모어가 성큼성큼 걸어 들어왔다.

"수잔, 아직도 소식이 없나?"

그렉 헤일을 본 부국장은 갑자기 멈춰 섰다.

"어쩐 일인가, 헤일? 토요일에 이렇게 부지런을 떨다니."

스트래스모어가 눈살을 찌푸리며 말했다.

헤일은 순진한 미소를 지었다.

"제 역할을 다하려는 것뿐입니다."

"알겠네."

부국장은 어떻게 해야 할지 생각하는 듯했다. 잠시 후 그도 헤일을 건드리지 않기로 결심했는지, 침착하게 수잔에게 말했다.

"플레처 양, 잠깐 얘기 좀 할까? 밖에서 말이야."

수잔은 망설였다.

"아……예, 부국장님."

수잔은 자기 모니터를 불안한 눈길로 살펴본 다음, 건너편 그렉 헤일을 바라보았다.

"잠시만요."

그녀는 재빨리 키보드를 두드려서 스크린록이라는 프로그램을 실행시켰다. 그것은 개인 정보 보호 유틸리티였다. 노드 3의 모든 컴퓨터에는 스크린록 프로그램이 갖추어져 있었다. 컴퓨터가 24시간 켜져있기 때문에 스크린록은 암호해독가들이 자리를 떠나도 그들의 파일을 함부로 변경할 수 없도록 해주었다. 수잔은 다섯 글자의 개인 암호를 쳐서 스크린을 캄캄하게 했다. 그녀가 돌아와 정확한 수열을 칠 때까진 그렇게 있을 터였다.

그녀는 신발을 신고 부국장을 따라 나갔다.

"도대체 저 인간은 여기서 뭘 하는 거야?"

노드 3을 나오자마자 스트래스모어가 물었다.

"늘 그렇잖아요. 아무 일도 아니에요."

수잔이 대답했다.

스트래스모어는 걱정스러운 얼굴이었다.

"트랜슬터에 관해 뭐라고 하던가?"

"아뇨. 하지만 런 모니터가 열일곱 시간째 가동하고 있는 걸 보면 가만히 있지 않겠죠."

스트래스모어는 그 말을 곰곰이 생각했다.

"그가 접근할 이유는 전혀 없어."

수잔은 부국장을 눈여겨보았다.

"그를 집으로 보내고 싶으세요?"

"아니, 내버려두지 뭐."

스트래스모어는 시스템 보안 연구실을 힐끔 보았다.

"차트루키언은 갔어?"

"못 봤는데요."

"젠장! 이건 꼭 외줄타기 같아."

부국장은 투덜거린 뒤, 서른여섯 시간 동안 깎지 못해 거뭇거뭇한 턱수염을 손으로 쓸었다.

"추적기는 아직 아무 소식도 없어? 난 손 놓고 구경만 하고 있는 기분이야."

"아직 없어요. 데이비드한테는 무슨 소식 없어요?"

그는 고개를 가로저었다.

"반지를 찾을 때까진 전화하지 말라고 했어."

수잔은 놀랐다.

"왜요? 도움이 필요하면 어쩌라고요?"

부국장은 어깨를 으쓱했다.

"어차피 여기선 그를 도울 수 없어. 그 친구 혼자 해결해야 해. 게다가 누가 엿들을 경우에 대비해서 보안이 되지 않은 전화는 사용하지 않는 게 좋아."

수잔은 걱정으로 눈이 동그래졌다.

"그게 무슨 뜻이에요?"

스트래스모어는 즉시 미안한 표정을 지었다. 그는 미소를 지으며 그녀를 안심시켰다.

"데이비드는 괜찮아. 그냥 조심하려는 것뿐이야."

그들이 대화하는 곳에서 10미터쯤 떨어진 노드 3의 특수 유리창 뒤에서 그렉 헤일은 수잔의 컴퓨터 앞에 서 있었다. 그녀의 스크린은 캄캄했다. 헤일은 부국장과 수잔을 힐끔 쳐다보았다. 그러고는 자신의 지갑에 손을 뻗었다. 그는 작은 색인 카드를 꺼내어 그것을 읽었다.

스트래스모어와 수잔이 아직 얘기하고 있는지 거듭 확인한 헤일은 조심스럽게 수잔의 키보드에 다섯 개의 키를 눌렀다. 몇 초 후 수잔의 모니터가 켜졌다.

"그렇지."

그는 낄낄 웃었다.

노드 3의 개인 암호를 훔치는 일은 간단했다. 노드 3 안에 있는 모든 컴퓨터에는 동일한 분리형 키보드가 달려 있었다. 어느 날 밤 헤일은 자신의 키보드를 집으로 가져가서 키를 누를 때마다 기록되는 칩을 설치했다. 그러고는 아침 일찍 출근하여 그것을 다른 사람의 키보드와 교환한 뒤 기다렸다. 그날 퇴근 이후 헤일은 다시 키보드를 교환하여 칩에 기록된 데이터를 살펴보았다. 수백만 번의 키를 눌렀어도 접속 암호를 찾아내는 일은 간단했다. 매일 아침 암호해독가의 첫 번째 일은 자기 컴퓨터를 여는 개인 암호를 치는 것이다. 그것이 헤일의 일을 손쉽게 만들었다. 개인 암호는 언제나 맨 처음 다섯 글자였다.

수잔의 모니터를 응시하며 헤일은 묘한 기분이 들었다. 그냥 재미삼아 개인 암호를 훔쳤던 것이, 지금은 매우 만족스러웠다. 수잔의 스크린에 떠 있는 프로그램은 의미심장해 보였다.

헤일은 그것에 대해 잠시 궁리해보았다. 자신의 전문이 아닌 림보(LIMBO)로 씌어진 것이었다. 그러나 그것을 보기만 해도 한 가지는 분명히 알 수 있었다. 결코 진단 프로그램은 아니라는 사실이었다. 그는 단어 두 개의 뜻만 이해할 수 있었지만, 그것으로 충분했다.

추적기 탐색……

"추적기? 뭘 탐색하는 거지?"

헤일은 큰 소리로 말했다. 그러고는 갑자기 불안한 생각이 들었다. 그는 앉아서 수잔의 스크린을 잠시 살펴보았다. 그리고는 결심을 했다.

헤일은 림보 프로그래밍 언어가 자신이 꿰고 있는 C 언어와 파스칼 언어에서 대량으로 빌려왔다는 것 정도는 알고 있었다. 그는 부국장과 수잔이 아직도 얘기 중인지 확인한 다음, 즉각 행동에 들어갔다. 먼저 몇 개의 수정된 파스칼 명령어를 넣은 다음 리턴키를 눌렀다. 추적기의 상태 윈도는 그가 바라던 대로 응답했다.

추적을 중지할까요?

그는 재빨리 글자를 쳤다. *예*

확실합니까?

그는 다시 글자를 쳤다. *예*
잠시 후 컴퓨터가 삑 소리를 냈다.

추적 중지

헤일은 미소를 지었다. 컴퓨터는 방금 수잔의 추적기에 조기 중지를 요구하는 메시지를 보냈다. 그녀가 찾고 있는 것이 무엇이건, 기다려야 할 것이다.

그는 아무 증거도 남기지 않기 위해 능숙한 솜씨로 수잔의 시스템 작업 로그로 들어가서 자기가 방금 쳤던 모든 명령을 삭제했다. 그런 다음 수잔의 개인 암호를 다시 눌렀다.

모니터가 캄캄해졌다.

수잔 플레처가 노드 3에 돌아왔을 때, 그렉 헤일은 자기 컴퓨터 앞에 조용히 앉아 있었다.

---

1) 애너그램(Anagram) : 철자 바꾸기.

30

알폰소 트레세는 헤레스 입구에서 조금 들어간 곳에 자리 잡은 별 네 개짜리 호텔로, 튼튼한 철제 울타리와 라일락에 둘러싸여 있었다. 데이비드 베커는 대리석 계단을 올라갔다. 문에 이르자 마술같이 문이 열렸고, 호텔 사환이 그를 안으로 안내했다.

"짐이 있으십니까, 세뇨르? 도와드릴까요?"

"아뇨, 감사합니다. 관리인을 만나고 싶은데요."

사환은 그와의 짧은 만남이 만족스럽지 못한 듯 기분 나쁜 표정을 지었다.

"포르 아키, 세뇨르(이쪽입니다, 손님)."

사환은 베커를 로비로 안내해 관리인을 가리킨 후 재빨리 사라졌다.

로비는 작지만 아름답고 우아한 시설을 갖추고 있었다. 스페인의 황금기는 오래전에 지나갔지만, 1600년대 중반엔 이 작은 나라가 잠깐이나마 세계를 통치하기도 했다. 실내는 자랑스러운 그 시대를 생각나게 했다. 여러 벌의 갑옷, 군대 동판화, 신세계에서 가져온 금주괴의 진열 상자……

관리인이라고 표시된 카운터 뒤에 말끔하게 차려입은 남자가 열심히 미소를 짓고 있었다. 마치 평생 동안 도와주려고 기다리고 있는 사람처럼 보였다.

"무엇을 도와드릴까요, 세뇨르?"

그는 스페인어로 물으며 베커를 아래위로 훑어보았다.

베커도 스페인어로 대답했다.

"마누엘과 얘기하고 싶은데요."

햇볕에 알맞게 탄 남자의 얼굴이 더욱 환한 미소를 지었다.

"제가 마누엘입니다. 뭘 원하십니까?"

"벨렌 수행원 소개소의 롤단 씨가……"

관리인은 손사래를 치며 베커를 침묵시킨 다음, 불안한 눈빛으로 로비를 훑어보았다.

"이쪽으로 오시죠."

관리인은 카운터 끝으로 베커를 안내한 뒤 속삭이다시피 말했다.

"뭘 도와드릴까요?"

베커는 목소리를 낮춰 다시 말하기 시작했다.

"이곳에서 저녁식사를 하고 있는 손님의 수행원과 얘기하고 싶습니다. 그녀의 이름은 로시오입니다."

관리인은 당혹스런 표정을 지었다.

"아, 로시오. 아름다운 여자죠."

"그 여자를 지금 만나고 싶습니다."

"하지만 세뇨르, 그녀는 지금 손님과 함께 있습니다."

베커는 미안하다는 듯이 고개를 끄덕였다.

"중요한 일입니다."

'국가의 안보가 달린 문제일세.'

관리인은 고개를 가로저었다.

"불가능합니다. 혹시 전하실 말씀이……"

"잠깐이면 됩니다. 식당에 있습니까?"

관리인은 고개를 가로저었다.

"식당은 30분 전에 문을 닫았습니다. 로시오와 손님은 잠자리에 든 것 같은데요. 메시지를 남기면 아침에 전해드리죠."

그는 뒤쪽에 있는 메시지 박스를 가리켰다.

"그분 방에 전화라도 한 통……"

"죄송합니다."

관리인은 공손함이 가신 목소리로 덧붙였다.

"저희 알폰소 트레세는 고객의 프라이버시를 철저하게 보호하고 있습니다."

베커는 뚱뚱한 남자와 매춘부가 아침식사를 하러 내려올 때까지 열 시간이나 기다릴 생각은 전혀 없었다.

"알겠습니다. 폐를 끼쳐서 죄송합니다."

베커는 돌아서서 로비로 걸어갔다. 그러고는 아까 들어올 때 눈길을 끌었던 선홍색의 뚜껑이 접히는 책상 앞으로 곧장 걸어갔다. 거기엔 알폰소 트레세의 그림엽서와 편지지, 펜과 봉투 등이 충분히 준비되어 있었다. 베커는 봉투 안에 백지 한 장을 넣고 봉한 다음 겉에 '로시오'라고 썼다. 그런 다음 다시 관리인에게 갔다.

"또 폐를 끼쳐서 죄송합니다."

베커는 부끄러운 듯이 다가가며 말했다.

"바보 같은 짓인 줄은 알지만, 로시오에게 전날 함께 보낸 시간이 정말 즐거웠다고 말하고 싶어서요. 난 오늘 밤에 떠나는데, 메모라도 남겨야 할 것 같습니다."

베커는 봉투를 카운터 위에 올려놓았다

관리인은 봉투를 내려다보며 속으로 혀를 찼다.

'상사병에 걸린 놈이 또 하나 있군. 부질없는 일이야.'

그는 고개를 들고 미소를 지었다.

"아, 그럼요. 성함이……?"

"뷔산입니다. 미구엘 뷔산."

"알겠습니다. 아침에 로시오한테 꼭 전하죠."

"감사합니다."

베커는 미소를 짓곤 돌아섰다.

관리인은 베커의 뒷모습을 신중하게 확인한 후, 카운터에서 봉투를 집어 뒤쪽 벽에 붙은 메시지 박스로 몸을 돌렸다. 번호가 매겨진 여러 개의 박스 중 하나에 봉투를 넣는 순간, 베커가 홱 돌아서며 물었다.

"택시를 어디서 부르죠?"

관리인이 고개를 돌리고 대답했지만, 베커는 그 말을 듣지 않았다. 타이밍이 워낙 완벽해서, 관리인의 손이 스위트룸 301이라고 적힌 박스를 막 벗어나고 있었다.

베커는 관리인에게 고맙다고 말한 뒤, 엘리베이터를 찾아 천천히 걸었다.

"아주 간단한 여행이야."

그는 스트래스모어 부국장이 한 말을 중얼거렸다.

31

수잔은 노드 3으로 돌아왔다. 스트래스모어와 나눈 대화는 데이비드의 안전을 더욱 걱정하게 만들었다.

"그래, 스트래스모어는 뭘 원하던가요?"

헤일이 자기 컴퓨터 앞에 앉은 채 이죽거렸다.

"단둘이 로맨틱한 밤을 보내자고 합디까?"

수잔은 그의 말을 무시한 채 컴퓨터 앞에 앉았다. 개인 암호를 누르자 화면이 되살아났다. 추적기가 눈에 들어왔다. 노스 다코타에 대한 어떤 정보도 아직 돌아오지 않았다.

'빌어먹을. 왜 이렇게 오래 걸리는 거지?'

"초조해 보이는데, 진단에 문제라도 있는 거요?"

헤일은 아무것도 모르는 척 물었다.

"아무 일도 없어요."

수잔은 그렇게 대답했지만 자신이 없었다. 추적이 너무 오래 걸리고 있었다. 그녀는 자신이 그걸 칠 때 실수하진 않았나, 생각했다. 화면에서 림보 프로그래밍의 긴 줄을 훑어보며 일을 방해하고 있는 것이 있는지 체크했다.

헤일은 거드름을 피우며 그녀에게 물었다.

"당신한테 물어보고 싶었는데, 엔세이 탄카도가 쓰고 있다는 그 해독 불가능한 알고리즘에 대해 어떻게 생각합니까?"

수잔은 가슴이 철렁 내려앉았다.

"해독 불가능한 알고리즘이라고요?"

그녀는 간신히 마음을 가라앉히고 말했다.

"아, 네. 그것에 관해 읽은 것 같네요."

"선뜻 믿기 어려운 주장이죠."

"예, 나도 안 믿어요."

수잔은 헤일이 왜 갑자기 그런 말을 꺼내는지 이상했다.

"수학적으로 해독할 수 없는 알고리즘은 없다는 걸 누구나 다 아니까요."

헤일은 미소를 지었다.

"아, 그렇죠. 버고프스키 원리죠."

"그리고 상식이기도 하죠."

수잔이 잘라 말했다.

"누가 알겠나……"

헤일은 과장해서 한숨을 내쉰 뒤 말을 이었다.

"저 하늘과 땅에는 당신의 철학이 꿈꾸는 것보다 훨씬 더 많은 것이 있는지."

"뭐라고요?"

"셰익스피어의 《햄릿》에 나오는 말이죠."

헤일이 말했다.

"감방에 있을 때 많이 읽었나 보죠?"

헤일은 낮게 웃었다.

"어쩌면 그게 가능할 수도 있다고, 진지하게 생각해본 적 있어요, 수잔? 탄카도가 정말 해독 불가능한 알고리즘을 썼을지도 모른다고 말입니다."

수잔은 갑자기 불안해졌다.

"글쎄요, 우린 할 수 없었어요."

"탄카도는 우리보다 나을지도 모릅니다."

"그럴지도 모르죠."

수잔은 관심 없다는 듯 어깨를 으쓱했다.

"탄카도와 나는 한때 서신을 교환한 적이 있죠. 알고 있었나요?"

헤일은 태연하게 말했다.

수잔은 놀라움을 애써 감추며 고개를 들었다.

"정말이에요?"

"네. 내가 스킵잭 알고리즘을 폭로한 후 탄카도는 내게 이런 글을 보냈더군요. 우린 디지털 프라이버시를 지키기 위한 글로벌 전쟁에서 싸우고 있는 형제라고요."

수잔은 그에 대한 의심을 감추기 어려웠다.

'헤일은 개인적으로 탄카도를 알고 있어!'

그녀는 관심이 없는 척하기 위해 최선을 다했다.

헤일은 계속 말했다.

"탄카도는 스킵잭에 백도어가 있는 것을 발견한 내게 찬사를 보냈죠. 전 세계 시민들의 프라이버시 권리에 대한 대승리라면서요. 스킵잭의 백도어는 속임수였어요. 당신도 그건 인정해야 해요, 수잔. 전세계의 이메일을 훔쳐보다니, 솔직히 말해 스트래스모어는 체포되어야 마땅합니다."

"그렉."

수잔은 화를 억누르며 말했다.

"그 백도어는 이 나라의 안보를 위협하는 이메일을 해독하기 위한 거였어요."

"아, 그렇습니까?"

헤일은 이죽거렸다.

"일반 시민들의 이메일을 볼 수 있게 된 것은 운 좋게 얻은 부산물이란 말이죠?"

"우린 시민들의 이메일을 훔쳐보진 않아요. 당신도 알잖아요. FBI가 도청을 한다고 해서 모든 전화를 도청한다는 뜻은 아니잖아요."

"인원만 있으면 그들은 그렇게 할 거요."

수잔은 그 말을 무시했다.

"정부는 공익을 위협하는 정보를 수집할 권리쯤은 있어야 해요."

"맙소사!"

헤일은 한숨을 내쉬었다.

"부국장한테 세뇌 당한 것 같군요. FBI가 제멋대로 도청할 수 없다는 건 잘 알잖아요. 영장이 있어야 해요. 구멍 난 암호 표준은 국가안보국이 언제, 어디서든 누구라도 도청할 수 있다는 뜻입니다."

"당신 말이 맞아요. 우린 그럴 수 있어야 해요!"

수잔이 신랄하게 쏘아붙였다.

"만약 당신이 스킵잭의 백도어를 폭로하지 않았다면, 트랜슬터 대신 우리가 필요한 모든 암호에 접근해서 해독했을 거예요."

"내가 폭로하지 않았다면 다른 누군가가 했을 겁니다."

헤일이 반박했다.

"내가 그걸 폭로함으로써 당신들을 지켜준 거요. 스킵잭이 한창 유통되고 있을 때 그 뉴스가 터져나왔다면, 그 파장이 어떨지 생각해봤습니까?"

"어쨌거나 지금 EFF는 우리가 모든 알고리즘에 백도어를 만들어놓았을 거라는 과대망상에 빠져 있어요."

헤일이 밉살스럽게 물었다.

"글쎄, 아닌가요?"

수잔은 그를 차갑게 노려보았다.

"관둡시다."

그가 한 걸음 물러났다.

"지금 이런 소리 해봐야 소용없지. 당신들은 트랜슬터를 만들어 즉 각적인 정보 소스를 얻고 있으니까. 당신들은 물어보지도 않고 원하는 건 무엇이든, 어느 때나 읽을 수 있지. 당신들의 승리요."

"우리들의 승리라고 해야 맞지 않아요? 내가 듣기론 당신도 국가안보국 직원이라고 하던데."

"오래 있진 않을 거요."

헤일은 노래하듯 말했다.

"장담하지 말아요."

"정말입니다. 언젠가는 여길 떠날 거요."

"가슴이 아프겠군요."

그 순간, 수잔은 잘 되지 않는 일들은 모두 헤일의 탓으로 돌리고 싶어하는 자신을 발견했다. 그녀는 디지털 포트리스, 데이비드와의 문제, 스모키 산에 가지 못한 것도 모두 헤일 탓이라고 생각하고 싶었다. 하지만 그 어느 것도 헤일의 잘못은 아니었다. 그의 잘못은 공연히 밉살스럽다는 것뿐이었다. 수잔은 더 큰 사람이 될 필요가 있었다. 암호해독부장으로서 부원들을 다독이고 교육하는 것은 그녀의 책임이다. 헤일은 젊고 세상물정을 몰랐다.

수잔은 그를 유심히 살펴보았다. 헤일이 암호부의 재목이 될 만한 재능을 지녔음에도, 아직도 국가안보국에서 하는 일의 중요성을 이해하지 못하고 있다는 사실이 그녀로서는 곤혹스러웠다.

"그렉."

수잔은 절제된 목소리로 조용히 말했다.

"오늘은 정말 힘드네요. 게다가 당신이 우리 국가안보국을 시민들 사생활이나 훔쳐보는 하이테크 기관 정도로 말해서 정말 기분 나빠요. 이 조직은 오직 한 가지 목적을 위해 설립됐어요. 이 나라의 안전

180

을 지키는 일이죠. 그러자면 가끔 나무들을 흔들어 썩은 사과를 골라 내야 할 때도 있죠. 하지만 대부분의 시민은 자신들의 프라이버시를 약간 희생해서라도 나쁜 인간들의 책동을 막아야 한다고 생각할 거예요."

헤일은 아무 말도 하지 않았다.

"조만간 이 나라 사람들은 누군가를 믿어야 할 거예요. 저 바깥에는 좋은 것들이 많지만, 나쁜 것들도 많죠. 누군가 그들 모두에게 접근해서 좋은 것과 나쁜 것을 구분해야 해요. 그게 우리 일이자 임무예요. 우리가 좋아하든 싫어하든, 민주주의와 무정부주의를 나누는 허약한 문이 하나 있어요. 국가안보국이 그 문을 지키고 있는 셈이죠."

헤일은 심각하게 고개를 끄덕이며 중얼거렸다.

"퀴스 쿠스토디에트 입소스 쿠스토데스(Quis custodiet ipsos custodes)?"

수잔은 어리둥절했다.

"라틴어입니다. 로마의 시인 주베날리스의 풍자죠. '감시자는 누가 감시할 것인가?' 라는 뜻입니다."

"무슨 소린지 모르겠군요. 감시자는 누가 감시할 것인가, 라니요?"

수잔이 물었다.

"우리가 사회의 파수꾼이라면, 우리를 감시하고 우리의 안전을 지켜줄 사람은 누구냐는 뜻이죠."

수잔은 어떻게 대꾸해야 할지 몰라 고개만 끄덕였다.

헤일은 미소를 지었다.

"탄카도는 내게 보낸 모든 편지에 그렇게 서명했습니다. 그가 가장 좋아하는 말이라고 하더군요."

32

데이비드 베커는 301호실 바깥 복도에 서 있었다. 화려하게 조각된 문 뒤쪽 어딘가에 그 반지가 있을 것이다. 거기에 국가 안보가 달려 있었다.

베커는 객실 안에서 움직이는 소리를 들을 수 있었다. 희미하게나마 말소리도 들렸다. 그가 노크하자, 독일어 발음이 대답했다.

"야(네)?"

베커는 대답하지 않았다.

"야(네)?"

문이 열리고 뚱뚱하게 살찐 독일인이 그를 응시했다.

베커는 공손하게 미소를 지었다. 그는 남자의 이름은 알지 못했다.

"도이처, 야(독일인이시죠)?"

남자는 미심쩍은 표정으로 고개를 끄덕였다.

베커는 완벽한 독일어로 말했다.

"잠시 얘기 좀 할 수 있을까요?"

남자는 불편한 표정을 지었다.

"바스 볼렌 지(무슨 일이요)?"

베커는 객실을 노크하기 전에 이런 상황에 대비해야 했다.

그는 적절한 단어를 찾으려고 애썼다.

"당신은 제가 필요한 것을 갖고 계십니다."

이 말은 분명 적절하지 않았다. 독일인의 눈이 가늘어졌다.

"아인 링."

베커가 말했다.

"두 하스트 아이넨 링(당신은 반지를 하나 갖고 있습니다)."

"꺼지시오."

독일인은 화를 내며 문을 닫으려고 했다. 그러자 베커는 반사적으로 열린 문틈에 발을 집어 넣었다. 그는 즉시 그 행동을 후회했다.

독일인은 눈이 휘둥그레지며 물었다.

"이게 무슨 짓이오?"

베커는 자기가 위험에 처했다는 것을 알았다. 그는 초조하게 복도를 살펴보았다. 병원에서도 한 번 내쫓겼는데, 두 번이나 그런 상황을 겪고 싶지 않았다.

"님 다이넨 푸스 베크(발 치우시오)!"

독일인이 큰 소리로 말했다.

베커는 남자의 통통한 손가락에 반지가 끼어 있는지 살펴보았다. 아무것도 없었다.

'내가 너무 성급했나.'

"아인 링!"

베커가 다시 말했을 때, 문이 쾅 하고 닫혔다.

데이비드 베커는 좋은 가구들이 비치되어 있는 복도에 한참 동안 서 있었다. 살바도르 달리 그림의 복제품이 가까이에 걸려 있었다.

"어울리는군."

베커는 한숨을 토해냈다.

'초현실주의, 난 말도 안 되는 꿈에 사로잡혀 있어.'

어느 날 아침, 자기 침대에서 잘 깨어나 어쩌다 스페인까지 날아와서, 낯선 사람의 호텔 방에 찾아와 희한한 반지를 찾고 있는지……

스트래스모어의 진지한 목소리가 그를 현실로 되돌렸다.

'반드시 그 반지를 찾아야 해.'

베커는 다시 깊은 한숨을 내쉬었다. 집에 돌아가고 싶었다. 그는 301호라고 적힌 문을 다시 바라보았다. 집으로 가는 티켓은 바로 그 문 안쪽에 있었다. 금반지. 그가 해야 할 일은 어떻게든 반지를 손에 넣는 것뿐이다.

베커는 단호하게 숨을 내쉬었다. 그런 다음 다시 301호로 걸어가 요란하게 노크했다. 이젠 적극적인 태도를 취할 시간이다.

독일인이 문을 활짝 열어젖히며 따지려고 하자, 베커가 손을 들어 막았다. 그는 메릴랜드 스쿼시 클럽 회원증을 슬쩍 보이며 소리쳤다.

"폴리차이(경찰이다)!"

그런 다음 방 안으로 밀고 들어가 재빨리 불을 켰다.

독일인은 놀란 표정으로 쳐다보았다.

"바스 마하스트(무슨 일로)……"

"닥치시오!"

베커는 영어로 바꿔 말했다.

"이 방에 매춘부가 있죠?"

베커는 방 안을 둘러보았다. 호화로운 방이었다. 장미, 샴페인, 커다란 침대…… 그러나 로시오는 어디에도 보이지 않았다. 욕실 문이 닫혀 있었다.

"매춘부요?"

독일인은 닫힌 욕실 문을 불안한 눈빛으로 돌아보았다. 생각했던 것보다 덩치가 큰 사내였다. 세 겹의 턱살 아래 가슴부터 털이 나기 시작해 거대한 복부까지 덮고 있었다. 입고 있는 흰색 테리 직물로 된 알폰소 트레세 실내복의 허리끈이 짧을 지경이었다.

베커는 최대한 위협적인 눈빛으로 거인을 쳐다보며 물었다.

"이름이 뭐요?"

독일인은 잔뜩 겁에 질려 있었다.

"바스 빌스트 두(원하는 게 뭐요)?"

"세비야 경비대 여행 관할지국에서 나왔소. 이 방에 매춘부가 있습니까?"

독일인은 욕실 문을 불안한 눈빛으로 힐끔 보았다. 그러고는 잠시 망설이다가 마지못해 인정했다.

"야(네)."

"스페인에선 이게 불법이라는 것을 아십니까?"

"나인(아뇨)."

독일인은 거짓말을 했다.

"몰랐습니다. 당장 보내겠습니다."

"유감스럽게도 그러기엔 너무 늦었소."

베커는 위엄 있는 목소리로 말했다. 그러고는 태연하게 방 안으로 걸어가며 말했다.

"제안을 하나 하겠소."

"아인 포어슐라크(제안)?"

독일인은 숨을 들이켰다.

"제안이라고요?"

"네. 당신을 당장 본부로 끌고 갈 수도 있지만……"

베커는 극적인 효과를 위해 잠시 말을 멈추고 손가락 관절을 우두둑 꺾었다.

"아니면 뭡니까?"

독일인은 겁먹은 표정으로 물었다.

"거래를 하는 거죠."

"어떤 거래요?"

독일인은 스페인 경찰이 부패했다는 이야기를 들은 적이 있었다.

"당신은 내가 원하는 걸 갖고 있소."

베커가 말했다.

"네, 물론이죠!"

독일 남자는 미소를 지은 뒤 곧 서랍장으로 가 지갑을 집어 들었다.

"얼마면 됩니까?"

베커는 화난 것처럼 입을 쩍 벌렸다.

"경찰에게 뇌물을 먹일 셈입니까?"

그는 큰 소리로 다그쳤다.

"아뇨! 그럴 리가! 전 그냥……"

지나치게 살찐 남자는 재빨리 지갑을 내려놓았다.

"죄, 죄송합니다."

그는 완전히 겁에 질려 침대 모서리에 털썩 주저앉아 손을 모아 쥐었다. 몸무게 때문에 침대가 삐걱거렸다.

베커는 객실 한가운데 놓여 있는 꽃병에서 장미 한 송이를 빼들고 향기를 맡은 뒤 바닥으로 떨어뜨렸다. 그러고는 갑자기 돌아서며 사내에게 물었다.

"살인에 대해 뭘 알고 있소?"

독일인은 하얗게 질렸다.

"모르트(살인이라뇨)?"

"그렇소. 오늘 공원에서 죽은 동양 남자 말이오. 그건 암살이요, 에어모르둥."

베커는 암살에 해당하는 독일어 에어모르둥을 좋아했다. 듣기만 해도 오싹한 느낌을 주는 단어였다.

"에어모르둥? 그 사람이……?"

"그렇소."

"그, 그건 말도 안 됩니다!"

독일인은 목이 메어 소리쳤다.

"내가 그 자리에 있었는데, 그 사람은 심장발작을 일으켰어요. 내가 똑똑히 보았습니다. 피는 한 방울도 흘리지 않았고, 총에 맞은 흔적도 없었어요."

베커는 점잖게 고개를 가로저었다.

"겉으로 보이는 게 항상 전부는 아니오."

독일인은 더욱 하얗게 질렸다.

베커는 속으로 미소를 지었다. 거짓말이 제대로 먹혔다. 가엾은 독일인은 땀까지 흘리고 있었다.

"뭐, 뭘 원하는 거요? 난 아무것도 모릅니다."

독일인이 말을 더듬었다.

베커는 천천히 걷기 시작했다.

"살해된 남자는 금반지를 끼고 있었는데, 난 그게 필요해요."

"내, 내겐 없습니다."

베커는 안됐다는 듯이 한숨을 내쉬곤 욕실 쪽을 가리켰다.

"그럼 로시오는? 참, 듀드롭이라 했던가?"

남자의 얼굴은 하얗다 못해 새파래졌다.

"듀드롭을 아십니까?"

남자는 이마에 맺힌 땀을 옷소매로 훔쳤다. 그가 막 입을 열려고 할 때 욕실 문이 열렸다.

두 남자가 쳐다보았다.

로시오 에바 그라나다가 욕실 입구에 서 있었다. 매우 아름다운 여자였다. 길게 흘러내린 빨간 머리, 완벽한 이베리아인의 피부, 짙은 갈색 눈동자, 시원하고 반질반질한 이마…… 그녀는 독일인의 것과 어울리는 흰색 테리 직물로 된 실내복을 입고 있었다. 커다란 엉덩이

위로 허리끈이 느슨하게 묶여 있고, 목 부분은 느슨하게 열려 햇볕에
탄 가슴 사이의 골짜기가 그대로 드러났다. 그녀는 거침없이 침실로
걸어왔다.

"도와드릴까요?"

여자가 허스키한 영어로 물었다.

베커는 방을 가로질러 앞에 선 매력적인 여자를 뚫어지게 응시했다.

"반지가 필요합니다."

베커는 냉정하게 말했다.

"당신은 누구죠?"

여자가 물었다.

베커는 아주 정확한 안달루시아 억양이 섞인 스페인어로 바꿔서 대
답했다.

"경비대에서 나왔소."

여자가 깔깔 웃더니 스페인어로 말했다.

"웃기지 말아요."

베커는 목이 콱 막히는 것 같았다. 로시오는 분명 그녀의 고객보다
는 한 수 위였다.

"웃기지 말라고? 시내로 가서 입증해 보일까?"

베커가 냉정을 유지하며 말했다.

로시오는 능글맞게 웃었다.

"당신을 무안하게 만들 것 없이 그냥 하라는 대로 할게요. 그런데
누구죠?"

베커는 똑같은 말을 되풀이했다.

"경비대에서 나왔다고 했잖소."

로시오는 그를 향해 사납게 다가왔다.

"난 그곳 경찰을 다 알아요. 모두 나의 최고 고객들이거든요."

베커는 그녀의 시선이 자신을 예리하게 꿰뚫어보는 것을 느꼈다. 그

는 다시 힘을 냈다.

"나는 특별 관광객 업무를 맡고 있소. 그 반지를 주시오. 거부하면 경찰서로 연행해서……"

"어떡하실 건데요?"

여자는 기대된다는 듯이 눈썹을 치켜세웠다.

베커는 할 말을 잃었다. 위기에 처한 것이다. 계획은 실패로 끝났다.

'이 여자는 왜 믿지 않는 거지?'

로시오가 베커 옆으로 다가왔다.

"당신이 누군지, 뭘 원하는지 모르겠지만 당장 이 방에서 나가지 않으면 호텔 경비를 부르겠어요. 그러면 진짜 경찰이 와서 경찰을 사칭한 죄로 당신을 체포하겠죠."

스트래스모어가 5분 후면 감옥에서 꺼내주겠지만, 이 문제는 신중하게 처리하게 되어 있었다. 체포되는 것은 계획에 없는 일이다.

로시오는 베커 앞에 멈춰 서서 노려보고 있었다.

"좋습니다."

베커가 한숨을 내쉬며 말했다. 목소리에 패배감이 역력했다.

"나는 세비야 경비대 소속이 아니오. 미국 정부 조직이 그 반지를 찾아오도록 날 파견했소. 거기까지만 밝힐 수 있고, 반지에 대한 대가를 지불할 수도 있습니다."

긴 침묵이 흘렀다.

로시오는 그의 말이 잠시 허공을 맴돌도록 내버려둔 다음, 교활한 미소를 지었다.

"진작 그렇게 나오시지."

여자는 의자에 앉아 다리를 포갠 뒤 물었다.

"얼마나 주실 건데요?"

베커는 안도의 한숨을 쉬었다. 그는 지체 없이 본론으로 들어갔다.

"칠십오만 페세타를 드리지. 미화로 오천 달러요."

그것은 그가 갖고 있는 금액의 절반이지만 그 반지 값의 10배는 족히 될 것이다.

로시오가 다시 한 번 눈썹을 치켜올렸다.

"많은 금액이군요."

"그렇소. 거래를 하겠소?"

로시오가 고개를 가로저었다.

"나도 그랬으면 좋겠군요."

"백만 페세타는 어때요? 내가 갖고 있는 전부요."

"오, 세상에. 당신네 미국인들은 정말 흥정을 못 하는군요. 우리 시장에서는 하루도 못 버텼을 거예요."

여자가 미소를 지었다.

"현금으로 드리죠, 당장."

베커는 재킷 안에 든 봉투로 손을 가져가며 말했다.

'정말 집에 돌아가고 싶어.'

로시오가 고개를 가로저었다.

"안 돼요."

베커가 화를 냈다.

"왜 안 된다는 거요?"

"지금 반지가 없어요. 벌써 팔았거든요."

여자는 미안해하며 말했다.

33

도쿠겐 누마타카는 창밖을 응시하며 우리에 갇힌 동물처럼 왔다갔
다했다. 노스 다코타에게서는 아직도 연락이 없었다.

'빌어먹을 미국인들! 시간 약속도 제대로 지킬 줄 모르는 인간들
같으니라고!'

노스 다코타에게 직접 전화하려고 해도 그의 전화번호를 몰랐다. 누
마타카는 자신이 통제할 수 없는 사람과 이런 식으로 거래하는 것을
싫어했다.

노스 다코타의 전화가 그를 놀리려는 경쟁자의 속임수일 거라는 생
각은 처음부터 누마타카의 머리를 어지럽게 했다. 이제 그 의심들이
되살아나기 시작했다. 누마타카는 좀더 알아봐야겠다고 생각했다.

그는 사무실을 나와 왼편에 있는 누마테크의 중앙 복도를 걸어갔다.
그가 쏜살같이 지나가는 동안 직원들은 공손하게 절했다. 누마타카는
직원들이 자기를 좋아한다고 믿는 것은 어리석다는 것을 알고 있었
다. 절이란 일본인 종업원들이 가장 무자비한 사장에게 표하는 예의
에 지나지 않았다.

누마타카는 곧장 회사의 전화 교환대로 갔다. 열두 라인의 전화 교

환대 단말기 코렌코 2000에 교환원 한 명이 매달려 걸려오는 모든 전화를 처리했다. 누마타카가 들어오자, 여자 교환원은 바쁜 와중에도 일어나 공손히 절했다.

"앉아."

그가 얼른 말했다.

그녀는 다시 앉았다.

"오늘 네 시 사십 분에 내 개인 전화로 통화했는데 어디서 걸려왔는지 알 수 있나?"

누마타카는 좀더 일찍 처리하지 않은 자신을 질책했다.

교환원은 너무 긴장했는지 침을 꿀꺽 삼켰다.

"이 기계에는 발신자 번호 통지 서비스가 안 되어 있습니다. 하지만 전화국에 연락하면 틀림없이 도와줄 겁니다."

누마타카는 전화국에서 도와줄 거라고 확신했다. 요즘 같은 디지털 시대에 프라이버시는 옛말이다. 모든 전화는 기록되었다. 전화국에서는 누가 전화를 걸었고, 몇 분간 통화했는지 정확하게 알려줄 것이다.

"알아보고 즉시 내게 연락해."

누마타카가 교환원에게 지시했다.

34

수잔은 노드 3에 혼자 앉아 추적기를 기다리고 있었다. 헤일은 바람 좀 쐬고 오겠다면서 밖으로 나갔다. 수잔에겐 고마운 일이었다. 그런데 이상하게 노드 3에 혼자 있는데도 마음이 편치 않았다. 수잔은 자신이 탄카도와 헤일 사이의 새로운 관계에 대해 고심하고 있다는 것을 깨달았다.

"누가 감시자를 감시할 것인가?"

수잔은 혼자 중얼거렸다.

'퀴스 쿠스토디에트 입소스 쿠스토데스.'

그 말이 머릿속에 맴돌았다. 수잔은 애써 그 생각을 떨쳐버렸다.

다시 데이비드를 생각하며 수잔은 그가 무사하기만을 빌었다. 그가 스페인에 있다는 게 아직도 믿어지지 않았다.

얼른 패스 키를 찾아 이 일을 빨리 끝낼수록 좋았다.

수잔은 자기가 얼마나 오랫동안 거기 앉아서 추적기를 기다리고 있었는지 깜박 잊고 있었다.

'두 시간인가? 세 시간?'

그녀는 텅 빈 암호부 사무실을 힐끔 쳐다보며 자기 컴퓨터가 삑 소리를 내길 바랐다. 그러나 조용하기만 했다. 늦여름의 태양도 이미 저물었다. 어느새 머리 위의 자동 형광등이 켜져 있었다. 수잔은 시간이 다 됐다는 것을 알아챘다. 그녀는 추적기를 들여다보고 눈살을 찌푸렸다.

"어서 떠라. 시간은 많이 줬잖니."

그녀는 투덜댔다. 그러고는 마우스로 클릭하여 추적기의 상태 윈도로 들어갔다.

"대체 몇 시간이나 작동한 거야?"

수잔은 추적기의 상태 윈도를 열었다. 디지털 시계는 트랜슬레터의 그것과 흡사했다. 그 시계는 수잔의 추적기가 작동한 시간과 분을 표시했다. 수잔은 시간과 분의 기록이 보일 거라고 예상하며 모니터를 응시했다. 그러나 전혀 뜻밖의 것이 나타났다. 그것을 본 수잔은 피가 거꾸로 솟는 것 같았다.

추적 중지

"추적이 중지되었다고! 왜지?"

당황한 수잔은 데이터를 마구 뒤지며 추적기에 중지 명령을 내린 프로그램이 있는지 찾아보았다. 그러나 허사였다. 추적기는 저절로 멈춘 것처럼 보였다. 수잔에게 이것은 딱 한 가지를 의미했다. 추적기에 버그가 발생한 것이다.

컴퓨터 프로그래밍에 있어 가장 큰 골칫거리가 바로 '버그'였다. 컴퓨터는 오퍼레이션의 세심하고 정확한 명령에 따르기 때문에, 아주 작은 프로그래밍 오류라도 치명적인 결과를 초래하곤 했다. 간단한 문장 구성상의 오류, 일테면 프로그래머가 마침표 대신 콤마를 찍은 경우에도 시스템 전체를 굴복시킬 수 있었다. 수잔은 늘 버그(Bug)라는 용어의 어원이 재미있다고 생각했다.

버그는 세계 최초의 컴퓨터인 마크 1(Mark 1)에서 유래했다. 1944년 하버드 대학 연구실에서 만들어진 그 컴퓨터는 전자역학 회로가 방의 넓이만 한 미로로 되어 있었다. 어느 날 마크 1이 갑자기 고장 났을 때, 그 원인을 밝힐 수 있는 사람이 아무도 없었다. 몇 시간 동안 원인을 조사한 끝에 마침내 한 연구실 조수가 문제점을 발견했다. 나방 한 마리가 컴퓨터 회로판에 앉아 단락(短絡)시키고 있는 것처럼 보였다. 그때부터 컴퓨터의 갑작스런 고장을 버그라고 칭했다.

"이럴 시간이 없단 말이야."

수잔은 화를 냈다.

프로그램에서 버그를 찾는 일은 며칠이 걸릴 수도 있었다. 작은 오류를 찾아내기 위해서는 수천 줄의 프로그램을 샅샅이 뒤져야만 했다. 그것은 백과사전에서 하나의 오타를 찾아내는 일과 같았다.

수잔은 한 가지 방법밖에 없다는 것을 알고 있었다. 추적기를 다시 보내는 것이다. 추적기가 똑같은 버그에 걸려 다시 중지될 수 있다는 것도 알고 있었다. 추적기의 버그를 없애는 일은 시간이 걸려야 하고, 수잔과 부국장에겐 그럴 만한 시간이 없었다.

추적기를 응시하며 어떤 오류가 발생했는지에 대해 생각하던 수잔은 뭔가 석연찮은 느낌이 들었다. 지난달만 해도 아무 문제없이 이 프로그램을 사용했던 것이다. 그런데 왜 갑자기 고장이 난 걸까?

머리를 쥐어짜고 있는데, 스트래스모어 부국장의 말이 떠올랐다.

'수잔, 내가 직접 추적기를 보내려고 했는데, 되돌아온 데이터가 엉터리였어.'

그 말이 다시 들렸다.

'되돌아온 데이터가……'

그녀는 고개를 갸웃했다. 그게 가능할까? 데이터가 되돌아왔다고?

만약 스트래스모어가 추적기로부터 데이터를 받았다면, 그건 분명 작동한다는 뜻이었다. 부국장이 잘못된 검색 문자열을 입력했기 때문에 데이터가 엉터리였을 것이다. 그렇더라도 추적기는 작동을 했던 것이다.

수잔은 자신의 추적기가 중지된 이유는 다른 데 있다는 것을 깨달았다. 프로그램이 고장을 일으킨 이유는 내부 프로그램의 결함만이 아니었다. 가끔 외적인 영향일 때도 있었다. 동력의 급격한 전압 변화, 회로판의 미세한 먼지, 케이블 결함이 그것이었다. 노드 3의 하드웨어는 정비 상태가 너무나 좋기 때문에 수잔은 그 점은 생각조차 하지 않았다.

수잔은 일어서서 노드 3을 가로질러 기술 책자들이 꽂혀 있는 커다란 책장으로 재빨리 걸어갔다. 그녀는 《SYS-OP》라는 책을 집어 들고 엄지로 책장을 넘겨가며 읽었다. 마침내 찾고 있던 것을 발견하자, 그녀는 책을 자기 컴퓨터로 가져와서 몇 개의 명령어를 눌렀다. 그런 다음, 컴퓨터가 지난 세 시간 동안 실행한 명령어 리스트를 통과시키기를 기다렸다. 수잔은 검색이 외부 인터럽트, 예를 들면 잘못된 전력 공급이나 결함이 있는 칩에 의해 중지 명령이 내려졌기를 바랐다.

잠시 후 수잔의 컴퓨터에서 삑 소리가 났다. 그녀의 맥박이 빨라졌다. 그녀는 숨을 죽이고 화면을 살펴보았다.

에러 암호 22

수잔은 희망이 밀려오는 것을 느꼈다. 그것은 좋은 소식이었다. 조사 결과 에러 암호로 밝혀졌다는 사실은 자신의 추적기에는 이상이 없다는 뜻이다. 추적기는 외부의 예외적인 것 때문에 중지된 것이 틀림없었고, 그런 일이 또 다시 일어날 것 같지는 않았다.

에러 암호 22. 수잔은 에러 암호 22가 무엇을 나타내는지 알아내려고 기억을 더듬었다. 노드 3에서 하드웨어의 고장은 너무나 드문 일이어서 숫자로 부호화된 것을 일일이 기억할 순 없었다.

수잔은 《SYS-OP》의 책장을 넘겨 리스트를 훑어보았다.

   19 : 손상된 하드 분할
   20 : DC 스파이크
   21 : 매체 고장

22번에 도달했을 때, 그녀는 동작을 멈추고 한참 동안 응시했다. 당황한 그녀는 모니터를 두 번이나 확인했다.

   에러 암호 22

수잔은 눈살을 찌푸린 후 다시 《SYS-OP》를 읽었다. 설명은 매우 간단했다.

   22 : 수동 중지

35

베커는 깜짝 놀라 로시오를 바라보았다.

"반지를 팔았어요?"

로시오가 고개를 끄덕였다. 어깨까지 내려온 붉은 머리카락이 비단결 같았다.

베커는 그녀의 말을 믿을 수가 없었다.

"페로(하지만)……"

그녀는 어깨를 으쓱하며 스페인어로 말했다.

"공원 근처에 있던 소녀에게요."

베커는 다리에서 힘이 쭉 빠지는 걸 느꼈다.

'이럴 수가!'

로시오는 겸연쩍게 웃으며 독일인을 가리켰다.

"엘 케리아 케 로 구아르다라(그는 그걸 간직하려 했죠). 하지만 내가 말렸어요. 내겐 히타나 피가 흘러요. 집시의 피죠. 빨간 머리의 우리 히타나들은 매우 미신적인데, 죽어가는 남자가 준 반지는 흉조로 생각하죠."

"당신이 아는 소녀였나요?"

베커가 캐물었다.

로시오는 눈썹을 치켜올렸다.

"세상에, 그 반지가 정말 필요하군요?"

베커가 힘차게 고개를 끄덕였다.

"그걸 누구에게 팔았나요?"

거구의 독일인은 당혹스러운 표정으로 침대에 걸터앉아 있었다. 자신의 로맨틱한 밤이 엉망진창이 된 원인을 아직 모르고 있는 게 분명했다. 그가 신경질적으로 물었다.

"바스 파시에르트(무슨 일이오)?"

베커는 그를 무시했다.

"사실은 판 게 아니에요."

로시오가 말했다.

"팔고 싶었지만 너무 어린 소녀라 돈이 없었죠. 그래서 그냥 주었어요. 당신이 그렇게 비싼 값으로 살 줄 알았다면 가지고 있었을 텐데."

"왜 공원을 떠났죠?"

베커는 따지고 들었다.

"사람이 죽었잖아요. 경찰이 올 때까지 기다렸다가 그들에게 반지를 넘겼어야죠."

"난 많은 것을 바라지만 말썽거리는 사양해요. 게다가 그 노인이 잘 돌보고 있는 것 같았어요."

"캐나다인 말이오?"

"네. 그 노인이 앰뷸런스를 부르러 가는 것을 보고 우린 그곳을 뜨기로 했죠. 경찰에게 끌려다니며 데이트를 망칠 이유가 없으니까요."

베커는 건성으로 고개를 끄덕였다. 어쩌면 일이 꼬여도 이렇게 꼬일 수가 있단 말인가! 아무리 이해하려고 해도 이건 너무 심하다 싶었다.

'이 여잔 그 빌어먹을 반지를 어떤 소녀에게 줘버렸어!'

"난 죽어가는 그를 도우려고 했어요."

로시오가 설명했다.

"하지만 그는 원하지 않는 것 같았어요. 대신 세 개뿐인 기형의 손가락을 우리에게 계속 내밀며 반지를 가지라고 말하는 듯했어요. 내가 받지 않자, 저 사람이 받았죠. 그러자 남자는 죽었어요."

"심폐소생술은 시도했나요?"

베커가 물었다.

"아뇨. 건드리지도 않았어요. 저 사람이 겁을 냈거든요. 덩치만 크지 겁쟁이예요."

그녀는 베커에게 매혹적인 미소를 지었다.

"걱정 마세요. 저 사람은 스페인어는 한 마디도 못 하니까."

베커는 눈살을 찌푸렸다. 그는 탄카도의 가슴에 있던 멍 자국에 대해 다시 생각했다.

"응급 구조원들이 심폐소생술을 시도했나요?"

"몰라요. 우린 그들이 도착하기 전에 자리를 떴거든요."

"반지를 훔친 후 말이죠."

베커가 인상을 쓰자, 로시오가 그를 노려보며 말했다.

"우린 훔치지 않았어요. 그 남자는 죽어가고 있었죠. 그의 의도도 분명했고요. 우린 그의 마지막 소원을 들어준 거예요."

베커는 표정을 누그러뜨렸다. 로시오의 말이 옳았다. 그라도 그렇게 했을 테니까.

"하지만 당신은 그 반지를 다른 사람에게 넘겼잖소?"

"말했잖아요. 그 반지 때문에 신경이 쓰였다고. 그녀는 보석들을 주렁주렁 걸고 있었어요. 반지를 주면 좋아할 것 같았죠."

"반지를 거저 주었는데도 그 소녀는 전혀 이상하게 생각하지 않았나요?"

"네. 난 그녀에게 공원에서 반지를 주웠다고 말했어요. 그녀가 돈을 줄 거라고 생각했지만 주지 않았죠. 난 상관하지 않았어요. 단지 그 반지를 없애고 싶었으니까요."

"그게 언제쯤이죠?"

로시오가 어깨를 으쓱했다.

"오늘 오후요. 반지를 받고 한 시간쯤 후에요."

베커가 시계를 보았다. 오후 11시 48분. 추적을 시작한 지 여덟 시간째다.

'내가 여기서 도대체 뭘 하고 있는 거지? 지금쯤 스모키 산에 있어야 하는데.'

그는 한숨을 내쉰 뒤 생각나는 대로 질문했다.

"그 소녀는 어떻게 생겼죠?"

"에라 운 푼키."

로시오가 대답했다.

베커가 어리둥절해서 그녀를 쳐다보았다.

"운 푼키?"

"시, 푼키."

"펑크라고?"

"네, 펑크예요."

그녀는 거친 영어로 말했다가 즉시 스페인어로 바꿨다.

"무차 호예리아(장신구를 많이 달았죠). 한쪽 귀엔 괴상한 펜던트를 달았는데, 해골 모양 같았어요."

"세비야에도 펑크 록 가수들이 있습니까?"

로시오가 웃었다.

"토도 바호 엘 솔(태양 아래의 모든 것). 이것이 세비야 관광국의 모토예요."

"그 소녀가 자기 이름을 말하던가요?"

"아뇨."

"어디로 갈 건지는?"

"아뇨. 스페인 말이 서툴렀어요."

"스페인 소녀가 아니었습니까?"

"네. 영국인 같았어요. 머리가 요란했어요. 빨강, 하양, 파랑으로."

베커는 믿을 수 없다는 듯 말했다.

"미국 사람이었겠죠."

"그렇지 않아요. 그녀는 영국 국기처럼 보이는 그림이 그려진 티셔츠를 입고 있었어요."

베커가 고개를 끄덕였다.

"알았어요. 빨강, 하양, 파랑으로 물들인 머리카락, 영국 국기가 그려진 티셔츠, 해골 모양의 펜던트가 달린 귀고리…… 또 다른 것은 없나요?"

"없어요. 평범한 펑크족이었어요."

'평범한 펑크족?'

대학생용 스웨터와 보수적 헤어스타일의 세계에서 온 베커는 그녀가 설명하는 모습을 떠올리기 힘들었다.

"또 생각나는 건 없나요?"

로시오는 잠시 생각했다.

"없어요. 그게 다예요."

침대가 요란하게 삐걱거렸다. 로시오의 손님이 불안해서 자세를 바꾸는 소리였다. 베커가 그를 향해 유창한 독일어로 말했다.

"노호 에트바스(그 밖에 다른 건요)? 반지를 가져간 그 펑크 로커를 찾는 데 도움이 될 만한 건 뭐든 좋아요."

한동안 침묵이 흘렀다. 덩치 큰 남자는 할 말이 있지만 어떻게 말해야 할지 모르는 것 같았다. 아랫입술을 씰룩거리다가 마는 듯하더니, 마침내 말을 내뱉었다. 그것은 영어가 분명했으나, 그의 지독한 독일어 억양 때문에 거의 알아들을 수 없었다.

"폭 오프 운트 다이."

베커는 깜짝 놀라 입을 떡 벌렸다.

"뭐라고요?"

"폭 오프 운트 다이(나가서 뒈져버려)."

남자는 왼쪽 손바닥으로 오른쪽 이마를 치며 같은 말을 되풀이했다. 이탈리아식으로 '엿먹어라' 라는 노골적인 표현이었다.

베커는 화를 내기엔 너무 지쳐 있었다.

'나가서 뒈져버려? 저 친구가 갑자기 미쳤나?'

그는 로시오를 돌아보며 스페인어로 말했다.

"내가 너무 오래 머물고 있다는 말 같군요."

그녀가 웃었다.

"신경 쓰지 말아요. 좀 놀랐겠지만 금방 좋아질 거예요."

그녀는 머리카락을 살짝 쓸어넘기며 윙크했다.

베커가 말했다.

"그 밖에 다른 건 없나요? 내게 도움이 될 만한 것으로."

로시오가 고개를 가로저었다.

"그게 다예요. 하지만 당신은 그녀를 절대로 찾지 못할 거예요. 세비야는 매우 큰 도시이고, 종잡을 수 없는 곳이죠."

"최선을 다해야죠."

'국가의 안전이 걸린 문제일세.'

"못 찾으면 다시 오세요."

로시오는 베커의 주머니 속에 든 불룩한 봉투를 보며 말했다.

"내 친구는 곧 잠들 거예요. 조용히 노크하면 내가 다른 방을 찾아보죠. 당신은 결코 잊지 못할 스페인의 이면을 보게 될 거예요."

그녀는 입술을 요염하게 내밀었다.

베커가 상냥한 미소를 지어 보였다.

"이만 가봐야겠군요."

그는 독일인에게 로맨틱한 밤을 망친 것에 대해 사과했다.

거인은 마지못해 웃었다.

"카이네 우르자헤(천만에요)!"

베커는 문으로 향했다.

'천만에? 나가서 뒈지라고 할 땐 언제고……'

36

"수동 중지?"

수잔은 멍한 표정으로 화면을 응시했다.

그녀는 수동 중지 명령어를 입력한 적이 없었다. 혹시 실수로 잘못된 명령어를 입력했을 수도 있을까?

"그럴 리가 없어."

데이터 제목들을 보면 수동 중지 명령어는 불과 20분 전에 나간 것이었다. 20분 전이라면 부국장과 대화를 나누기 위해 그녀 자신의 개인 암호를 입력한 것이 전부였다. 개인 암호가 수동 중지 명령어로 잘못 읽힐 수는 없다.

시간 낭비라는 걸 알지만 수잔은 컴퓨터의 처리 내용이 시간별로 기록되어 있는 스크린록 로그를 불러내어 자신이 개인 암호를 제대로 입력했는지 두 번이나 점검했다. 전혀 문제가 없었다.

"그럼 어디지? 어디서 수동 중지가 입력된 거야?"

그녀는 화를 내며 스크린록 윈도를 닫았다. 뜻밖에도 윈도가 꺼지는 순간 뭔가 눈에 잡혔다. 그녀는 윈도를 다시 열고 데이터를 조사했다. 이해할 수 없는 부분이 드러났다. 그녀가 노드 3을 떠날 때 입력한 잠금(Locking)과 해제(Unlock) 입력 시간의 차이가 이상했다. 그 두 개의 명령어가 1분도 안 되는 사이에 내려진 것이다. 수잔은 자신이 부국장과 밖에서 대화한 시간이 1분 이상임을 확신할 수 있었다.

수잔은 화면을 아래로 내려 살펴 보았다. 그러자 어안이 벙벙해졌다. 3분쯤 지난 뒤에 두 번째의 잠금과 해제 명령어가 입력되어 있었다. 기록에 따르면, 그녀가 나간 사이에 누군가가 그녀의 터미널을 해제한 것이다.

"이럴 수가!"

그녀는 숨이 막혔다. 이런 일을 할 수 있는 사람은 그렉 헤일뿐이다. 하지만 수잔은 자신의 개인 암호를 그에게 알려준 적이 없었다. 유능한 암호해독가답게 그녀는 자신의 암호를 무작위로 선택했고, 한 번도 기록한 적이 없었다. 헤일이 알파벳과 숫자로 이루어진 다섯 자리 암호를 정확하게 추측했을 리는 만무했다. 36의 5제곱, 즉 6천만 분의 1의 확률이다.

하지만 스크린록의 명령어들은 명확했다. 수잔은 놀란 얼굴로 화면을 응시했다. 어쨌거나 헤일은 그녀가 없는 사이에 그녀의 터미널에 들어갔고, 그녀의 추적기에 수동 중지 명령을 내렸다.

'어떻게?' 라는 의문은 곧 '왜?' 라는 질문으로 바뀌었다. 헤일은 그녀의 터미널에 침투해야 할 이유가 없었다. 그는 수잔이 추적기를 가동하고 있다는 것조차 몰랐을 것이다. 설사 알았다 하더라도, 노스 다코타라는 사내를 찾는 일에 그가 왜 방해를 하는 걸까? 알 수 없는 의문들이 머릿속에서 뒤엉켰다.

"중요한 것부터!"

수잔은 큰 소리로 말했다. 헤일 문제는 나중에 처리하면 된다. 수잔은 먼저 추적기를 재가동시킨 뒤 엔터키를 눌렀다. 터미널이 삑 소리를 냈다.

추적기 전송

　추적기가 돌아오려면 다시 몇 시간은 기다려야 한다. 수잔은 헤일에
게 욕을 하면서도 그가 자신의 개인 암호를 어떻게 알았는지, 또 추적
기에 대해 무엇을 알고 싶어하는지 궁금했다.

　수잔은 벌떡 일어나 헤일의 터미널로 걸어갔다. 스크린은 어두웠지
만 모니터 가장자리가 희미하게 빛나는 것을 보고 열려 있다는 것을
알았다. 암호해독가들은 밤이 되어 노드 3을 떠날 때 이외에는 터미널
을 잠그는 일이 거의 없었다. 그 대신 모니터의 밝기를 어둡게 해놓는
데 그것은 손대지 말라는, 일종의 윤리 강령 같은 것이었다.

　수잔은 헤일의 터미널에 도착했다.

　"윤리 강령은 무슨! 대체 무슨 속셈이야?"

　아무도 없는 암호부 사무실을 힐끔 쳐다본 뒤, 그녀는 터미널 화면
을 밝게 조정했다. 스크린은 텅 비어 있었다. 그녀는 텅 빈 스크린을
바라보며 눈살을 찌푸렸다. 어떻게 해야 할지 모르는 상태에서 그녀
는 검색 엔진을 불러 키보드를 두드렸다.

　　검색 : 추적기

　투망식 방법이긴 하지만 만약 헤일의 컴퓨터에 수잔의 추적기에 대
한 사항이 있다면 검색할 수 있을 것이다. 그것을 보면 헤일이 그녀의
프로그램을 수동으로 중지시킨 이유를 짐작할 수 있을지도 모른다.
잠시 후 스크린이 바뀌었다.

　　찾는 내용 없음

　수잔은 잠시 무엇을 찾아야 할지 고민하다가 다시 한 번 시도했다.

검색 : 스크린록

모니터가 다시 번쩍이며 일반적인 내용을 한 움큼 쏟아냈다. 하지만 헤일의 컴퓨터엔 수잔의 개인 암호를 복사한 어떤 흔적도 없었다.

수잔은 한숨을 길게 토해냈다.

'그렇다면 그는 오늘 무슨 프로그램을 사용하고 있었을까?'

그녀는 헤일이 최근에 이용한 프로그램을 찾기 위해 그의 '최근 응용 메뉴'에 접속했다. 그것은 그의 이메일 서버였다. 하드 드라이브를 검색하자, 그의 이메일 폴더가 다른 디렉토리들 사이에 은밀히 감춰져 있는 것이 드러났다. 폴더를 열자 추가 폴더들이 나타났다. 헤일은 엄청난 양의 이메일 아이디와 계정을 갖고 있는 것 같았다. 수잔은 그것들 중에서 익명의 계정을 발견하고 놀랐다. 폴더를 열고 이미 읽은 도착 메시지 중 하나를 클릭해서 내용을 살펴보던 수잔은 숨을 죽였다.

TO : NDAKOTA@ARA.ANON.ORG

FROM : ET@DOSHISHA.EDU

대단한 진전! 디지털 포트리스 거의 완성. 이것은 NSA를 수십 년 후 퇴시킬 것임.

마치 꿈속인 것처럼 수잔은 그 메시지를 읽고 또 읽었다. 그녀는 떨리는 손으로 다른 이메일을 열었다.

TO : NDAKOTA@ARA.ANON.ORG

FROM : ET@DOSHISHA.EDU

회전하는 클리어텍스트 제대로 기능! 변형 문자열이 그 비결이다!

엔세이 탄카도가 그렉 헤일에게 보낸 이메일이었다. 그들은 함께 일하고 있었던 것이다. 수잔은 터미널에 나타난 사실이 믿기지 않아 넋 나간 듯 보고 있었다.

'그렉 헤일이 노스 다코타라고?'

수잔의 눈이 스크린에 고정되었다. 절망적인 심정으로 다른 설명을 찾았지만 아무 생각도 나지 않았다. 증거는 명백했다. 탄카도는 회전하는 클리어텍스트 기능을 만들기 위해 변형 문자열을 이용했고, 헤일은 NSA를 굴복시키기 위해 그와 공모했다.

"이건……"

수잔은 말을 더듬었다.

"이건…… 말도 안 돼!"

헤일의 말이 그녀의 귓전에 맴돌았다.

'탄카도는 내게 몇 차례 글을 보냈어요…… 스트래스모어가 날 고용한 건 도박이었죠…… 난 언젠가 이곳을 떠날 겁니다.'

그래도 수잔은 눈앞의 사실을 받아들일 수 없었다. 그렉 헤일이 좀 오만하고 밉살스럽긴 해도 반역자는 아니었다. 그는 디지털 포트리스가 NSA에 해악을 끼칠 거라는 사실을 잘 알고 있었다. 그런 것을 배포하는 음모에 그가 가담했을 리 없다.

그렇지만 명예나 도의적 책임을 제외하면 실제로 그를 제지할 방법이 전혀 없다는 것을 수잔은 깨달았다. 그녀는 스킵잭 알고리즘을 생각했다. 그렉 헤일은 이전에 이미 한 차례 NSA의 계획을 망쳐놓은 적이 있었다. 그가 다시 시도한다면 어떻게 막을 것인가?

수잔은 도무지 알 수가 없었다.

'탄카도 같은 편집증 환자가 왜 헤일 같이 믿을 수 없는 작자를 선택한 걸까?'

지금 그건 중요한 문제가 아니었다. 중요한 것은 스트래스모어에게 알리는 일이었다. 얄궂은 운명의 장난으로, 탄카도의 동업자가 바로 그들의 코앞에 있었던 것이다. 그녀는 헤일이 엔세이 탄카도의 죽음에 대해 알고 있는지 궁금했다.

그녀는 헤일의 터미널을 원상태로 되돌려 놓기 위해 이메일 파일들을 닫기 시작했다. 헤일은 아무 의심도 하지 않을 것이다. 디지털 포트리스의 패스 키는 바로 이 컴퓨터 안 어딘가에 숨겨놓았을 거라는 생각이 들었다.

마지막 파일을 닫고 있을 때 노드 3 유리창 밖으로 그림자가 스치고 지나갔다. 그녀는 놀라 숨을 멈춘 채 헤일이 접근하는 것을 보았다. 아드레날린이 솟구쳤다. 그가 거의 문 옆에 도달해 있었다.

"젠장!"

그녀는 자기 자리까지의 거리를 눈으로 가늠해보았다. 그곳까지 돌아갈 시간이 없었다. 헤일은 바로 근처에 있었다.

그녀는 다른 방법을 찾아 노드 3 안을 필사적으로 탐지했다. 등 뒤의 문에서 딸깍하는 소리가 나고, 곧이어 문이 움직였다. 수잔은 본능적으로 행동했다. 그녀는 신발을 양탄자 속에 깊숙이 파묻으며 넓은 보폭으로 식료품 저장실에 이르렀다. 출입문이 열리는 찰나, 그녀는 얼른 냉장고 앞으로 가서 냉장고 문을 잡아당겼다. 냉장고 위에 있던 유리 주전자가 불안하게 흔들리다가 멎었다.

"배고파요?"

헤일이 물으며 수잔에게 다가왔다. 그의 목소리는 조용하지만 끈적거렸다.

"두부 좀 드시겠소?"

수잔은 숨을 내쉰 뒤 그를 돌아보았다.

"괜찮아요. 난 그냥……"

말이 목에 걸려 잘 나오지 않았다. 수잔의 얼굴이 하얘졌다.

헤일은 이상하다는 듯이 수잔을 바라보며 물었다.

"왜 그래요?"

수잔은 입술을 깨물고 그의 눈을 보며 말했다.

"아무것도 아니에요."

하지만 거짓말이었다. 방 저편에서 헤일의 터미널이 환하게 빛났다. 화면을 어둡게 조정하는 걸 깜박 잊은 것이다.

37

알폰소 트레세 아래층에서 베커는 피곤한 걸음을 바로 향했다. 난쟁이 같은 바텐더가 그의 앞에 냅킨을 놓으며 말했다.

"케 베베 우스테드(무얼 마실 건가요)?"

"고맙지만, 괜찮습니다."

베커가 대답했다.

"이 마을에 펑크 로커들이 있는 클럽이 있는지 알고 싶군요."

바텐더는 이상한 눈으로 쳐다보았다.

"펑크족들의 클럽?"

"네. 그들이 출입하는 곳이 시내에 있나요?"

"노 로 세, 세뇨르(모릅니다, 손님). 하지만 여긴 확실히 아녜요!"

그가 미소를 지었다.

"한 잔 하실래요?"

베커는 사내를 잡아 흔들고 싶었다. 어느 것 하나 계획대로 되는 것이 없다.

"키에레 우스테드 알고(뭘 좀 마시겠습니까)?"

바텐더가 같은 말을 되풀이했다.

"피노? 헤레스?"

고전 음악의 선율이 희미하게 머리 위로 흘렀다. 브란덴부르크 협주곡 4번이라고, 베커는 생각했다. 그와 수잔은 지난해 대학에서 성 마틴 아카데미가 브란덴부르크 곡들을 연주하는 것을 들은 적이 있었다. 문득 수잔이 지금 옆에 있었으면 좋겠다는 생각이 들었다. 에어컨에서 나오는 미풍이 그 날의 날씨를 기억나게 했다. 그는 영국 국기무늬의 티셔츠를 입은 펑크족을 찾아 마약과 땀에 찌든 트리아나 거리를 헤매고 다니는 자신의 모습을 상상해보았다. 그리고 다시 수잔을 떠올렸다. 그는 마실 것을 주문하는 자신의 목소리를 들었다.

"수모 데 아란다노(크랜베리 주스)."

바텐더가 어리둥절한 얼굴로 베커를 쳐다보았다.

"솔로(그것만요)?"

크랜베리 주스는 스페인에서 인기 있는 음료지만, 그것만 마시겠다는 놈은 본 적이 없었다.

"시, 솔로(네, 그것만)."

베커가 대답했다.

"에초 운 포코 데 스미르노프(보드카를 탈까요)?"

바텐더가 다시 물었다.

"노 그라시아(아니, 괜찮아요)."

"그라티스(공짜라도요)?"

베커는 지끈거리는 머리로 트리아나의 오염된 거리, 숨 막히는 열기, 앞으로 펼쳐질 기나긴 밤을 그려보았다.

'빌어먹을.'

그는 고개를 끄덕였다.

"시, 에차메 운 포코 데 보드카(좋아요, 보드카를 타요)."

바텐더는 한결 마음이 놓인다는 듯 서둘러 음료수를 만들러 갔다.

베커는 바의 장식을 둘러보며 마치 꿈을 꾸는 기분이었다. 모든 게 현실 같지 않았다.

　'나는 비밀 임무를 띤 대학 교수다.'

　바텐더가 과장된 동작으로 돌아와서 베커에게 음료수를 내밀었다.

　"맛있게 드세요, 손님. 보드카를 탄 크랜베리 주스입니다."

　베커는 그에게 고맙다고 한 뒤 한 모금 마시다가 코를 틀어막았다.

　'이게 탄 거야?'

38

혜일은 노드 3의 주방으로 가다 말고 수잔을 쳐다보았다.

"왜 그러죠, 수? 힘들어 보이는군요."

수잔은 두려움을 억눌렀다. 열 발자국 앞에서 혜일의 모니터가 환하게 켜져 있었다.

"아, 아니, 괜찮아요."

그녀는 뛰는 가슴을 누르고 간신히 대답했다.

혜일은 의아한 표정으로 그녀를 바라보았다.

"물 좀 드릴까요?"

수잔은 대답할 수가 없었다. 그녀는 자신을 나무랐다.

'모니터를 어둡게 하는 걸 어떻게 깜박 잊을 수가 있지?'

혜일이 그녀가 자신의 터미널을 검색한 것을 알게 되면, 자신의 정체가 노스 다코타라는 것도 알아내지 않았을까, 의심할 것이다. 그녀는 혜일이 그 정보를 노드 3 밖으로 나가지 못하게 하려고 무슨 짓이든 할 것만 같아 두려웠다.

'문 쪽으로 달아나야 하지 않을까.'

갑자기 유리벽을 쾅쾅 치는 소리가 들렸다. 혜일과 수잔은 동시에 깜짝 놀랐다. 차트루키언이었다. 그는 땀에 젖은 주먹으로 유리벽을 다시 두드렸다. 아마겟돈이라도 본 듯한 얼굴이었다.

헤일은 유리벽 밖에서 미쳐 날뛰는 시스템 보안 요원을 노려보았다. 그는 수잔을 돌아보며 말했다.

"곧 돌아올게요. 물을 좀 마셔요. 얼굴이 창백하니까."

그는 돌아서서 밖으로 나갔다.

수잔은 마음을 가라앉히며 재빨리 헤일의 터미널로 다가갔다. 그리고 화면 밝기를 조절해 모니터를 어둡게 했다.

머릿속이 지끈거렸다. 그녀는 암호부 사무실에서 얘기를 나누고 있는 두 남자를 돌아보았다. 차트루키언은 아직 집에 돌아가지 않은 모양이다. 젊은 보안 요원은 겁에 질려 그렉 헤일에게 자신이 알아낸 모든 것을 설명하고 있었다. 수잔은 그것이 중요하지 않다는 것을 알았다. 헤일은 이미 다 알고 있었다.

수잔은 스트래스모어에게 빨리 알려야겠다고 생각했다.

39

301호실. 로시오 에바 그라나다는 벌거벗은 채 욕실 거울 앞에 서 있었다. 그녀는 지금 이 순간을 하루종일 두려워했다. 독일인이 침대에서 그녀를 기다리고 있었다. 그는 그녀가 지금까지 상대했던 고객 중 가장 덩치가 컸다.

그녀는 마지못해 물통에서 꺼낸 얼음으로 자신의 유두를 문질렀다. 유두가 금세 단단해졌다. 여자가 상대방 남자를 몹시 원하는 것처럼 보이게 하려는 그녀만의 방중술이었다. 그것은 남자들로 하여금 계속 그녀를 찾아오게끔 해주었다. 그녀는 알맞게 그을린 나긋나긋한 몸을 손으로 문지르며, 은퇴할 때까지 4, 5년만 더 이런 상태가 유지되길 바랐다. 세뇨르 롤단이 그녀가 받은 화대의 대부분을 가져가지만, 그가 없다면 그녀도 다른 대부분의 매춘부들처럼 트리아나 거리에서 주정뱅이들이나 상대하고 있을 터였다. 적어도 이런 남자들은 돈이 많았다. 그들은 그녀를 절대 때리지 않았고, 쉽게 만족했다. 그녀는 속옷을 입고 심호흡을 한 뒤 욕실 문을 열었다.

로시오가 방으로 들어가자 독일인의 눈이 휘둥그레졌다. 그녀는 검은색 란제리를 입고 있었다. 은은한 불빛 아래 밤색 피부가 빛났고,

레이스 속에서 유두가 빳빳하게 일어서 있었다.

"콤 도호 히어헤르(이리로 오지)."

그는 들뜬 목소리로 말하면서 잠옷을 벗었다.

로시오는 억지로 미소를 지으며 침대로 다가가 거대한 독일인을 내려다보았다. 그러고는 안도감에 쿡쿡 웃었다. 사내의 두 다리 사이에 있는 물건이 보잘것없었다.

로시오를 덥석 껴안은 사내는 성급하게 그녀의 속옷을 벗겼다. 그의 굵은 손가락들이 그녀의 몸 구석구석을 더듬었다. 그녀는 사내 위에 엎어져서 짐짓 황홀하다는 듯이 몸을 꼬며 신음소리를 냈다. 사내가 몸을 굴려 위에 올라타자, 로시오는 몸이 으깨질 것만 같았다. 그녀는 사내의 굵은 목덜미에 끊어질 듯 가쁜 숨을 내쉬었다. 그리고 사내가 제발 빨리 끝내주기만을 빌었다.

"시! 시!"

사내가 밀어붙일 때마다 로시오는 할딱거렸다. 그녀의 손톱들은 남자를 자극하기 위해 그의 등을 파고들었다.

마음속에 온갖 생각이 떠올랐다가 사라졌다. 그녀가 만족시킨 수많은 남자들, 어둠 속에서 응시했던 천장들, 아이를 갖는 꿈들……

갑자기 독일인 사내의 몸이 활처럼 휘더니 경직된 자세로 그녀의 위에 무너져내렸다.

'벌써 끝난 거야?'

그녀는 놀람과 동시에 안도했다.

로시오는 사내의 몸 밑에서 빠져나오려고 몸부림쳤다. 그녀는 나직하게 속삭였다.

"달링, 나를 위로 좀 올려줘요."

그러나 사내는 꼼짝도 하지 않았다.

로시오는 손으로 사내의 육중한 어깨를 밀었다.

"달링, 숨을 쉴 수가 없어요!"

갈비뼈가 으스러지는 느낌이었다.

"제발!"

그녀는 본능적으로 사내의 머리카락을 잡아당기기 시작했다.

'정신차려요!'

그 순간 따뜻하고 끈적끈적한 액체가 손에 느껴졌다. 액체는 헝클어진 머리카락 사이에서 그녀의 뺨과 입으로 흘러내렸다. 찝찔한 맛이 느껴졌다. 로시오는 미친 듯이 몸부림쳤다. 그녀의 위쪽에서 이상한 빛줄기가 독일인의 뒤틀린 얼굴을 비추었다. 사내의 관자놀이를 관통한 총구멍에서 흘러나온 피가 그녀를 적시고 있었다. 로시오는 비명을 지르려고 했다. 하지만 폐 속엔 그럴 만한 공기가 남아 있지 않았다. 사내가 그녀를 짓누르고 있었다. 정신이 희미해지면서 로시오는 온 힘을 다해 출입문에서 새어 들어오는 이상한 빛줄기를 움켜쥐려 했다. 손이 보였다. 소음기가 장착된 총에서 불빛이 번뜩였다. 그리고 끝이었다.

40

노드 3 밖에 있는 차트루키언은 절망적인 표정이었다. 그는 헤일에게 트랜슬레이터에 문제가 생겼음을 확신시키려고 했다. 수잔은 스트래스모어를 찾아야 한다는 생각에 그들 곁을 급히 지나갔다.

공포에 질린 시스템 보안 요원이 수잔의 팔을 잡으며 말했다.

"플레처 양, 바이러스에 걸렸어요! 확실해요! 그러니까……"

수잔은 그의 손을 뿌리치고 사납게 노려보았다.

"부국장님이 당신에게 퇴근하라고 했을 텐데요."

"하지만 런 모니터가 열여덟 시간을 기록하고 있어서요!"

"스트래스모어 부국장님이 퇴근하라고 했잖아요!"

"빌어먹을 스트래스모어!"

차트루키언의 고함소리가 돔형 천장에 반사되어 울렸다.

위쪽에서 저음의 목소리가 들렸다.

"차트루키언 군?"

세 사람은 그 자리에 얼어붙었다.

위쪽 사무실 밖 난간에 스트래스모어가 서 있었다.

물을 뿌린 듯 고요한 가운데 들리는 소리라고는 아래층 발전기에서 나는 소음뿐이었다. 수잔은 스트래스모어와 눈을 마주치려고 애썼다.

'부국장님! 헤일이 노스 다코타예요!'

하지만 스트래스모어는 젊은 보안 요원에게만 눈길을 고정시키고 있었다. 그는 계단을 내려오면서 차트루키언에게서 잠시도 눈을 떼지 않았다. 암호부 사무실을 가로질러온 그는 벌벌 떨고 있는 보안 요원과 코가 닿을 정도로 가까이 마주 섰다.

"뭐라고 했지?"

차트루키언이 기어드는 소리로 말했다.

"부국장님, 트랜슬터에 문제가 생겼습니다."

수잔이 끼어들었다.

"부국장님, 제가……"

스트래스모어는 손을 저어 수잔의 말을 막고 계속 보안 요원을 노려보았다.

차트루키언이 다시 말했다.

"파일이 감염됐습니다. 확실해요!"

스트래스모어의 얼굴이 벌겋게 변했다.

"차트루키언, 우린 철저히 검색했네. 트랜슬터를 감염시키는 파일은 없어!"

"있어요!"

차트루키언이 소리쳤다.

"그리고 그것이 중앙 데이터뱅크로 침입하면……"

"감염된 파일이 대체 어디 있다는 거야? 내게 보여주게!"

스트래스모어가 고함을 버럭 질렀다.

차트루키언이 머뭇거렸다.

"보여드릴 순 없어요."

"그렇겠지. 그런 건 없으니까!"

수잔이 다시 말했다.

"부국장님, 제가……"

스트래스모어가 화난 손짓으로 그녀의 입을 막았다.

수잔은 헤일을 조심스럽게 살펴보았다. 그는 강 건너 불 보듯 했다.

'그러고도 남겠지. 바이러스에 대해선 걱정도 하지 않을 거야. 그는 트랜슬터 안에서 무슨 일이 일어나고 있는지 알 테니까.'

차트루키언은 완강했다.

"감염된 파일이 있습니다, 부국장님. 하지만 곤틀릿이 그걸 찾지 못 했어요."

스트래스모어가 화를 냈다.

"곤틀릿이 찾지 못했는데 그것이 있는 줄 어떻게 알았나?"

차트루키언이 갑자기 자신에 찬 목소리로 대답했다.

"변형 문자열 때문입니다, 부국장님. 평가 소프트웨어를 돌렸더니 변형 문자열이 발견됐습니다."

수잔은 시스템 보안 요원이 그토록 걱정한 이유를 이제야 알았다. 변형 문자열. 그녀는 생각에 잠겼다. 변형 문자열은 지극히 복잡한 방법으로 데이터를 파괴하는 프로그래밍 집단이었다. 특히 대형 데이터 블록을 파괴하는 매우 흔한 컴퓨터 바이러스였다. 또 탄카도의 이메일 내용을 통해, 차트루키언이 본 변형 문자열은 디지털 포트리스의 일부분일 뿐 해가 없다는 것도 알았다.

차트루키언은 계속 말했다.

"저는 변형 문자열을 처음 보았을 때 곤틀릿의 필터에 문제가 생겼다고 생각했습니다. 하지만 몇 가지 시험을 해본 결과……"

그는 갑자기 불편한 표정을 지었다.

"누군가 수동으로 곤틀릿을 우회했다는 걸 알았습니다."

그 말에 분위기가 갑자기 가라앉았다. 스트래스모어의 얼굴이 더욱 붉어졌다. 차트루키언이 누구를 비난하고 있는지는 물어볼 것도 없었다. 암호부에서 곤틀릿의 필터를 우회할 수 있도록 허가 받은 터미널은 스트래스모어의 것뿐이었다.

스트래스모어가 차가운 목소리로 말했다.

"차트루키언 군, 자네가 걱정할 일은 아니지만 곤틀릿을 우회한 사람은 바로 나야."

그는 말을 이었다. 그의 인내심이 한계에 다다르고 있었다.

"아까 말한 대로 난 최첨단 진단을 가동하고 있네. 자네가 트랜슬터에서 본 변형 문자열은 그 진단의 일부지. 내가 입력했으니까 거기 있는 거야. 곤틀릿은 내가 그 파일을 적재하는 걸 거부했어. 그래서 나는 그것의 필터를 우회한 거야."

스트래스모어가 차트루키언을 날카롭게 노려보며 물었다.

"그래, 아직도 할 말이 남았나?"

그 순간 수잔은 사태를 파악했다. 스트래스모어가 인터넷에서 암호화된 디지털 포트리스 알고리즘을 내려받아 그것을 트랜슬터에 넣자, 변형 문자열이 곤틀릿의 필터에 걸린 것이다. 그러자 디지털 포트리스를 해독할 수 있는지 알고 싶어 안달이 난 그는 필터를 우회시키기로 결심했을 터였다.

통상 곤틀릿을 우회하는 일은 있을 수 없었다. 하지만 이 경우 디지털 포트리스를 트랜슬터로 직접 보내는 건 위험하지 않았다. 부국장은 파일의 종류와 그것의 출처를 정확하게 알고 있었던 것이다.

"부국장님 말씀은 잘 알겠습니다만……"

차트루키언은 물러서지 않았다.

"저는 변형 문자열을 도입한 진단에 관해선 들은 적이 없습니다."

수잔은 더 이상 기다릴 수 없어서 끼어들었다.

"부국장님……"

그러나 이번엔 스트래스모어의 휴대전화기가 날카롭게 울리며 그녀의 말을 잘랐다. 부국장이 전화기를 집어 들었다.

"뭐야!"

그가 고함을 버럭 질렀다. 그러고는 조용해지며 상대방의 말에 귀를 기울였다.

수잔은 그렉 헤일에 대해 잠시 잊고, 그 전화가 데이비드에게서 온 것이기를 빌었다.

'제발 무사하다고 말해줘요. 아무 일 없이 반지를 찾았다고요.'

그러나 스트래스모어는 그녀와 눈이 마주치자 이마를 찡그렸다. 데이비드가 아니었다.

수잔은 가슴이 답답해졌다. 그녀가 알고 싶은 건 오직 사랑하는 남자의 안전뿐이었다. 수잔은 스트래스모어가 다른 이유로 초조해하고 있다는 걸 알고 있었다. 데이비드가 더 오래 지체하면, 부국장은 지원팀을 보내야만 한다. NSA 현장 요원을 파견하는 일은 부국장이 정말 피하고 싶은 도박일 것이다.

"부국장님?"

차트루키언이 다그쳤다.

"우리가 정말 점검해야 할 것은……"

"잠깐만."

스트래스모어가 전화를 걸어온 상대방에게 양해를 구했다. 그는 송화기 부분을 손으로 막은 뒤 젊은 보안 요원을 노려보며 퉁명스럽게 말했다.

"차트루키언, 얘긴 끝났네. 자넨 즉시 암호실을 떠나게. 이건 명령이야."

차트루키언은 어안이 벙벙해서 말했다.

"하지만, 변형 문자열은……"

"어서!"

스트래스모어가 고함을 버럭 질렀다.

차트루키언은 한동안 부국장을 멍하니 바라보더니, 시스템 보안 연구실을 향해 거칠게 걸어갔다.

스트래스모어는 의아한 표정으로 헤일을 돌아보았다. 수잔은 부국장의 당혹감을 이해했다. 헤일이 줄곧 너무 조용했던 것이다. 헤일은 변형 문자열을 사용한 진단 따위는 없다는 걸 알고 있었다. 더욱이 열여덟 시간이나 트랜슬터를 가동시킬 수 있는 건 없었다. 하지만 그는 한 마디도 하지 않았다. 그토록 난리법석을 피웠는데도 전혀 무관심한 듯했다. 스트래스모어는 그 이유가 궁금했을 것이다. 수잔은 그 대답을 갖고 있었다.

"부국장님, 긴히 드릴 말씀이……"

"잠깐만."

그는 헤일에게서 의혹의 눈길을 떼지 않고 말했다.

"이 전화부터 먼저 받아야 해."

부국장은 그렇게 말한 뒤 자기 사무실로 향했다.

수잔은 하고 싶은 말이 혀끝에서 맴돌았다.

'헤일이 노스 다코타예요!'

그녀는 숨이 막힐 것만 같았다. 헤일이 자신을 응시하고 있는 걸 느끼며 그녀는 몸을 돌렸다. 헤일이 옆으로 비켜서며 노드 3의 문을 열고 우아하게 손짓했다.

"먼저 들어가시죠, 수."

41

알폰소 트레세 3층에 있는 리넨 벽장 속에 여종업원 하나가 의식을 잃고 쓰러져 있었다. 철테 안경을 쓴 남자는 호텔의 마스터키를 그녀의 호주머니 속에 넣었다. 그는 자신이 여종업원을 가격할 때 그녀가 내는 비명소리를 듣지 못했다. 그럴 수밖에 없는 것이, 사내는 열두 살 때부터 귀머거리였던 것이다.

그는 일종의 경외심을 가지고 허리띠에 차고 있는 건전지 팩으로 손을 가져갔다. 고객이 선물로 준 그 기계는 그에게 새로운 인생을 열어주었다. 그는 이제 세계의 어디에서도 청부를 받을 수 있었다. 모든 통신이 즉시, 그리고 추적할 수 없게끔 도착했다.

스위치에 손을 댄 그는 흥분에 휩싸였다. 안경에 불이 들어왔다. 그의 손가락들이 다시 한 번 허공에 구부려져 클릭을 시작했다. 언제나 그렇듯 피살자의 이름을 기록했다. 그들의 지갑만 뒤지면 되는 간단한 일이었다. 그의 손가락들이 닿자, 마치 허공 속의 유령들처럼 그의 안경 렌즈에 글자들이 나타났다.

제목 : 로시오 에바 그라나다 – 제거되었음

제목 : 한스 후버 - 제거되었음

그 시각, 1층에 있던 데이비드 베커는 계산을 한 뒤 반쯤 마신 음료수를 손에 들고 로비를 천천히 걷고 있었다. 신선한 공기를 마시기 위해 호텔 테라스로 가는 중이었다.

'아주 간단한 여행이라고?'

일은 그가 기대한 대로 풀리지 않았다. 이젠 결정을 내려야 한다.

'포기하고 공항으로 돌아가야 하나?'

'국가의 안전이 걸린 문제야.'

그는 속으로 욕설을 퍼부었다. 그렇게 중요한 일에 왜 하필 대학 교수를 보낸 걸까?

베커는 바텐더의 시선에서 벗어나자 남은 음료수를 재스민 화분에 쏟았다. 보드카는 그를 약간 어지럽게 만들었다. 수잔은 가끔 그를 '역사상 가장 싼 주정뱅이'라고 불렀다. 그는 식수대에서 크리스털 잔에 물을 가득 받아 한숨에 들이켰다.

정신이 몽롱해지는 것을 막기 위해, 그는 몇 차례 스트레칭을 했다. 그리고 유리잔을 내려놓고 로비를 가로질러 걸어갔다.

그가 엘리베이터 옆을 통과할 때 엘리베이터 문이 열렸다. 안에 한 남자가 서 있었다. 베커가 본 것은 두꺼운 철테 안경뿐이였다. 남자는 코를 풀려고 손수건을 올렸다. 베커는 상냥하게 미소 지은 뒤 숨 막히는 세비야의 밤공기 속으로 들어갔다.

42

노드 3 안에서 수잔은 미친 듯이 오락가락하고 있었다. 그녀는 기회가 있었을 때 헤일의 정체를 폭로했어야 했다.

헤일이 자신의 터미널 앞에 앉으며 말했다.

"스트레스는 건강에 해로워요, 수. 털어놓고 싶은 비밀이라도 있어요?"

수잔은 간신히 자리에 앉았다. 그녀는 스트래스모어가 지금쯤 통화를 끝내고 얘기를 나누기 위해 내려올 거라고 생각했다. 하지만 그는 오지 않았다. 수잔은 침착하려고 애쓰며 컴퓨터 화면을 응시했다. 두 번째 추적기가 아직도 작동하고 있었다. 이제 그건 중요하지 않았다. 수잔은 그것이 GHALE@CRYPTO.NSA.GOV라는 주소를 반송해올 것임을 알고 있었다.

수잔은 스트래스모어의 작업실 쪽을 쳐다본 뒤 더 이상 기다릴 수 없다는 것을 알았다. 부국장의 통화를 중단시켜야 했다. 그녀는 일어나서 문으로 향했다.

헤일이 갑자기 불안한 표정을 지었다. 수잔의 이상한 행동을 눈치챈 게 분명했다. 그는 문 옆에 있는 수잔에게 다가오더니 팔짱을 끼고 그녀를 막아서며 말했다.

"무슨 일인지 말해줘요. 오늘은 왠지 이상하군요. 무슨 일입니까?"

"비켜줘요."

수잔은 갑자기 위험을 느끼며 최대한 침착하게 말했다.

"이러지 말아요."

헤일은 비켜주지 않았다.

"사실 차트루키언은 제 일을 했을 뿐인데 스트래스모어는 화를 냈어요. 트랜슬터에 무슨 일이 있는 거죠? 열여덟 시간이나 돌려야 할 진단 따위는 없어요. 웃기는 소리죠. 무슨 일인지 말해봐요."

수잔은 눈을 가느다랗게 뜨고 그를 노려보았다.

'무슨 일인지 너도 빤히 알잖아!'

"물러서요, 그렉. 화장실에 가야겠어요."

헤일은 머쓱하게 웃었다. 그러더니 한참 더 있다가 옆으로 물러나며 말했다.

"미안해요, 수. 장난이었어요."

수잔은 그를 밀치고 노드 3을 나왔다. 그녀는 유리벽을 지나가면서 반대쪽에 있는 헤일이 뚫어지게 바라보고 있는 걸 느꼈다. 화장실로 갈 수밖에 없었다. 부국장을 만나려면 우회해야만 했다. 그렉 헤일은 아무 의심도 하지 않을 것이다.

43

멋진 몸매와 단정한 옷차림의 차드 브링커호프는 박식하고 쾌활한 마흔다섯 살의 남자였다. 그의 여름용 양복은 햇볕에 그을린 그의 피부만큼 매끈하고 구김이 없었다. 머리카락도 숱이 많은 금발이지만, 중요한 것은 절대 가발이 아니라는 점이다. 눈부실 정도로 푸른 그의 눈동자는 착색한 콘택트렌즈로 한결 더 푸르게 빛났다.

그는 목재 패널을 댄 사무실을 둘러보고는, 자신이 NSA에서 올라올 만큼 다 올라왔다는 것을 알았다. 그의 사무실은 9층 '마호가니 층'에 있었다.

9A 197호. 국장실.

토요일 밤이라 마호가니 층은 텅 비어 있었다. 중역들은 일찌감치 퇴근하여 막강한 사람들이 즐기는 오락을 하며 휴식을 취하고 있을 것이다. 브링커호프는 언제나 정보국 내의 정식 보직을 꿈꾸었지만, 어찌된 셈인지 매번 누군가를 보좌하는 자리로 떨어지곤 했다. 그런 처지는 정치가들이 벌이는 생존경쟁의 막다른 궁지에 몰린 신세나 다름없었다. 미국 정보국에서 가장 막강한 사내와 함께 일했다는 사실은 아무 위안도 되지 않았다. 브링커호프는 앤도버와 윌리엄스를 우등으로 졸업했지만, 중년이 된 지금까지 권력도 없고 실속도 없는 이곳에 처박혀 있었다. 그가 하는 일이라곤 고작 다른 사람의 달력이나 정리하며 세월을 보내는 것이었다.

　국장의 개인 보좌관이란 직책은 확실히 장점도 있었다. 브링커호프는 국장실 안에 호화로운 사무실을 갖고 있었다. NSA의 모든 부서와 곧장 연결되고, 그가 지금까지 다니던 회사와는 확연한 차이가 있었다. 그는 권력 있는 최고위층을 위한 심부름센터를 경영했다. 브링커호프는 자신이 천부적인 개인 보좌관임을 알고 있었다. 요점을 파악하는 영리한 머리, 기자회견을 열 만한 잘생긴 용모…… 그런 것에 만족할 만큼 게으르기도 했다.

　벽난로 위 시계가 은은하게 울려 애석한 존재로서의 그의 하루가 또다시 끝났음을 강조했다.

　'빌어먹을, 토요일 다섯 시라…… 대체 내가 여기서 뭘 하고 있는 거지?'

　"차드?"

　한 여자가 사무실 현관에 나타났다.

　브링커호프는 고개를 들었다. 폰테인 국장의 내부 안전분석가 미지 밀컨이었다. 예순 살인 그녀는 살이 조금 쪘지만, 브링커호프 자신도 당혹스러울 만큼 상당히 호감이 가는 여자였다. 그의 전처보다 나이가 세 배도 넘는 미지 밀컨이 농염한 분위기를 풍기며 국장실 내부의 여섯 개 방을 당당하게 둘러보았다. 그녀는 예리하고 직관적이며, 지독한 일 벌레였다. 미지는 NSA 내부에서 일어나는 일이라면 훤히 꿰고 있다고 알려져 있었다.

　브링커호프는 회색 캐시미어 드레스를 입은 그녀를 바라보며 잠깐 생각했다.

　'내가 늙어가는 건가, 아니면 저 여자가 자꾸 젊어지는 건가?'

"주간 보고서야."

그녀가 미소를 지으며 서류 폴더를 흔들었다.

"숫자들을 체크할 필요가 있어."

브링커호프는 그녀의 몸매를 눈으로 훑었다.

"몸매가 멋져요."

그녀가 큰 소리로 웃었다.

"정말이야. 차드? 난 당신 어머니뻘인데."

'각인시키지 말아요.'

미지가 그의 책상 곁으로 다가왔다.

"막 나가려던 참인데 국장님이 전화했어. 자신이 남미에서 돌아올 때까지 이것들의 집계를 내라는군. 월요일 아침 일찍 보고 싶대."

그녀는 프린트한 서류를 그의 앞에 놓았다.

"내가 회계사예요?"

"아니지. 귀염둥이. 당신은 항해사야. 잘 알면서."

"그런데 숫자만 계산하고 있으면 뭐합니까?"

미지는 그의 머리카락을 헝클었다.

"당신은 더 많은 책임을 원했잖아. 이게 그거야."

그는 슬픈 표정으로 그녀를 바라보며 말했다.

"미지…… 난 낙이 없어요."

그녀는 손가락으로 서류를 톡톡 쳤다.

"이게 당신 낙이야. 차드 브링커호프."

그러고는 그를 내려다보며 부드럽게 말했다.

"내가 도와줄 게 있어?"

그는 애원의 눈빛으로 그녀를 바라보며 아픈 목을 돌렸다.

"어깨가 굳었어요."

그러나 미지는 브링커호프가 던진 미끼를 물지 않았다.

"아스피린을 한 알 먹어."

그가 입을 삐죽 내밀었다.

"좀 주물러주면 안 돼요?"

그녀는 고개를 가로저었다.

"통상 마사지의 삼분의 이는 섹스로 끝난대."

브링커호프는 화난 표정을 지었다.

"우린 절대 안 그래요!"

그녀는 윙크하며 말했다.

"사실은 그게 문제라고."

"미지……"

"수고해, 차드."

그녀는 문 쪽으로 향했다.

"가시는 거예요?"

"있을 줄 알았군?"

미지는 입구에서 걸음을 멈추었다.

"나도 자존심이 있어. 세컨드 자리는 사양하겠어. 특히 십대에게 밀려서 말이야."

"제 아낸 십대가 아니에요. 그렇게 행동할 뿐이죠."

브링커호프가 변명했다.

미지는 그에게 놀란 표정을 지어 보였다.

"난 당신 아내를 말한 게 아냐."

그녀는 순진한 척 눈을 깜박였다.

"난 카르멘을 말한 거라고."

그녀는 카르멘을 푸에르토리코 억양으로 강하게 발음했다.

브링커호프의 목소리가 약간 갈라졌다.

"누구요?"

"카르멘 말야. 구내식당에서 일하는."

브링커호프의 얼굴이 붉어졌다. 카르멘 우에르타는 국가안보국의 구내식당에서 과자류를 만드는 스물일곱 살짜리 요리사였다. 브링커호프는 일이 끝나고 그녀와 식품 저장실 안에서 몇 차례 밀애를 즐긴 적이 있었다.

미지가 그에게 짓궂은 윙크를 보내며 말했다.

"잊지 말아, 차드. 빅 브라더는 모두 알고 있다는 것을."

'빅 브라더가?'

브링커호프는 믿을 수 없어 마른침을 꿀꺽 삼켰다.

'빅 브라더가 식품 저장실까지 감시한단 말야?'

미지 밀컨이 빅 브라더, 혹은 그냥 '브라더'라고 부르는 그것은 국장실의 중앙 사무실 옆 옷장만 한 공간 속에 들어 있는 센트렉스 333을 말했다. 브라더는 그녀의 세계였다. 그것은 1백48대의 폐쇄회로 비디오 카메라와 3백99개의 전자 출입문, 3백77군데의 전화 도청, NSA 빌딩 내부 도처에 심어져 있는 2백12개의 도청장치로부터 들어오는 데이터를 받았다.

NSA의 역대 국장들은 2만6천 명의 직원들이 엄청난 자산인 동시에 위협이라는 사실을 어렵사리 깨달았다. NSA 역사상 중요한 기밀 누출은 모두 내부에서 일어났다. NSA의 벽과 벽 사이에서 일어나는 모든 일을 지켜보는 것이 내부 안전분석가인 미지 밀컨에게 주어진 임무였다. 거기엔 당연히 구내식당 식품 저장실도 포함되어 있었다.

브링커호프가 변명을 하려고 일어났을 때 미지는 이미 밖으로 나가고 있었다.

"손을 책상 위에 올려놔."

그녀가 뒤를 돌아보며 말했다.

"내가 간 뒤에 이상한 손짓은 않는 게 좋을 거야. 벽에도 눈이 있으니까."

브링커호프는 다시 앉아서 복도를 따라 희미해지는 그녀의 힐 소리를 들었다. 적어도 그녀가 소문을 내지는 않을 거라고 생각했다. 그녀라고 약점이 없진 않았다. 미지는 브링커호프의 어깨를 주물러주며 거의 이성을 잃을 뻔한 적이 몇 차례 있었다.

그의 생각은 카르멘에게로 옮아갔다. 그녀의 나긋나긋한 몸매, 가무잡잡한 허벅지, 최고음으로 열정적인 산후안 살사를 토해내는 AM 라디오가 떠올랐다. 그는 미소 지었다.

'일이 끝나면 간식을 먹으러 가야지.'

그는 첫 번째 인쇄물을 열었다.

암호부 – 생산/지출

그는 즉시 기분이 좋아졌다. 미지가 그에게 쉬운 일을 안겨주었다. 암호부의 보고서는 언제나 식은 죽 먹기였다. 그가 집계하는 것은 총체적인 것이지만, 국장이 요구하는 것은 언제나 해독암호평균단가(MCD) 하나뿐이었다. MCD는 트랜슬터가 암호 하나를 해독하는 데 들어간 평가액을 나타냈다. 한 건당 천 달러를 밑도는 한 폰테인은 꿈적도 하지 않았다.

'한 건당 천 달러라.'

브링커호프는 낮게 웃었다.

'그게 우리 일에 소비되는 세금이지.'

서류를 읽고 일일 MCD를 체크하는 그의 머릿속에 과자에 들어가는 꿀과 설탕을 몸에 묻힌 달콤한 카르멘의 모습이 떠올랐다. 30초 후, 그는 일을 거의 끝내가고 있었다. 암호실의 데이터는 언제나 그렇듯 완벽했다.

하지만 다음 보고서로 넘어가려는 순간, 그의 시선을 끄는 것이 있었다. 서류 맨 아래 칸에 있어야 할 MCD가 누락되어 있었다. 숫자가 너무 커서 다음 칸으로 넘기는 바람에 페이지가 엉망이 되었다. 브링커호프는 놀라서 그 숫자를 응시했다.

'999,999,999?'

그는 경악했다.

'십억 달러?'

카르멘에 대한 생각은 멀찌감치 달아났다.

'십억 달러짜리 암호라고?'

브링커호프는 온몸이 마비된 것처럼 한동안 가만히 앉아 있었다. 그러고는 갑자기 공포감에 사로잡혀 복도로 뛰어나갔다.

"미지! 이것 좀 봐요!"

44

필 차트루키언은 시스템 보안 연구실에서 분노를 삭이고 있었다. 스트래스모어의 말이 머릿속에 울렸다.

'즉시 떠나게, 명령이야!'

그는 쓰레기통을 발로 걷어차며 욕설을 퍼부었다.

"진단 좋아하네! 빌어먹을! 언제부터 부국장이 곤틀릿의 필터를 우회했다는 거야?"

시스템 보안 요원들은 NSA의 컴퓨터 시스템을 보호하는 대가로 후한 급료를 받고 있었다. 차트루키언은 자기 업무가 요구하는 것은 단두 가지, 철저히 명석하고 끈질기게 집착해야 하는 것으로 배웠다.

'제기랄! 이건 집착이 아냐. 런 모니터가 열여덟 시간이나 돌아가고 있는데!'

그건 바이러스였다. 차트루키언은 느낄 수 있었다. 지금 어떤 일이 벌어지고 있는지에 대해서는 의심할 여지가 없었다. 스트래스모어는 곤틀릿의 필터를 우회하는 실수를 저질렀다. 그러고는 진단이라는 말도 안 되는 핑계로 그걸 덮으려 하고 있는 것이다.

걱정되는 것이 트랜슬터뿐이라면 차트루키언은 이렇게까지 안달하지 않았을 것이다. 하지만 그게 아니었다. 생김새는 그래도 이 거대한 암호해독기는 결코 외딴 섬이 아니었다. 암호해독가들은 곤틀릿이 오직 이 걸작품 암호해독기만을 보호하기 위해 설치된 것으로 믿고 있지만, 시스템 보안 요원들은 진실을 알고 있었다. 곤틀릿 필터는 훨씬 더 높은 곳에 있는 신, 즉 NSA의 메인 데이터뱅크를 섬기고 있었다.

데이터뱅크를 구축하는 과정의 뒷이야기는 언제나 차트루키언을 매료시켰다. 1970년대 말 국방성은 인터넷을 자신들만 이용하려고 도모했지만, 이 유용한 도구를 이용하려는 공공 분야의 노력을 막을 순 없었다. 결국 대학들이 나름대로 방법을 찾아냈다. 그리고 얼마 안 되어 상업적인 서버들이 생겼다.

둑이 터지자 일반 시민들도 밀려들었다. 한때는 보안이 유지되었던 정부의 '인터넷' 이 1990년대 초가 되자 일반 이메일과 사이버 포르노로 엉망진창이 되고 말았다.

발표되진 않았지만 해군 정보국에서 입은 치명적인 컴퓨터 침입으로 미루어, 발달하는 인터넷과 연결된 정부의 컴퓨터들은 더 이상 비밀을 유지할 수 없다는 것이 분명해졌다. 대통령은 국방부와 협력하여 미국 정보국을 서로 연결하고, 총체적 보안이 보장되는 정부의 새로운 네트워크를 구축하여 오염된 인터넷과 교체할 기금 조성을 위한 특별 법령을 통과시켰다. 그리고 컴퓨터로 더 이상 정부의 기밀을 도둑질하지 못하게끔 모든 민감한 데이터들은 새로 구축된 NSA 데이터뱅크, 소위 '미국 정보 데이터 녹스 요새' 에 이전되었다.

그야말로 수백만 개에 이르는 국가 최고 기밀에 속하는 사진과 테이프, 서류, 비디오가 디지털화되어 거대한 저장 시설로 옮겨졌고, 하드 사본들은 모두 폐기되었다. 데이터뱅크는 3단계 전원 공급과 계층화한 디지털 백업 시스템으로 보호되었다. 또한 자기장과 폭파가 있을 경우에 대비해 65미터 깊이의 지하에 보관되었다. 조정실 안에서의 활동은 국가 최고 기밀인 1급 비밀 움브라(Umbra)로 분류되었다.

국가의 기밀들이 이보다 안전한 적은 없었다. 이 난공불락의 데이터 뱅크에는 첨단 무기의 설계도들, 증인 보호 명단들, 현장 요원들의 별명들, 비밀 작전에 대한 세부 분석과 제안 등을 보관하고 있었다. 목록은 끝도 없었다. 정보 입수를 위한 불법 침입이 미국 정보국에 타격을 주는 일은 더 이상 없을 것이다.

물론 NSA 요원들은 저장된 데이터의 가치는 접속할 수 있을 때에만 존재한다는 것을 깨달았다. 데이터뱅크의 진정한 가치는 비밀 데이터를 세상으로부터 차단하는 데 있는 것이 아니라 적절한 사람들만 접속할 수 있도록 하는 데 있었다. 저장된 모든 정보는 수준에 따라 기밀로 분류되어 분야별로 정부의 간부들에게 제공되었다. 잠수함 선장은 NSA가 제공하는 러시아 항구의 최근 인공위성 사진을 점검할 수는 있지만, 남미의 마약 근절 계획에 대한 데이터에는 접속할 수 없다. CIA 분석가들은 유명한 암살자들의 기록에는 접속할 수 있지만 대통령의 출장 예약 암호에는 접속할 수 없다.

시스템 보안 요원들에겐 데이터뱅크 안의 정보를 취급할 자격은 주어지지 않았지만, 그들은 그것의 안전을 책임지고 있었다. 보험 회사나 대학에 있는 대형 데이터뱅크들처럼, NSA의 시설도 내부에 저장된 비밀을 훔쳐보기 위해 몰래 침입하는 해커들에게 끊임없이 공격당했다. 하지만 NSA 보안 프로그래머들은 세계 최고로만 구성되어 있었다. 어느 누구도 NSA의 데이터뱅크를 침범하지 못했고, NSA도 누군가 그런 짓을 할 거라고는 생각하지 않았다.

시스템 보안 연구실에서 차트루키언은 그곳을 떠나야 할지 말지를 결정하지 못해 진땀을 흘리고 있었다. 트랜슬터의 사고는 데이터뱅크의 사고로 이어지는 것을 의미했다. 스트래스모어의 무관심은 정말 놀라운 것이었다.

트랜슬터와 NSA의 메인 데이터뱅크가 서로 불가분의 관계라는 것은 모두가 알고 있었다. 암호부에서 일단 해독된 새로운 암호는 안전한 보관을 위해 4백 미터 광케이블을 통해 NSA 데이터뱅크로 전송된다. 이 신성한 저장 장치는 진입점을 제한했고, 트랜슬터는 그중 하나였다. 곤틀릿은 난공불락의 경호원으로 여겨졌다. 그래서 스트래스모어는 그것을 우회했던 것이다.

차트루키언은 자신의 심장이 쿵쿵 뛰는 소리를 들었다.

'트랜슬터가 열여덟 시간이나 작동하고 있어!'

컴퓨터 바이러스가 트랜슬터에 침입한 뒤 NSA 지하실에서 난동을 부리고 있다는 생각이 확실히 증명되었다.

"난 이걸 보고해야만 해!"

그는 큰 소리로 중얼거렸다.

이런 상황에서 전화를 걸어야 할 상대는 단 한 사람밖에 없었다. 1백80킬로그램이 넘는 덩치에 성질 급한 시스템 보안부 고참 부장이었다. 곤틀릿을 설치한 컴퓨터 도사인 그의 별명은 재버[1]였다. NSA에서 그는 거의 신적인 존재로, 복도를 어슬렁거리거나 가상 화재 경보를 발동하거나, 무지한 자와 무능력한 자들의 어리석음을 비난하곤 했다. 차트루키언은 스트래스모어가 곤틀릿의 필터를 우회했다는 소리를 재버가 들으면 그 즉시 난리가 날 거라고 생각했다.

'안됐지만 나도 해야 할 일이 있어.'

그는 수화기를 들고 24시간 통화가 가능한 재버의 휴대전화 번호를 눌렀다.

---

1) **재버** : 영화 〈스타워즈〉에 나오는 대머리 악당 두목.

45

데이비드 베커는 시드 거리를 무작정 걸으며 생각을 정리하려고 했다. 자갈 밟는 소리만이 정적을 깨뜨렸다. 아직 보드카 기운이 남아 있었다. 그의 삶이 한순간 초점을 잃은 것 같았다. 생각이 다시 수잔에게로 돌아가면서, 자신의 메시지를 그녀가 들었는지 궁금했다.

앞쪽 정류장에서 버스가 끽 소리를 내며 멈추었다. 베커는 고개를 들었다. 버스 문이 열렸지만 내리는 사람은 없었다. 디젤 엔진이 요란한 소리를 내며 버스가 떠나려고 했다. 술집에서 나온 세 명의 십대들이 소리치고 손을 흔들며 버스를 뒤쫓았다. 엔진이 다시 소리를 낮추었고 아이들은 버스를 쫓아갔다.

베커는 30미터쯤 뒤에서 믿을 수 없다는 듯이 바라보았다. 사물의 초점이 갑자기 선명해졌지만, 그는 자신이 보고 있는 것이 현실 같지가 않았다. 그것은 백만 분의 1의 확률이었다.

'난 헛것을 보고 있는 거야.'

그러나 버스 문이 열리고 아이들이 올라타려고 몰려들었을 때, 베커는 다시 한 번 보았다. 이번엔 확신이 섰다. 길모퉁이 가로등이 내뿜는 희미한 불빛 아래 그는 분명히 그 소녀를 보았다.

아이들이 버스에 오르자, 버스 엔진이 다시 회전했다. 베커는 갑자기 미친 듯이 달리기 시작했다. 그의 마음속에는 검은 립스틱과 야한 아이섀도, 그리고 빨강, 하양, 파랑으로 물들인 세 갈래 머리카락이 하늘을 향해 뾰족하게 치솟은 괴상한 이미지가 자리 잡고 있었다.

버스가 움직이기 시작하자, 베커는 매연이 자욱한 거리 속으로 뛰어들며 고함을 질렀다.

"에스페라(잠깐만요)!"

샌들이 도로 위에서 미끄러졌다. 스쿼시로 다져진 평소의 민첩함을 잃고 그는 몸의 균형을 잃고 말았다. 머리가 어질어질해서 발걸음을 똑바로 옮기기가 어려웠다. 그는 술을 권한 바텐더와 비행기 여행으로 인한 시차를 원망했다.

버스는 세비야에서 흔히 볼 수 있는 낡은 디젤형이었고, 베커에게는 다행스럽게도 1단 기어로 천천히 힘들게 올라가고 있었다. 베커는 간격이 좁아지고 있음을 알았다. 그는 운전사가 기어를 바꾸기 전에 버스에 올라타야만 했다.

운전사가 기어를 2단으로 바꿀 준비를 하는지, 두 개의 배기관에서 시꺼먼 연기가 뿜어져나왔다. 베커는 전력을 다해 달렸다. 뒷범퍼에 가까워지자, 그는 오른쪽으로 나와 버스와 나란히 달렸다. 그러자 버스 뒷문이 보였다. 세비야의 모든 버스가 그렇듯이, 이 버스도 뒷문이 활짝 열려 있었다. 가장 값싼 에어컨 장치였다.

베커는 후끈거리는 다리의 감각을 무시하고 열린 문에 시선을 고정했다. 그의 어깨 높이와 나란한 바퀴가 점점 고음을 내며 돌아갔다. 그는 문으로 돌진했지만 잡을 곳이 없어서 비틀거렸다. 그는 더욱 힘껏 달렸다. 운전사가 기어 변속을 준비하자, 버스 밑바닥에서 클러치가 철컥거렸다.

'기어를 바꾸는군! 그건 안 돼!'

하지만 고속 기어에 맞추기 위해 엔진의 톱니바퀴가 풀리자, 버스

속도가 빨라졌다. 베커는 돌진했다. 그의 손이 출입문 손잡이를 잡았을 때 2단 기어가 걸렸다. 베커는 그 순간 쏜살같이 발을 올려 버스 안으로 어깨를 밀어넣었다.

데이비드 베커는 버스 출입문 바로 안쪽에 간신히 몸을 던져 매달렸다. 발이 도로와 거의 닿을 지경이었다. 그제야 정신이 들었다. 팔과 다리가 욱신거렸다. 그는 후들거리는 몸을 일으켜 균형을 잡은 뒤 컴컴한 버스 안쪽으로 들어갔다. 몇 좌석 건너 많은 형상 속에 세 갈래의 뾰족 머리가 눈에 들어왔다.

'빨강, 하양, 파랑…… 찾았다!'

베커의 머릿속엔 반지와 대기 중인 리어제트 60, 그리고 수잔에 대한 생각으로 가득했다.

베커는 소녀에게 어떻게 말해야 할지를 궁리하면서 소녀가 앉은 좌석으로 다가갔다. 그때 버스가 가로등 옆을 지나면서 펑크의 얼굴이 불빛에 드러났다.

베커는 너무 놀라 눈이 동그래졌다. 화장을 한 얼굴이 거뭇거뭇한 수염으로 덮여 있었다. 십대 소년이었다. 그는 윗입술에 은제 피어스를 박고 셔츠를 입지 않은 채 검은 가죽 재킷을 걸치고 있었다.

"뭘 그렇게 쳐다봐요?"

그가 쉰소리로 물었다. 뉴욕 억양이었다.

베커는 허탈감에 맥이 풀려 버스를 가득 메운 승객들을 둘러보았다. 베커를 바라보는 그들은 모두 펑크족이었고, 절반가량은 빨강, 하양, 파랑 머리를 하고 있었다.

"시엔타테(앉아요)!"

운전사가 베커에게 소리를 질렀다.

베커는 당혹감에 그 소리를 듣지 못했다.

"시엔타테!"

운전사가 다시 한 번 고함을 질렀다.

베커는 거울에 비친 화난 얼굴의 운전사를 흘끗 돌아보았다. 하지만 너무 오래 꾸물댔다.

짜증난 운전사가 브레이크를 세게 밟았다. 베커는 뒷좌석으로 얼른 손을 뻗었지만 놓치고 말았다. 순간 그의 몸뚱이는 공중에 붕 떴다가 흙투성이 버스 바닥에 떨어졌다.

시드 거리의 그늘 속에서 한 사내가 걸어나와 점차 멀어져가는 버스를 쳐다보았다. 데이비드 베커는 멀리 가진 못할 것이다. 세비야의 많은 버스 중에서, 베커는 하필 악명 높은 27번 버스를 탔기 때문이다.

27번 버스의 목적지는 한 곳뿐이었다.

46

필 차트루키언은 전화기를 거칠게 내려놓았다. 재버의 전화는 통화 중이었다. 재버는 통화중 대기 기능이 AT&T가 모든 전화를 연결시켜 이익을 증진하려는 매우 뻔뻔한 수법이라며 못마땅해 했다. "지금 다른 전화 받고 있습니다. 잠시 후에 전화드리겠습니다"라는 말들이 모여 전화회사에 연간 수백만 달러의 이익을 가져다 주었다. 재버가 통화중 대기를 거부하는 것은 언제나 긴급 휴대 전화기를 갖고 다니라는 NSA의 요구에 대한 무언의 항변이었다.

차트루키언은 고개를 돌려 아무도 없는 암호실을 둘러보았다. 아래층에서 발전기 돌아가는 소리가 점점 커졌다. 시간이 다 되어가는 느낌이 들었다. 떠나야 한다는 건 알지만, 암호실 아래층에서 울리는 소리를 뚫고 시스템 보안 요원들의 모토가 머릿속에서 들려오기 시작했다.

'먼저 행동하고 나중에 설명하라.'

컴퓨터 보안 세계에서 10분은, 시스템을 구하고 못 구하고의 차이였다. 사태를 해결하기 전에 방어 절차에 대한 정당성을 따질 시간이 없었다. 시스템 보안 요원들은 그들의 전문 기술과 특유의 직관에 대한 대가로 급료를 받고 있었다.

'먼저 행동하고 나중에 설명하라.'

차트루키언은 자신이 해야 할 일을 알았다. 또한 사태가 진정되면 그 자신은 NSA의 영웅이 되거나 해고를 당하게 될 거라는 점도 알고 있었다.

암호를 해독하는 거대한 컴퓨터가 바이러스에 감염되었음을, 시스템 보안 요원인 그는 확신했다. 책임을 지는 길은 결국 하나뿐이었다. 컴퓨터를 끄는 것이다.

트랜슬터를 끄는 방법은 두 가지밖에 없었다. 그중 하나는 국장의 개인 터미널인데, 그것은 그의 사무실 안에 있어 접근이 불가능했다. 다른 하나는 암호실 아래의 서브레벨 중 한 곳에 있는 수동 잠금 장치였다.

차트루키언은 마른침을 꿀꺽 삼켰다. 그는 서브레벨을 싫어했다. 그곳엔 수습 기간에 딱 한 번 가보았을 뿐이다. 좁고 긴 통로들의 미로와 프레온 도관들, 그리고 아찔한 40미터 높이 낭떠러지 밑에서 굉음을 내는 전력 공급장치……

그곳엔 정말 가고 싶지 않았고 스트래스모어의 명령을 거역하기도 두려웠다. 그래도 임무는 임무였다.

'내일이면 모두 내게 고마워할 거야.'

그렇게 생각하면서도 그는 자신의 판단이 옳은지, 확신이 서지를 않았다.

차트루키언은 심호흡을 한 뒤 고참 시스템 보안 요원의 철제 사물함을 열었다. 분해된 컴퓨터 부품이 있는 선반의 매체 집중장치와 LAN 테스터 뒤에 스탠포드 동창회 머그잔이 하나 숨겨져 있었다. 그는 테두리를 건드리지 않고 잔 안에 손을 집어 넣어 메데코[1] 열쇠 하나를 꺼냈다.

"놀라운 일이군."

그는 중얼거렸다.

"시스템 보안부 간부의 보안 의식이 겨우 이 정도라니."

---

1) **메데코** : 파괴가 어렵고 만능키로도 열기 어려운 특수 자물쇠.

47

"십억 달러짜리 암호라고?"

브링커호프와 함께 복도를 걸으며 미지는 깔깔 웃었다.

"그럴 듯한 농담이야."

"정말이라니까요."

브링커호프가 말했다.

미지는 미심쩍은 눈으로 그를 바라보았다.

"설마 내 옷을 벗기려고 꾸민 계략은 아니겠지?"

"미지, 난 절대로……"

"알아, 차드. 농담이야."

잠시 후, 미지는 브링커호프의 의자에 앉아 암호실 보고서를 읽고 있었다.

"이게 보여요?"

그가 허리를 굽히고 문제의 숫자를 손가락으로 가리켰다.

"이 MCD 말예요. 십억 달러예요!"

미지는 깔깔 웃었다.

"윗사람이 보면 감동하겠군, 그렇지?"

"무척요."

"영(0)으로 나눈 것 같아."

"뭐라고요?"

"영으로 나눈 것 같다고."

그녀는 데이터의 나머지 부분을 자세히 살펴보며 말했다.

"MCD는 총비용을 분자로, 해독한 암호 숫자를 분모로 한 값이야."

"그건 알아요."

브링커호프가 고개를 끄덕이며 그녀의 젖가슴으로 향하는 시선을 애써 거두었다.

미지가 설명했다.

"그런데 분모가 제로면 몫은 무한대가 되거든. 컴퓨터는 무한대를 싫어하기 때문에 모두 9라는 숫자로 나타내지."

그녀는 다른 칸을 가리켰다.

"이게 보여?"

"예."

브링커호프는 서류를 다시 보았다.

"그건 오늘 나온 따끈따끈한 생산 데이터야. 그런데 해독한 암호 수를 봐."

브링커호프는 그녀가 손가락으로 가리키는 부분을 보았다.

해독한 암호 수 = 0

미지는 그 숫자를 톡톡 치며 말했다.

"내가 예상한 대로 영으로 나눴군."

브링커호프가 눈썹을 치켜세웠다.

"그러면 다 괜찮은 거예요?"

미지는 어깨를 으쓱했다.

"오늘은 어떤 암호도 풀지 못했다는 뜻이지. 트랜슬터가 휴식을 취하는 모양이야."

"휴식요?"

브링커호프는 의아한 표정을 지었다. 그는 국장이 '휴식'이라는 단어를 별로 좋아하지 않으며, 특히 트랜슬터에 관한 한 그런 건 허용되지 않는다는 것을 잘 알고 있었다. 폰테인은 암호를 해독하는 이 괴물을 위해 20억 달러나 지불했기 때문에 본전을 뽑고 싶어했다. 트랜슬터가 쉬면 초당 엄청난 돈을 하수구에 버리는 셈이다.

"미지, 트랜슬터는 쉬지 않아요. 그 기계는 밤낮으로 가동된다는 걸 알잖아요."

그녀는 다시 어깨를 으쓱했다.

"스트래스모어가 어젯밤엔 주말 가동 준비를 하기 싫어 일찍 퇴근했던 게지. 폰테인이 출장 중인 걸 알고 일찌감치 빠져나가 낚시터로 갔을 거야."

"어지간히 해둬요, 미지."

브링커호프가 지겨운 표정을 지었다.

"그에게도 숨 돌릴 틈을 줘야지."

미지 밀컨이 트레버 스트래스모어를 좋아하지 않는다는 건 비밀이 아니었다. 스트래스모어는 스킵잭 알고리즘을 교묘하게 조작하려다가 적발된 적이 있었다. 그의 무모한 시도로 NSA는 값비싼 대가를 지불해야 했다. 전 세계 컴퓨터 사용자 연합인 EFF는 힘을 얻었고, 반대로 폰테인은 의회의 신임을 잃었다. 가장 고약한 것은 NSA가 익명성을 잃게 되었다는 것이다. 갑자기 미네소타의 주부들이 AOL, 프로디지 등에 NSA가 자신들의 이메일을 훔쳐볼 수도 있다고 불평했다. NSA가 감자 요리법 따위에 관심 있을 리 만무했는데도 말이다.

스트래스모어의 실수로 NSA는 대가를 치르게 되었고, 미지는 일말의 책임감을 느꼈다. 그의 돌출 행위를 예견할 방법은 없었지만, 결과

적으로 부국장이 국장 모르게 월권행위를 한 셈인데 국장을 보좌할 책임은 그녀에게 있었기 때문이다. 폰테인의 자유방임적인 태도는 부국장을 불리하게 만들었고, 그 결과 미지도 신경을 곤두세우지 않으면 안 되었다. 하지만 국장은 뒷전에서 영리한 사람들이 일을 하도록 내버려두는 법을 오래전부터 터득했고, 스트래스모어도 그렇게 똑같이 다루었다.

"미지, 당신도 스트래스모어가 농땡이치는 타입이 아니란 걸 알잖아요. 그는 트랜슬터를 미친 듯이 돌려요."

미지가 고개를 끄덕였다. 그녀도 속으로는 스트래스모어가 농땡이를 부렸을 거라고는 생각하지 않았다. 부국장은 오히려 너무 헌신적이어서 탈일 만큼 언제나 최선을 다했다. 그는 이 세상의 악을 자신의 십자가로 품은 사람이었다. NSA의 스킵잭 계획은 이 세상을 대담하게 변화시키려는 스트래스모어의 작품이었다. 그러나 수많은 성전들이 그랬듯이 그 결과는 참담했다.

그녀가 시인했다.

"좋아. 내가 조금 심했어."

"조금이라고요?"

브링커호프는 실눈을 떴다.

"밀린 파일들이 이 킬로미터는 될 거예요. 트랜슬터를 주말 내내 놀릴 리가 없어요."

"알았어, 알았어."

미지가 한숨을 내쉬었다.

"내 실수야."

그녀는 눈썹을 찌푸리며 트랜슬터가 하루종일 어떤 암호도 해독하지 않은 것을 의아하게 생각했다.

"다시 한 번 점검해야겠군."

그녀는 보고서를 넘기다가 자기가 찾던 숫자들을 발견하고는 자세히 살펴본 뒤 머리를 끄덕였다.

"당신이 옳아, 차드. 트랜슬터는 완전 가동 중이야. 처리 과정을 거치지 않은 암호들도 위쪽에 좀 남아 있군. 어젯밤 자정 이후로 시간당 오천 킬로와트가 넘어서고 있어."

"그러면 어떻게 되는 건가요?"

미지는 당황했다.

"모르겠어. 정말 이상하네."

"데이터를 다시 넣을까요?"

그녀는 마땅찮은 표정으로 그를 바라보았다. 미지 밀컨에게 절대로 따져선 안 되는 두 가지가 있었다. 그중 하나가 그녀의 데이터였다. 브링커호프는 미지가 그 숫자들을 검토하는 동안 기다렸다. 마침내 그녀가 말했다.

"흠, 어제 통계는 이상이 없는 것 같은데. 이백삼십칠 개의 암호가 풀렸고, MCD는 팔백칠십사 달러, 암호당 평균시간은 육 분이 좀 넘었어. 미처리 암호량은 평균치. 마지막 암호가 트랜슬터에 들어간 시각은……"

그녀가 말을 중지했다.

"왜요?"

그녀가 말했다.

"말도 안 돼. 어제의 대기열 기록에는 마지막 파일이 오후 열한 시 삼십칠 분에 들어갔어."

"그런데요?"

"트랜슬터의 암호 해독은 매번 육 분 안팎으로 이루어져. 그래서 그날의 마지막 파일은 자정 가까운 시각에 실행되지. 이건 아무래도 ……"

미지는 갑자기 말을 멈추고 경악했다.

브링커호프도 깜짝 놀라며 물었다.

"왜 그래요?"

미지는 믿을 수 없다는 듯이 보고서를 응시했다.

"이 파일, 어젯밤 트랜슬터에 들어간 거 말이야."

"예?"

"이게 아직 풀리지 않았어. 대기 시간은 23시 37분 08초인데, 해독 시간이 없잖아."

그녀는 서류를 뒤적였다.

"어제도 없고, 오늘도 없어!"

브링커호프가 어깨를 으쓱했다.

"그 친구들이 지독한 진단을 실행하고 있나 보죠."

미지는 고개를 가로저었다.

"그런 것 같진 않아. 게다가 대기열 데이터엔 외부 파일로 나와 있어. 스트래스모어에게 전화해야겠어."

"집으로요? 토요일 밤인데……"

브링커호프가 마른침을 삼켰다.

"아니, 장담하건대 스트래스모어는 지금 이곳에 있을 거야. 그가 여기 있다는 데 돈을 왕창 걸 수도 있어. 예감일 뿐이지만."

미지 밀컨에게 절대로 따져선 안 되는 또 한 가지는 바로 그녀의 예감이었다. 그녀가 일어서면서 말했다.

"자, 내 예감이 맞는지 보러 가자고."

브링커호프는 미지를 따라 그녀의 사무실로 갔다. 그녀는 자리에 앉아 훌륭한 파이프 오르간 연주자처럼 빅 브라더의 키패드를 조작하기 시작했다.

브링커호프는 벽에 걸린 비디오 모니터들을 보았다. 스크린은 모두 NSA 문장을 비추며 정지되어 있었다. 그가 걱정스레 물었다.

"암호실을 훔쳐볼 작정이에요?"

"아니."

미지가 대답했다.

"그러고 싶지만 암호실은 불가능해. 비디오도 없고 스피커도 없어. 스트래스모어의 명령이야. 내가 접근할 수 있는 것은 통계와 트랜슬터의 기초 자료뿐이야. 그거라도 손에 넣으면 행운이지. 스트래스모어는 완벽한 격리를 원했지만, 폰테인은 기본적인 것은 고집했어."

브링커호프는 의아해했다.

"암호실에는 비디오가 없어요?"

"왜?"

그녀가 모니터에서 눈을 떼지 않고 물었다.

"카르멘과 함께할 좀더 은밀한 장소를 찾고 있는 거야?"

브링커호프가 나지막하게 투덜거렸다.

미지는 키보드를 좀더 두드렸다.

"스트래스모어의 엘리베이터 로그를 꺼내고 있어."

그녀는 잠시 모니터를 관찰한 후 책상을 손으로 톡톡 치며 말했다.

"여기 있군. 지금 암호실에 있어. 이걸 봐. 오래도 있었군. 어제 아침 일찍 들어간 이후로 엘리베이터가 작동하지 않았어. 그가 마그네틱 카드를 이용해 중앙 문으로 나간 기록이 없어. 그러니까 그는 건물 내에 있는 게 확실해."

브링커호프는 안도의 한숨을 내쉬었다.

"스트래스모어가 안에 있다면 아무 문제도 없겠군요?"

미지가 잠시 생각한 뒤 대답했다.

"그럴지도 모르지."

"모르다뇨?"

"그에게 전화해서 확인해봐야지."

브링커호프는 앓는 소리를 냈다.

"미지, 그는 부국장이잖아요. 그가 알아서 잘 해결할 거예요. 너무

254

지나친……"

"오, 차드. 어린애처럼 굴지 마. 우린 단지 할 일을 하는 것뿐이니까. 통계가 이상해서 그 원인을 추적하고 있잖아. 그리고 난 스트래스모어에게 빅 브라더가 지켜보고 있다는 걸 상기시켜주고 싶어. 그가 또 세상을 구한답시고 무모한 계획을 세우기 전에 다시 생각해보도록 만들어야 해."

미지가 전화기를 들고 번호를 누르기 시작했다.

브링커호프는 불안한 표정으로 쳐다보았다.

"정말 그를 귀찮게 해야겠어요?"

"내가 귀찮게 하는 게 아니지."

미지가 전화기를 그에게 건네며 말했다.

"당신이 말해."

48

"뭐라고?"

미지는 믿을 수 없다는 듯이 말했다.

"스트래스모어가 그랬어? 우리 데이터가 틀렸다고?"

브링커호프가 고개를 끄덕이며 전화기를 내려놓았다.

"그렇다면 트랜슬터가 열여덟 시간 동안 한 가지 파일에 매달려 있다는 것도 부인했어?"

"그는 모든 것에 만족하고 있었어요."

브링커호프는 통화를 무사히 끝낸 것이 기뻐서 얼굴이 환해졌다.

"트랜슬터는 아무 문제가 없대요. 우리가 얘기하고 있는 동안에도 육 분마다 암호를 하나씩 해독하고 있다고 했어요. 점검해줘서 고맙다는데요."

"그는 거짓말을 하고 있어."

미지가 잘라 말했다.

"난 이곳 암호실 통계를 이 년 동안 맡아왔어. 데이터는 절대로 틀리지 않아."

"처음 있는 일이겠죠."

브링커호프가 태연하게 말했다.

미지는 마뜩잖은 표정으로 그를 쏘아보았다.

"난 모든 데이터를 두 번씩 돌린다고."

"컴퓨터에 대해 잘 알잖아요. 틀렸더라도 최소한 일관성을 유지하려고 하죠."

미지가 그를 돌아보며 소리쳤다.

"이건 장난이 아니야, 차드! 부국장은 방금 국장 사무실에 대고 뻔뻔스럽게 거짓말을 한 거라고. 난 그 이유를 알고 싶어!"

브링커호프는 갑자기 그녀를 다시 부른 것이 후회되었다. 스트래스모어의 전화는 그녀의 분노를 폭발시켰다. 스킵잭 사건 이후 미지는 의심스러운 느낌이 들 때마다 변덕이 죽 끓듯 했고, 의심이 풀릴 때까지 멈추지 않았다.

"미지, 우리 데이터가 틀렸을 수도 있어요."

브링커호프가 강한 어조로 말했다.

"제 말은, 열여덟 시간 동안 트랜슬터를 묶어놓을 파일이 있겠냐는 거죠. 들어본 적도 없어요. 너무 늦었으니 그만 퇴근하세요."

미지는 오만한 표정으로 브링커호프를 노려본 뒤 책상 위에 보고서를 던졌다.

"난 데이터를 믿어. 내 직관도 그게 옳다고 말하고 있어."

브링커호프는 눈살을 찌푸렸다. 비록 국장이라도 미지 밀컨의 직관에 대해서는 토를 달지 않았지만, 그녀는 자신의 직관을 너무 믿는 나쁜 습관이 있었다.

"분명히 뭔가가 있어. 난 그걸 알아내고 말 거야."

미지가 다짐하듯 말했다.

49

베커는 버스 통로 바닥에서 간신히 일어나 빈 의자에 털썩 앉았다.

"멋지게 나가떨어졌군!"

세 갈래의 뾰족 머리를 한 십대 소년이 비웃었다. 베커는 환한 불빛에 눈살을 찌푸렸다. 그가 좇던 소년이었다. 그는 머리를 빨강, 하양, 파랑으로 물들인 무리를 울적한 기분으로 둘러보았다.

"머리가 다들 왜 그 모양이지?"

베커는 신음하며 다른 아이들을 가리켰다.

"왜 다들 빨강, 하양, 파랑 머리냐고요?"

소년이 되물었다.

베커는 구멍 뚫린 그의 윗입술이 감염된 것을 보지 않으려고 애쓰며 머리를 끄덕였다.

"주더스 터부라는 거예요."

아이가 설명했다.

베커는 어리둥절해졌다.

펑크가 버스 바닥에 침을 뱉었다. 베커의 무지함에 비위가 상한 게 분명했다.

"주더스 터부도 몰라요? 시드 비셔스 이후 가장 위대한 펑크인데. 일 년 전 오늘, 그의 머리가 여기서 박살났어요. 그러니까 오늘이 그의 기일이에요."

베커가 모호하게 고개를 끄덕였다.

"터부는 자신을 끝장내던 날 헤어스타일을 이런 식으로 했어요."

아이는 다시 침을 뱉었다.

"그래서 오늘은 어중이떠중이 모두 빨강, 하양, 파랑 뾰족 머리를 한 거죠."

베커는 진정제라도 맞은 듯 한참 동안 조용히 있었다. 그러고는 천천히 고개를 돌려 버스 안의 청소년들을 훑어보았다. 마지막 한 사람까지 펑크였고, 대부분 그를 응시하고 있었다.

'그의 팬들이 오늘 모두 빨강, 하양, 파랑으로 머리를 물들였단 말이지.'

베커는 버스 벽에 붙은 끈을 잡아당겨 운전사에게 신호를 보냈다. 내릴 작정이었다. 다시 한 번 끈을 잡아당겼지만 아무 조짐도 없었다. 그는 세 번째로 미친 듯이 끈을 잡아당겼다. 여전히 아무 일도 일어나지 않았다.

"이십칠 번 버스는 그게 끊어졌어요. 우린 그딴 거 사용 안 해요."

아이가 다시 침을 뱉으며 말했다.

베커는 그를 돌아보며 물었다.

"내릴 수 없다는 뜻이냐?"

아이가 깔깔 웃었다.

"종점까지 가야죠."

5분 후, 버스는 스페인의 가로등 없는 시골길을 전속력으로 달렸다. 베커는 뒷자리에 있는 아이에게 물었다.

"종점까지 얼마나 더 가야 하는데?"

"몇 킬로미터만 더 가면 돼요."

"거기가 어딘데?"

아이가 활짝 웃었다.

"어디로 가는 버스인지도 모르고 탔단 말예요?"

베커가 어깨를 으쓱하자, 아이가 마구 웃어댔다.

"오, 세상에! 아저씨도 좋아하게 될 거예요."

50

필 차트루키언은 트랜슬터 동체에서 겨우 몇 미터 떨어진 암호실 바닥의 하얀 글자가 씌인 지점에 서 있었다.

암호실 서브레벨
관계자 외 출입금지

차트루키언은 자신이 관계자가 아님을 알고 있었다. 그는 스트래스모어의 사무실을 힐끔 쳐다보았다. 커튼이 여전히 드리워져 있었다. 그는 수잔 플레처가 화장실에 가는 것을 보았다. 따라서 문제는 그녀가 아니라 헤일이었다. 그는 헤일의 동태를 살피기 위해 노드 3 쪽을 쳐다보았다.

"제기랄."

차트루키언은 투덜거렸다. 발 아래로 옴폭 들어간 뚜껑 문의 윤곽이 간신히 보였다. 그는 시스템 보안 연구실에서 가져온 열쇠를 꺼냈다.

그는 무릎을 꿇고 열쇠를 바닥에 꽂은 뒤 돌렸다. 아래쪽 빗장에서 찰칵 소리가 났다. 커다란 나비 모양의 래치를 돌리자 문이 열렸다.

그는 뒤를 다시 한 번 돌아본 뒤 웅크리고 앉아 문을 잡아당겼다. 출입문은 사방 1미터 남짓하게 작았지만 무거웠다. 마침내 문이 열리자, 차트루키언은 엉덩방아를 찧고 말았다.

뜨거운 바람이 그의 얼굴을 때렸다. 독한 프레온 가스가 섞인 것이었다. 자욱한 가스가 걷히자 그 아래로 빨간 불빛이 아른거렸다. 멀리서 웅 하고 돌아가던 발전기 소리가 우룽우룽 하는 소리로 바뀌었다. 차트루키언은 일어나서 출입문 안을 살펴보았다. 컴퓨터 수리용 출입구라기보다는 지옥으로 들어가는 문 같았다. 좁은 사다리가 바닥 아래 받침대까지 내려져 있었다. 그 너머로 계단이 있지만, 스멀거리는 붉은 수증기 때문에 보이지 않았다.

그렉 헤일은 노드 3의 일방투시 창문을 통해 차트루키언이 사다리를 타고 서브레벨로 내려가는 것을 지켜보고 있었다. 그가 서 있는 위치에서는 보안 요원의 머리가 몸통에서 잘려 나간 것처럼 보였다. 그러나 그 머리도 곧 스멀거리는 수증기 밑으로 천천히 가라앉았다.

"대담한 행동이군."

헤일이 중얼거렸다. 그는 차트루키언이 가는 곳을 알았다. 트랜슬터에 바이러스가 침입했다고 생각했다면, 수동으로 가동을 중지시키는 것은 논리적인 조치였다. 불행히도 그것은 보안 요원들을 10분 내에 암호실로 불러들이는 확실한 방법이기도 했다. 비상조치는 중앙 배전판에 경계 신호를 전달하기 때문이었다. 헤일은 시스템 보안 요원이 암호실을 조사하도록 내버려둘 수는 없었다. 헤일은 노드 3에서 나와 뚜껑 문 쪽으로 걸어갔다. 차트루키언을 말려야만 했다.

51

재버라는 별명이 말해주듯 올챙이를 닮은 그의 머리는 머리카락이라곤 한 올도 없는 회전타원체였다. NSA의 모든 컴퓨터 시스템을 지키는 수호 천사인 재버는 부서마다 돌아다니며 예방이 명약이라는 자신의 신조를 외치고 다녔다. 재버가 군림하고 있는 한 NSA의 컴퓨터가 바이러스에 감염된 적은 없었고, 그는 그런 방법을 고수하고자 노력했다.

재버의 사무실은 NSA 지하에 있는 극비 데이터뱅크를 내려다보는 높은 작업실이었다. 바이러스가 치명적인 손상을 입힐 수 있는 극비 데이터뱅크가 있는 그곳에서 그는 대부분의 시간을 보냈다. 하지만 지금 이 순간 재버는 NSA의 철야 식당에서 휴식을 취하며 페페로니 칼조네[1]를 먹고 있었다. 그가 세 번째 조각을 집으려 할 때 휴대전화기가 울렸다.

"네."

그는 입 안에 가득한 음식을 삼키느라 기침을 했다.

여자의 목소리가 달콤하게 울렸다.

"재버, 미지예요."

"데이터의 여왕께옵서!"

거구의 남자는 반가운 마음에 소리쳤다. 그는 미지 밀컨에게 호감을 갖고 있었다. 그녀는 예리했고 그와 더불어 농담을 나눌 수 있는 유일한 여성이었다.

"그래, 어떻게 지내요?"

"잘 지내죠."

재버는 입을 닦았다.

"건물 안에 있나요?"

"예."

"칼조네나 같이 먹을래요?"

"그러고 싶지만, 지금 히프[2]를 살펴보고 있는 중이라서요."

"정말이오?"

그가 히죽거렸다.

"나도 같이 보면 안 될까요?"

"악동 같군요."

"혹시 알아요, 내가……"

그녀가 말을 잘랐다.

"통화가 돼서 기뻐요. 조언이 필요하거든요."

그는 음료수를 들이켰다.

"말해봐요."

미지가 말했다.

"별거 아닐 수도 있지만, 암호부 통계가 이상해서요. 당신이 한 수 가르쳐주었으면 해요."

"뭔데요?"

그는 또 한 모금 마셨다.

"트랜슬터가 파일 하나를 열여덟 시간이나 돌리고도 풀지 못했다는 보고서를 받았어요."

재버는 너무 놀라는 바람에 입에 물고 있던 음료수를 칼조네 위에 뿜고 말았다.

"뭐, 뭐라고요?"

"혹시 생각나는 것 있어요?"

그는 냅킨으로 칼조네의 물기를 찍어냈다.

"그게 무슨 보고서죠?"

"생산 보고서예요. 기초 비용 분석 자료죠."

미지는 자신과 브링커호프가 발견한 내용을 재빨리 설명했다.

"스트래스모어에게 전화했소?"

"네. 그런데 암호실은 모두 정상이라고 했어요. 트랜슬터는 최고 속도로 가동되고 있다고 말이죠. 그는 우리 데이터가 잘못됐다고 말하더군요."

재버는 불룩 나온 이마를 찡그렸다.

"그럼 뭐가 문제요? 당신 보고서가 잘못됐구먼."

미지는 대꾸하지 않았다. 재버는 눈치를 채고 얼굴을 찡그렸다.

"당신 보고서가 잘못되지 않았다고 생각하는 거요?"

"그럼요."

"그렇다면 스트래스모어가 거짓말을 하고 있다는 겁니까?"

"그건 아니에요."

미지는 둘러댔다.

"단지 내 통계가 지금까지 틀린 적이 없었다는 뜻이에요. 그래서 다른 의견을 들어보고 싶었어요."

재버가 말했다.

"글쎄, 나도 이런 얘긴 하고 싶지 않지만, 당신의 데이터가 잘못된 것 같소."

"그렇게 생각해요?"

"내 목을 걸겠소."

재버는 물컹해진 칼조네를 크게 한 입 베어 물고 말했다.

"트랜슬터 안에서 가장 오래 있었던 파일은 세 시간짜리였어요. 그것도 진단과 영역 검사, 그 외의 모든 것을 포함해서였죠. 트랜슬터를 열여덟 시간 동안 돌릴 수 있는 건 바이러스뿐이에요. 그 외엔 다른 이유가 있을 수 없어요."

"바이러스라고요?"

"그렇죠. 중복성 사이클을 가진 것이죠. 프로세서 안으로 침투해서 루프를 만든 뒤 작업을 근본적으로 방해하죠."

미지는 슬쩍 운을 떼었다.

"스트래스모어는 암호실에서 서른여섯 시간째 일하고 있어요. 바이러스와 싸우고 있는 걸까요?"

재버가 껄껄 웃었다.

"스트래스모어가 서른여섯 시간이나 그 안에 있어요? 불쌍한 놈. 아내에게 쫓겨났나? 바가지를 엄청나게 긁는다고 하던데."

미지는 잠시 생각했다. 미지도 그런 얘기를 들은 적이 있다. 어쩌면 자신이 너무 집착하고 있는 건지도 모른다는 생각이 들었다.

"미지."

재버는 음료수를 다시 길게 들이켰다.

"스트래스모어의 장난감이 바이러스에 감염되었다면 그는 즉시 날 불렀겠죠. 그는 예리하지만 바이러스에 대해서는 맹탕이에요. 트랜슬터는 그가 가진 모든 것이죠. 문제가 생길 조짐만 보였어도 그는 헐레벌떡 나한테 달려왔을 겁니다."

그는 실처럼 늘어진 모차렐라 치즈를 핥았다.

"게다가 트랜슬터 내부엔 바이러스가 침투할 수 없어요. 곤틀릿은 내가 지금까지 만든 필터 중 최고의 패키지 필터거든요. 어떤 바이러스도 통과할 수 없어요."

오랜 침묵 후 미지가 한숨을 내쉬었다.

266

"다른 가능성은 없나요?"

"예. 당신 데이터가 잘못된 겁니다."

"그건 이미 말했어요."

"그랬죠."

그녀는 얼굴을 찡그렸다.

"어떤 소문도 듣지 못했나요? 아무 거라도?"

재버가 껄껄 웃었다.

"미지, 내 말 잘 들어요. 스킵잭은 끝났어요. 스트래스모어가 날려 버렸지. 당신도 이젠 떨쳐버려요. 다 끝난 일이니까."

미지는 한참 동안 가만히 있었다. 재버는 자신이 너무 지나쳤다는 것을 깨달았다.

"미안해요, 미지. 그 난리로 당신이 열 받은 거 알아요. 스트래스모어가 잘못했죠. 그 친구에 대한 당신 감정도 알고요."

"이건 스킵잭과 상관없는 일이에요."

그녀는 잘라 말했다.

'그렇고말고.'

"미지, 난 스트래스모어에게 어떤 감정도 갖고 있지 않아요. 그 친구는 암호해독가예요. 암호해독가들은 근본적으로 자기중심적이죠. 매일 데이터를 내놓으라고 닦달하고, 잘난 파일 하나에 세계의 미래가 달린 듯 호들갑을 떨죠."

"그게 무슨 뜻이죠?"

재버가 한숨을 쉬었다.

"스트래스모어도 갈데없는 사이코란 얘기죠. 하지만 그 친구는 자기 마누라보다 트랜슬터를 더 사랑할 거요. 만약 문제가 생겼다면 날 불렀을 거라고요."

미지는 오랫동안 침묵한 뒤 마침내 한숨을 토해냈다.

"그러니까 당신은 내 데이터가 잘못되었다는 거군요?"

재버가 껄껄 웃었다.

"이 안에 에코 장치가 되어 있나?"

그녀도 웃었다.

"미지. 내게 작업 지시를 내려요. 월요일에 당신 기계를 점검해드릴 테니. 그때까진 퇴근해서 푹 쉬어요. 토요일 밤이잖소. 가서 잠을 자든지 다른 걸 해요."

그녀는 한숨을 쉬었다.

"그러도록 해보죠, 재버. 고마워요."

1) **페페로니 칼조네** : 고기와 채소, 치즈를 넣은 파이.
2) **히프** : 여기서는 최신 정보.

52

클럽 엠브루호(마법사)는 27번 버스 종점 변두리에 자리 잡고 있었다. 댄스 클럽이라기보다는 성채처럼 보이는 그곳은 유리 조각이 박힌 하얀 석회벽 — 불법침입을 하다간 살점이 떨어질 수밖에 없는 잔인한 보안 시스템 — 으로 둘러싸여 있었다.

버스를 타고 오는 동안 베커는 자신이 임무에 실패했다는 생각을 굳히게 되었다. 더 이상 조사해도 소용없다는 나쁜 소식을 스트래스모어에게 전해야 할 시간이다. 어쨌거나 최선을 다했고, 이제 고향으로 돌아갈 일만 남았다.

추종자 집단이 클럽 출입문으로 밀려들어가는 것을 보며, 베커는 조사를 포기하는 것에 대해 자기 양심이 허락할지 확신이 서지 않았다. 그는 지금까지 본 적 없는 거대한 펑크들의 물결을 보고 있었다. 도처에 빨강, 하양, 파랑의 뾰족 머리들로 넘쳤다.

어떻게 하면 좋을까, 생각하며 베커는 한숨을 내쉬었다. 그는 무리들을 훑어보며 어깨를 으쓱했다.

'토요일 밤에 그 소녀가 달리 어디로 가겠어?'

그는 행운을 빌며 버스에서 내렸다.

클럽 엠브루호로 가는 통로는 석조 골목이었다. 베커는 골목으로 들어선 순간, 열렬한 추종자들 속에 갇히고 말았다.

"저리 좀 비켜, 젠장!"

한 사람이 팔꿈치로 베커의 옆구리를 거칠게 밀며 지나쳤다.

"멋진 타이야."

누군가 베커의 넥타이를 세게 잡아당겼다.

"섹스하고 싶어요?"

영화 〈새벽의 저주〉에서 튀어나온 듯한 십대 소녀가 그를 빤히 보았다.

어두운 골목은 술 냄새와 체취가 물씬 풍기는 대형 시멘트 홀로 이어졌다. 다른 세상 같았다. 깊은 동굴 속에 수백 명의 몸뚱이들이 하나처럼 움직였다. 그들은 서로 엉킨 채 파도처럼 출렁였고, 그들의 머리는 단단한 막대기 위에서 까닥거리는 생명 없는 전구 같았다. 미친 인간들이 무대에서 인간들의 바닷속으로 뛰어내렸다. 사람 몸뚱이가 마치 비치볼처럼 이리저리 떠다녔다. 머리 위의 요란한 스트로보 조명이 그 광경을 낡은 무성 영화의 한 장면처럼 만들었다.

멀리 벽에 설치된 미니 밴 크기의 스피커들이 토해내는 저음 때문에 아무리 열광적인 춤꾼이라도 쿵쿵대는 우퍼[1]에 1미터 이내로는 다가갈 수 없었다.

베커는 귀를 틀어막고 군중을 둘러보았다. 눈에 보이는 것은 온통 빨강, 하양, 파랑의 뾰족 머리뿐이었다. 몸뚱이들이 너무 꽉 달라붙어 있어서, 무슨 옷을 입고 있는지 구별할 수가 없었다. 이런 무리 속에서 영국 국기 무늬의 티셔츠를 찾기란 쉽지 않았다. 발에 밟히지 않고 사람들 사이를 비집고 들어갈 수는 없을 것이다. 베커 근처에서 누군가 토하기 시작했다.

'굉장하군.'

베커는 신음을 토했다. 그는 스프레이페인트가 칠해진 복도로 빠져

나갔다.

복도는 거울로 된 좁은 동굴을 통해 의자와 탁자가 여기저기 놓여
있는 옥외 테라스로 이어졌다. 테라스엔 펑크 로커들이 잔뜩 모여 있
었지만, 베커에겐 그곳이 샹그리라(지상낙원)로 통하는 입구처럼 느껴
졌다. 여름 하늘이 머리 위로 펼쳐져 있었고 음악 소리도 희미하게 멀
어졌다.

베커는 호기심 어린 시선을 무시하고 로커들 사이로 들어갔다. 그리
고 가장 가까이에 있는 빈 의자에 털썩 앉아 넥타이를 느슨하게 풀었
다. 스트래스모어의 이른 전화를 받았던 때가 먼 옛날처럼 느껴졌다.

탁자 위의 빈 맥주병을 치운 뒤 그는 팔을 괴고 머리를 얹었다. 베커
는 잠깐만이라도 쉬고 싶었다.

거기서 8킬로미터 떨어진 곳. 철테 안경을 쓴 사내는 시골길을 전속
력으로 질주하는 피아트 택시 뒷좌석에 앉아 있었다.

"엠브루호."

그는 투덜거리듯 말하여 운전사에게 목적지를 각인시켰다.

운전사는 고개를 끄덕이며 거울에 비친 승객에게 호기심 어린 눈빛
을 보냈다.

'엠브루호라, 매일 밤 이상한 인간들이 모이는 곳이지.'

운전사는 속으로 중얼거렸다.

---

1) 우퍼 : 낮은 음역의 확성기.

53

도쿠겐 누마타카는 자신의 펜트하우스에서 옷을 모두 벗고 마사지 테이블에 누워 있었다. 마사지사는 그의 목을 풀어주고 있었다. 그녀는 손바닥으로 그의 어깨를 감싸쥐고 경혈점을 누른 뒤 천천히 수건으로 가린 등을 쓸어내렸다. 그녀의 손이 점점 아래로 내려갔다. 하지만 누마타카는 거의 의식하지 못했다. 생각이 다른 곳에 가 있는 탓이었다. 그는 자신의 비밀 전화기가 울리기를 기다리고 있었다. 전화는 오지 않았다.

누군가 문을 노크했다.

"들어와."

누마타카가 퉁명스럽게 말했다.

마사지사는 수건 밑에 넣었던 손을 얼른 빼냈다.

교환원이 들어와서 공손히 절했다.

"회장님?"

"말해."

교환원이 두 번째로 고개를 숙였다.

"전화 교환국에서 국가 코드 1번인 미국에서 걸려온 전화라고 했습

272

니다."

　누마타카는 고개를 끄덕였다. 희소식이었다.

　'미국에서 걸려온 전화라.'

　그는 미소를 지었다.

　'진짜였군.'

　"미국 어디였지?"

　그가 물었다.

　"지금 조사 중입니다. 회장님."

　"좋아. 밝혀지는 대로 알려주게."

　교환원은 다시 고개를 숙인 뒤 나갔다.

　누마타카는 근육이 풀리는 느낌이었다.

　'국가 코드 1번이라.'

　정말 희소식이었다.

54

수잔 플레처는 암호실의 화장실 안을 초조하게 거닐며 천천히 50까지 세었다. 머리가 지끈거렸다.

'조금만 더 기다리자. 헤일이 노스 다코타야!'

수잔은 헤일의 진의가 궁금했다. 패스 키를 공표하려는 것일까? 아니면 탐욕에 눈이 멀어 그 알고리즘을 팔아먹으려는 걸까? 수잔은 더이상 기다릴 수가 없었다. 이젠 시간이 없었다. 스트래스모어를 만나야만 했다.

조심스럽게 문을 열고 멀리 암호실 반사벽을 살펴보았다. 헤일이 아직 지켜보고 있는지는 알 수 없었다. 그녀는 재빨리 스트래스모어의 사무실로 가야 했다. 그렇다고 너무 빨리 걸어가면 스트래스모어에게 가는 것으로 헤일이 금방 의심할 것이다. 그녀가 손을 뻗어 화장실 문을 막 열려는 순간, 무슨 소리가 들렸다. 남자들의 목소리였다.

목소리들은 바닥 근처의 통풍구에서 새어나왔다. 그녀는 잡고 있던 문고리를 놓고 통풍구로 다가갔다. 발전기 소리 때문에 말을 분명하게 알아들을 수는 없지만, 그들은 서브레벨의 좁은 통로에서 얘기하고 있는 것 같았다. 격분한 듯 날카롭게 소리치는 남자는 필 차트루키언이었다.

"날 못 믿겠다는 거요?"

그는 정말 답답하다는 듯이 소리쳤다.

"바이러스에 걸렸단 말입니다!"

그러자 거친 고함소리가 들려왔다.

"재버를 불러야 해요!"

그러고는 실랑이를 벌이는 듯했다.

"이거 놔!"

그 다음에 들려온 소리는 사람의 소리 같지 않았다. 마치 고문을 당해 죽어가는 동물이 겁에 질려 길게 울부짖는 소리 같았다. 수잔은 통풍구 옆에 선 채 얼어붙었다. 비명소리가 갑자기 뚝 그치자, 침묵이 흘렀다.

잠시 후 마치 삼류 공포 영화처럼 화장실 전등이 서서히 어두워졌다. 그러고는 몇 번 깜박이더니 아주 깜깜해졌다. 수잔 플레처는 칠흑 같은 어둠 속에 서 있는 자신을 발견했다.

55

"여긴 내 자리야, 얼간아."

베커가 팔에 묻었던 머리를 쳐들었다.

'이 빌어먹을 나라에선 스페인어를 쓰지 않나?'

그를 노려보고 있는 녀석은 여드름투성이에 머리카락을 박박 민 작달막한 십대였다. 머리통의 절반은 빨강, 나머지는 보라색이었다. 베커는 갑자기 부활절 달걀이 생각났다.

"내 자리라니까, 이 얼간아."

"알아들었어."

베커가 일어나며 말했다. 십대와 싸울 기분이 아니었다. 이제 가야 할 시간이다.

"내 맥주병들은 어디다 치웠어?"

십대는 고함을 질러댔다. 그의 코엔 안전핀이 꽂혀 있었다.

베커는 땅에 내려놓은 맥주병을 가리켰다.

"빈 병이었어."

"내 빈 병이야!"

"미안해."

베커는 사과하고 돌아섰다.

펑크가 길을 막으며 소리쳤다.

"병들을 집어올려!"

베커는 기분이 상해서 눈을 깜박였다.

"농담이겠지?"

그는 소년보다 30센티는 더 크고 20킬로그램은 더 나갈 것 같았다.

"내가 농담 따위나 할 것처럼 보여?"

베커는 대꾸하지 않았다.

"병들을 집어올려!"

펑크가 다시 소리쳤다.

베커가 그냥 가려고 하자, 녀석이 그를 막았다.

"빌어먹을! 병들을 집어올리라고 했잖아!"

주위의 탁자에 앉아 있던 약에 취한 펑크들이 재미있다는 듯이 쳐다보았다.

"우리 그만두자."

베커가 조용히 말했다.

"경고하겠어!"

녀석은 식식거리며 말했다.

"여긴 내 탁자야! 난 매일 밤 여기 온다고. 저 병들을 집어올려!"

베커의 인내심도 바닥이 났다. 지금쯤 수잔과 스모키 산에 가 있어야 할 그였다.

'그런데 이곳 스페인에서 사이코 십대 녀석과 뭘 하고 있는 거지?'

베커는 녀석의 겨드랑이를 덥석 잡아 번쩍 들어올린 뒤 탁자 위에 내려놓았다.

"이 머리에 피도 안 마른 놈아! 이제 그 아가리 좀 닥쳐. 계속 나불거리면 네놈 코의 안전핀을 뽑아 주둥이를 꿰매버리겠어!"

녀석의 얼굴이 파래졌다.

베커는 놈을 잠시 더 틀어쥐고 있다가 놓아주었다. 그러고는 겁먹은 녀석에게서 눈을 떼지 않은 채 허리를 숙여 병들을 집어 탁자 위에 올려놓았다.

"이젠 됐냐?"

그의 물음에 녀석은 아무 말도 하지 않았다.

"왜 대답이 없어?"

베커가 소리쳤다.

'이런 놈들 때문에 산아 제한이 필요한 거군.'

"지옥에나 가라, 똥걸레!"

친구들이 자신을 비웃고 있다는 것을 깨달은 녀석이 고함을 질렀다.

베커는 꿈쩍도 하지 않았다. 녀석이 한 말이 갑자기 마음에 걸렸다.

'난 매일 밤 여기 온다고.'

어쩌면 녀석이 도움을 줄 수도 있을 거라는 생각이 들었다.

"미안하다."

그는 녀석을 달랬다.

"그런데 이름이 뭐니?"

"투 톤."

같잖다는 말투였다.

"투 톤?"

베커는 생각하는 표정을 지었다.

"어디 보자…… 그 헤어스타일 때문에?"

"놀고 있네, 자기가 무슨 셜록 홈스라고!"

"멋진 이름이야. 네가 지었니?"

"바로 맞혔어!"

투 톤은 자랑스럽게 말했다.

"난 이 이름을 특허낼 거야."

베커가 얼굴을 찡그렸다.

"트레이드마크로 하겠다는 뜻이겠지?"

투 톤은 어리둥절해졌다.

"그럴 땐 특허가 아니라 트레이드마크라고 하는 거야."

베커가 설명해주었다.

"뭐든 무슨 상관이야!"

녀석은 얼굴을 붉히며 소리쳤다.

술에 취하거나 마약에 취해 주위 테이블에 앉아 있던 십대들이 흥분하기 시작했다. 투 톤이 벌떡 일어나더니 베커에게 물었다.

"나한테 원하는 게 뭐야?"

베커는 속으로 생각했다.

'그 머리나 좀 감아. 말버릇 좀 고치고, 직업을 가져.'

하지만 초면인 처지에 그건 너무 무리한 요구 같았다.

"물어보고 싶은 게 있어."

"쳇!"

"사람을 찾고 있거든."

"내가 알 게 뭐야."

"그러지 말고 들어봐."

베커는 지나가는 웨이트리스를 불러 아낄라 맥주 두 병을 사서 투톤에게 하나 건넸다. 소년은 놀란 것 같았다. 그는 맥주를 한 모금 들이킨 후 베커를 조심스럽게 쳐다보았다.

"날 꼬시는 거야?"

베커가 웃으며 말했다.

"난 어떤 소녀를 찾고 있어."

그러자 투 톤이 낄낄 웃었다.

"그런 옷차림으론 줘도 못 먹겠네!"

베커는 얼굴을 찌푸렸다.

"그런 짓을 하려는 게 아니라 그 아이한테 할 말이 있어서 그래. 네가 좀 도와주렴."

투 톤은 맥주병을 내려놓았다.

"당신 경찰이야?"

베커가 고개를 가로저었다.

펑크가 실눈을 뜨고 그를 노려보았다.

"꼭 경찰 같아."

"난 메릴랜드에서 왔어. 경찰이라면 여기 왜 왔겠니, 안 그래?"

베커의 말에 아이는 말문이 막힌 듯했다.

"내 이름은 데이비드 베커야."

베커는 미소를 지으며 탁자 너머로 악수를 청했다.

펑크는 질색을 하며 뒤로 물러섰다.

"저리 치워, 호모 씨!"

베커가 손을 거두었다.

투 톤이 조건을 내걸었다.

"도와주는 대신 대가를 치러야 해."

베커는 기다렸다는 듯이 물었다.

"얼마나?"

"백 달러."

베커는 얼굴을 찡그렸다.

"난 페세타뿐인데."

"좋아! 그럼 백 페세타로 해."

투 톤은 환전에 대해서는 아무것도 모르는 게 분명했다. 백 페세타
는 87센트였다.

"그럼 우리 계약했다."

베커가 맥주병을 탁자에 톡톡 치며 말했다.

소년이 처음으로 미소 지었다.

"계약했어."

"좋아."

베커가 낮은 목소리로 계속 말했다.

"내가 찾는 소녀는 여기에 있을 거야. 머리는 빨강, 하양, 파랑이고."

투 톤이 비웃었다.

"그건 주더스 터부 기념일이라 그래. 모두들 그런 머리를……"

"그 애는 영국 국기가 그려진 티셔츠를 입고 귀에 해골 모양의 펜던트를 달았어."

투 톤의 얼굴에 누군지 알겠다는 듯한 표정이 희미하게 스쳤다. 베커는 그것을 보고 희망이 솟구쳤다. 하지만 잠시 후 투 톤의 표정은 험악하게 변했다. 소년은 맥주병을 요란하게 내려놓고 베커의 셔츠를 움켜쥐며 소리쳤다.

"그 앤 에두아르도의 여자야, 개자식! 만약 그 애를 건드리면 그놈 손에 죽어!"

56

미지 밀컨은 화를 내며 자기 사무실 맞은편의 회의실로 들어갔다. 회의실에는 검은 벚나무와 호두나무에 새긴 NSA 인장이 놓인 길이 10미터짜리 마호가니 테이블 외에도 매리언 파이크의 수채화 석 점, 보스턴 고사리, 소형 대리석 바, 필수품인 스파클레츠 정수기도 있었다. 미지는 마음을 안정시키기 위해 물을 한 잔 마시기로 했다.

그녀는 물을 찔끔찔끔 마시며 창밖을 보았다. 달빛이 블라인드 사이로 흘러들어 탁자 위에 아른거렸다. 그녀는 건물 앞에서 NSA의 주차장을 내려다보고 있는 폰테인의 현재 사무실보다 이곳이 더욱 멋진 국장실이 될 거라고, 언제나 생각했다. 회의실은 NSA의 부속 건물들을 내려다볼 수 있을 뿐만 아니라 중앙 건물에서 분리되어 1만2천 평방미터의 숲 속에 자유롭게 떠 있는 하이테크 섬, 암호실 돔도 바라보이는 위치에 있었다. 단풍나무 숲 속에 의도적으로 자리 잡은 암호실은 NSA 단지 내 대부분의 유리창에서는 보이지 않았다. 하지만 국장집무실에서는 정경이 완벽하게 보였다. 미지의 눈에는 회의실이야말로 왕이 통치 지역을 관할하기 위한 완벽한 장소로 보였다. 그녀는 폰테인에게 국장실을 지금의 회의실로 옮기자고 제안한 적이 있었지만,

그는 "뒤쪽은 안 돼"라는 말로 일축했다.

미지는 블라인드를 양옆으로 열고 언덕을 내다보았다. 그녀는 슬픈 한숨을 내쉬며 암호실이 있는 지점을 바라보았다. 그곳의 돔을 보기만 해도 기분이 평온해졌다. 언제나 붉게 타오르는 일종의 등대 같았다. 하지만 오늘 밤 그곳을 바라보는 그녀의 마음은 편치 않았다. 그녀는 자신이 허공을 바라보고 있다는 것을 알았다. 유리에 얼굴을 대었을 때 그녀는 소녀처럼 끔찍한 공포에 사로잡혔다. 아래쪽은 아무것도 보이지 않는 암흑뿐이었다. 암호실이 사라졌다!

57

암호실의 화장실에는 창문이 없었기 때문에 수잔 플레처는 완벽한 어둠에 갇혔다. 그녀는 방향 감각을 찾기 위해서 잠시 죽은 듯 서 있었지만, 온몸으로 엄습하는 두려움이 점점 강해지는 것을 느꼈다. 통풍구에서 들려온 공포에 질린 울부짖음이 사방에서 울리는 것 같았다. 수잔은 커지는 두려움을 뿌리치려고 애썼지만, 공포는 서서히 온몸을 휘감았다.

의지와는 달리 수잔은 허둥대며 화장실 칸막이 문과 세면기를 더듬었다. 어둠 속에서 방향 감각을 상실한 채 손을 앞으로 내밀고 화장실 내부를 머릿속에 그려보았다. 쓰레기통이 손에 닿자 그녀는 타일 벽을 마주하고 있다는 것을 알았다. 벽을 따라 간신히 출입문에 다다르자, 손잡이를 더듬어서 문을 열고 암호실 복도로 나갔다.

그곳에서 수잔은 잠시 얼어붙은 듯 서 있었다.

암호실 복도도 화장실 안처럼 캄캄했다. 돔을 통해 흘러들어온 희미한 황혼 빛에 트랜슬터는 회색 실루엣으로 보였다. 머리 위의 모든 전등이 꺼져 있었다. 심지어 문 위쪽에서 붉게 빛나던 전자 키패드도 불이 꺼져 있었다.

눈이 어둠에 익숙해지자 수잔은 암호실의 뚜껑 문에서 유일하게 불빛이 새어나오는 것을 보았다. 희미한 붉은빛이 아래쪽에서 새어나왔다. 그녀는 그곳으로 다가갔다. 공기 중에 희미한 오존 냄새가 났다.

뚜껑 문에 다가간 그녀는 구멍 속을 들여다보았다. 프레온 배출구가 아직도 붉은 불빛 사이로 수증기를 스멀스멀 뿜어댔고, 발전기가 요란하게 돌아가는 소리에 수잔은 암호실이 비상 전원을 가동시키고 있음을 알았다. 수증기 사이로 스트래스모어가 보였다. 그는 난간에 기대어 트랜슬터의 웅얼거리는 갱 속을 응시하고 있었다.

"부국장님!"

수잔이 큰 소리로 불렀지만, 대답이 없었다. 그녀는 사다리를 타고 밑으로 내려갔다. 아래쪽에서 뜨거운 열기가 스커트 속으로 올라왔다. 사다리 가로장이 액화된 가스 때문에 미끄러웠다. 마침내 수잔은 삐걱거리는 층계참에 내려섰다.

"부국장님?"

스트래스모어는 돌아보지 않았다. 심한 충격으로 넋이 나갔는지, 꼼짝도 않고 아래쪽만 응시하고 있었다. 수잔은 난간 너머를 바라보는 그의 시선을 따라갔다. 잠시 동안은 수증기 외엔 아무것도 보이지 않았다. 하지만 갑자기 눈에 들어오는 것이 있었다. 사람의 형상. 여섯 층 아래였다. 소용돌이치는 수증기 사이로 잠시 드러났다. 그리고 또다시 모습이 보였다. 사지가 꼬여 뒤틀린 형상이었다. 30미터쯤 아래에서 필 차트루키언이 주 발전기의 날카로운 철핀들 위에 널브러져 있었다. 몸이 불에 타서 새까맸다. 그의 추락이 암호실의 중앙 전원을 차단시켰던 것이다. 긴 계단의 중간쯤에 등골을 오싹하게 만드는 형체가 하나 더 있었다. 그는 어둠 속에 숨어 있었다. 건장한 체격을 보니 틀림없는 그렉 헤일이었다.

〈2권에서 계속〉

디지털 포트리스 1

초판 1쇄 발행 2005년 6월 25일
초판 5쇄 발행 2006년 2월 17일

지은이 댄 브라운
옮긴이 이창식

펴낸이 김영관
펴낸곳 대교베텔스만㈜
등록번호 제22-1581호
등록일자 1999년 7월 2일
주소 서울특별시 관악구 봉천동 729-21 눈높이보라매센터 5층
대표전화 840-1700, 840-1621~3(마케팅)
팩스 842-0810
이메일 book@bertelsmann.co.kr
기획편집 김미성 이선나 이진영 고재은
디자인 김세라
제작 이재욱
마케팅 용상철 조현진

책임교정 유지숙 **본문디자인** 디자인 깔

ISBN 89-5759-123-0 04840
ISBN 89-5759-122-2 04840 (세트)